La Forêt des Damnés

CARRIE RYAN

La Forêt des Damnés

Traduit de l'anglais
par Alice Marchand

GALLIMARD JEUNESSE

À J. P.
pour m'avoir donné le monde.

Titre original : *The Forest of Hands and Teeth*
This translation published by arrangement
with Random House Children's Books,
a division of Random House, Inc.

I

L'océan, c'est ma mère qui m'en parlait. Elle me disait qu'il existe un endroit où il n'y a que de l'eau à perte de vue, de l'eau en mouvement perpétuel qui n'arrête pas de déferler vers vous, puis de repartir. Un jour, elle m'a montré une photo qui représentait, d'après ce qu'elle m'a dit, mon arrière-arrière-arrière-grand-mère quand elle était petite, debout dans l'océan. Ça fait des années et il y a longtemps que la photo a été perdue dans un incendie, mais je revois encore cette image ternie et froissée. Une petite fille au milieu du néant.

Dans les récits de ma mère, transmis depuis sa multi-arrière-grand-mère, l'océan faisait un bruit qui ressemblait au souffle du vent dans les arbres et les hommes voyageaient dessus. Un jour – j'étais plus grande et notre village souffrait d'une sécheresse –, j'ai demandé à ma mère pourquoi, si une telle masse d'eau existait, il y avait des années où nos ruisseaux étaient pratiquement à sec. Elle m'a dit que l'océan n'était pas potable, que l'eau était pleine de sel.

C'est là que j'ai cessé de la croire. Comment aurait-il pu y avoir autant de sel dans l'univers, et comment Dieu aurait-il pu permettre qu'une telle quantité d'eau soit rendue inutilisable ?

Mais parfois, quand je suis devant la Forêt de Mains et de Dents et que je regarde cet espace sauvage qui s'étend à l'infini, je me demande comment ce serait si c'était de l'eau, tout ça. Je ferme les yeux, j'écoute le vent dans les arbres et j'imagine un monde où il n'y aurait que de l'eau qui se refermerait sur ma tête.

Ce serait un monde sans les Damnés, un monde sans la Forêt de Mains et de Dents.

Souvent, ma mère est à côté de moi, elle met une main devant ses yeux pour s'abriter du soleil et scrute les arbres et les broussailles, derrière le grillage, pour voir si son mari va réapparaître.

Elle est la seule à croire qu'il n'a pas fait sa mutation, qu'il pourrait rentrer à la maison et que ce serait toujours l'homme qu'il était quand il est parti. Moi, ça fait des mois que j'ai fait le deuil de mon père et, pour pouvoir continuer à vivre, j'ai enfoui au fond de moi le chagrin de l'avoir perdu. Maintenant, j'appréhende de venir à la lisière de la Forêt et de regarder derrière la clôture. J'ai peur de le voir là, avec les autres : vêtements en loques, peau flasque, doigts rouges et éraflés à force de tirer sur le grillage, et cet horrible gémissement suppliant.

Comme personne ne l'a vu, ça donne de l'espoir à ma mère. La nuit, elle prie Dieu pour que mon père ait découvert une sorte d'enclave comme notre village. Qu'il ait trouvé refuge quelque part dans cette forêt impénétrable. Mais personne d'autre n'a le moindre espoir. Les Sœurs nous disent que notre village est le seul qui reste au monde.

Mon frère, Jed, a pris l'habitude de se porter volontaire pour faire des heures supplémentaires avec les patrouilles de Gardiens qui contrôlent la frontière. Je sais qu'il pense, comme moi, que notre père est perdu chez les Damnés, et qu'il espère le trouver au cours d'une ronde et le tuer avant que notre mère voie ce que son mari est devenu.

Il y a des gens du village qui sont devenus fous en voyant des proches transformés en Damnés. C'est une femme – une mère – horrifiée à la vue de son fils infecté lors d'une patrouille qui a fait brûler la moitié de notre petite ville en s'immolant par le feu. Voilà l'incendie qui a détruit les biens de ma famille quand j'étais petite, qui a annihilé nos seuls liens avec ce qu'était notre peuple avant le Retour. Mais tout était déjà tellement détérioré, au moment de l'incendie, qu'il ne restait de toute façon que des fragments de souvenirs.

Depuis, on surveille notre mère de près, Jed et moi, et on ne la laisse jamais s'approcher de la frontière sans compagnie. Beth, la femme de Jed, venait parfois assurer la garde avec nous avant qu'on lui ordonne de rester au lit pour sa première grossesse. Maintenant, il n'y a plus que nous.

Et puis un jour, le frère de Beth vient me voir pendant que je fais tremper notre linge dans le ruisseau tributaire de la grande rivière. Un des rares habitants du village à avoir mon âge, Harold est un ami depuis toujours. Il me donne une poignée de fleurs sauvages en échange de mes draps dégoulinants et, pendant qu'il les tord en leur donnant des formes compliquées pour les essorer, on s'assied pour regarder l'eau couler sur les rochers.

– Comment va ta mère ? me demande-t-il – la politesse incarnée.

Je baisse la tête et je me rince les mains dans l'eau. Je sais que je devrais retourner auprès d'elle, que j'ai déjà pris trop de temps pour moi aujourd'hui et qu'elle m'attend en tournicotant. Jed est parti faire une patrouille de longue durée sur tout le périmètre de la clôture pour vérifier la solidité du grillage, et ma mère aime passer ses après-midi devant la Forêt pour chercher mon père. Il faut que je sois là pour la réconforter au cas où. Pour l'empêcher de se jeter sur la clôture si elle le trouve.

– Elle s'accroche toujours à ses espoirs, dis-je.

Harry claque la langue en signe de compassion. On sait tous les deux qu'il n'y a guère de raison d'espérer.

Ses mains cherchent les miennes dans l'eau et se posent dessus. Ça fait des mois que je le sens venir. J'ai remarqué la façon dont il me regarde, maintenant ; le changement qui s'est opéré dans ses yeux. La tension qui s'est insinuée dans notre amitié. On n'est plus des enfants, plus depuis des années.

– Mary, je…

Il s'interrompt une seconde.

– J'espérais que tu accepterais d'aller à la fête des Récoltes avec moi le week-end prochain.

Je regarde nos mains. Je sens le bout de mes doigts qui se fripe dans l'eau froide, et sa peau douce, charnue. Je réfléchis à sa proposition. La fête des Récoltes, en automne, est le moment où ceux qui sont en âge de se marier se font leurs déclarations. Elle inaugure les accordailles ; la période, pendant les courtes journées de l'hiver, où les couples déterminent s'ils se conviennent ou non. Les accordailles s'achèvent presque toujours au printemps, avec la Concorde – la semaine consacrée aux vœux de mariage et aux baptêmes. Il est très rare que des accordailles soient annulées. Dans notre village, le mariage n'est pas une question d'amour – c'est une question de devoir.

Chaque année, je m'interroge devant les couples qui se forment autour de moi. Je m'étonne quand je vois que, tout d'un coup, mes anciens amis d'enfance trouvent un partenaire, se rapprochent, se préparent pour l'étape suivante. Se font des promesses et entament les accordailles. J'ai toujours imaginé qu'il m'arriverait la même chose, une fois mon heure venue. Toujours pensé qu'à cause de la maladie qui a emporté tant de mes pairs quand j'étais petite, c'était d'autant plus important que ceux d'entre nous qui sont en âge de se marier trouvent un compagnon. Tellement important qu'il n'y aurait pas assez de filles pour en réserver à la Congrégation.

J'espérais même avoir la chance de trouver quelque chose de plus qu'un simple compagnon ; de trouver l'amour, en fin de compte, comme mes parents.

Pourtant, bien que je fasse partie des rares candidates disponibles, depuis deux ans, on m'a laissée de côté.

Ces dernières semaines, j'étais absorbée par l'absence de mon père derrière le grillage. Par la douleur et le désespoir de ma mère. Par mon propre chagrin dans ce deuil. Jusqu'à maintenant, je n'avais jamais imaginé que je pourrais être la dernière à trouver un cavalier pour la fête des Récoltes. Sans parler de rester sans prétendant.

Dans un coin de ma tête, je ne peux pas m'empêcher de penser à Travis, le frère cadet de Harry. C'est lui que j'ai essayé d'intéresser à moi tout l'été ; c'est avec lui que je voulais un peu plus que de l'amitié. Mais il n'a jamais répondu à mes avances subtiles et maladroites.

– Travis y va avec Cassandra, ajoute Harry.

À croire qu'il lit dans mes pensées.

Je ne peux pas m'empêcher de me sentir vide, mesquine, fâchée que ma meilleure amie ait réussi là où j'ai échoué. Que ce soit elle qui ait retenu l'intérêt de Travis et pas moi.

Je ne sais pas quoi dire. Je revois le visage de Travis quand un sourire l'illumine et je plonge les yeux dans ceux de Harry, cherchant la même lumière. Ils sont frères, après tout, ils ont à peine un an d'écart. Mais il n'y a rien, à part le contact de sa peau sur la mienne sous l'eau.

Au lieu de répondre, je fais un petit sourire, soulagée que quelqu'un me fasse enfin une déclaration ; d'un autre côté, je me demande si notre amitié de toute une vie pourra jamais devenir quelque chose de plus pendant les sombres mois d'hiver où se déroulent les accordailles.

Harry sourit et penche la tête vers moi. Je ne voulais pas que ce soit lui qui me donne mon premier baiser, me dis-je. Et c'est là, avant que ses lèvres aient eu le temps de se poser sur les miennes, qu'on l'entend.

La sirène. Elle est tellement vieille et tellement peu utilisée, de nos jours, qu'elle commence par un crissement et un sifflement avant de retentir à plein volume.

Mon regard retombe sur celui de Harry. À présent, son visage est à un cheveu du mien.

– Il était censé y avoir un exercice, aujourd'hui ? je lui demande.

Il secoue la tête, avec des yeux aussi écarquillés que les miens doivent l'être. Son père est le chef des Gardiens, alors il serait au courant, si un exercice était prévu. Je me lève, prête à repartir en courant vers le village. J'ai des picotements partout et mon cœur se serre à faire mal, comme un poing. Je n'ai qu'une pensée en tête : *Maman*.

Harry m'empoigne par le bras et me tire en arrière.

– On ferait mieux de rester ici. C'est plus sûr. Il y a peut-être eu une brèche dans la clôture ! Il faut qu'on trouve une plateforme.

Je vois que la terreur dilate ses pupilles. Ses doigts s'enfoncent dans mon poignet et me griffent presque, mais je m'obstine à me dérober, à repousser ses mains et son torse.

Une fois libérée, je fonce sur la colline en direction du centre-ville. Je dédaigne le sentier sinueux, préférant attraper des branches et des lianes pour m'aider à gravir la pente abrupte. Au moment où je franchis la crête, je me retourne : Harry est toujours en bas, au bord de l'eau, les mains levées devant son visage comme s'il ne supportait pas le spectacle de ce qui se passe plus haut. Je vois sa bouche remuer ; on dirait qu'il m'appelle, mais je n'entends rien d'autre que la sirène – elle me vrille les tympans et résonne autour de moi.

Je me suis entraînée toute ma vie à réagir au son de cette sirène. Avant même de savoir marcher, je savais que la sirène était synonyme de mort. Elle veut dire qu'une brèche a été ouverte dans la clôture, d'une façon ou d'une autre, et que les Damnés sont parmi nous. Elle veut dire : prends des armes, gagne les plateformes et remonte les échelles – même s'il faut laisser derrière toi des gens qui sont en vie.

Quand j'étais petite, ma mère me racontait qu'au début, à l'époque où son arrière-arrière-arrière-grand-mère elle-même était enfant, cette sirène hurlait presque constamment, car le village était pris d'assaut par les Damnés. Mais par la suite, la clôture a été renforcée, la Guilde des Gardiens s'est constituée, le temps a passé et les Damnés ont décliné, si bien que je ne me rappelle pas avoir entendu la sirène hurler une seule fois, ces dernières années, sans que ce soit un exercice. Je sais qu'il y a eu des brèches depuis ma naissance, mais je sais aussi que je suis très douée pour refouler les souvenirs qui ne me servent à rien. Je n'ai pas besoin de souvenirs pour avoir peur des Damnés.

Plus j'arrive près du village, plus je ralentis l'allure. Je vois déjà que les plateformes aménagées dans les arbres sont pleines ; dans certaines, on a même remonté l'échelle. Tout autour de moi, c'est le chaos. Mères qui traînent leurs enfants, ustensiles de la vie quotidienne éparpillés sur la terre et dans l'herbe.

Et puis la sirène s'arrête, le silence revient et tout le monde se fige. Un bébé se remet à pleurer, un nuage passe devant le soleil. Et je vois un petit groupe de Gardiens qui poussent quelqu'un vers la Cathédrale.

– Maman ! je lâche dans un murmure.

Aussitôt, en moi, tout s'effondre. Parce que, pour une raison mystérieuse, je *sais*. Je sais que je n'aurais pas dû m'attarder au bord du ruisseau avec Harry, que je n'aurais pas dû me laisser prendre la main alors que ma mère m'attendait pour l'accompagner à la clôture.

Le dos raide comme un piquet, je marche vers l'entrée de la Cathédrale, un vieux bâtiment de pierre construit bien avant le Retour. L'épaisse porte en bois est ouverte et mes voisins s'écartent en me voyant approcher ; personne n'ose me regarder dans les yeux. Aux abords de l'attroupement, j'entends quelqu'un chuchoter :

– Elle était trop près de la clôture, il y en a un qui l'a attrapée.

À l'intérieur, on a l'impression que les murs de pierre absorbent la chaleur du jour et le duvet de mes bras se hérisse. Dans la faible lumière, je vois les Sœurs autour d'une femme à genoux. Elle gémit, mais ce n'est pas une Damnée. Ma mère savait qu'elle ne devait pas s'approcher trop près des clôtures – des Damnés. Trop de gens de notre village ont fini de cette manière. Ce doit être qu'elle a vu mon père près de la frontière. Je ferme les yeux; le chagrin de l'avoir perdu, qui s'était émoussé, recommence à me cisailler tout entière.

J'aurais dû être avec elle.

Je voudrais me rouler en boule, me dérober à tout ce qui s'est passé. Mais au lieu de ça, je rejoins ma mère, je m'agenouille auprès d'elle et je pose la tête sur ses genoux, en lui prenant une main pour la mettre dans mes cheveux.

Si je pouvais réduire ma vie à l'essentiel, ce serait ça : ma mère et moi devant la cheminée, avec ma tête sur ses genoux et ses mains dans mes cheveux, pendant qu'elle me raconte les histoires sur la vie avant le Retour que les femmes de notre famille se sont transmises.

Pour revenir au présent, les mains de ma mère sont collantes et je sais qu'elles sont couvertes de son sang. Je ferme les yeux pour ne pas être obligée de voir ça, pour ne pas être obligée de connaître l'ampleur des dégâts.

Ma mère s'est un peu calmée, ses mains tirent machinalement sur mes cheveux pour les dégager de mon foulard.

Elle se balance et elle dit quelque chose, mais elle le dit dans un souffle, si bas que je ne la comprends pas.

Les Sœurs nous laissent tranquilles – pour le moment. Elles sont en conciliabule dans un coin avec l'élite des Gardiens, la Guilde, et je sais qu'elles sont en train de fixer le sort de ma mère. Si elle n'a que des égratignures, elle va rester sous surveillance, même si elle ne peut pas avoir été infectée de cette façon. Mais si elle a été mordue et donc infectée par un Damné, il n'y a que deux solutions. Ou bien la tuer tout de suite, ou bien l'enfermer jusqu'à sa mutation, puis la pousser de l'autre côté de la clôture. En fin de compte, si ma mère a toujours sa tête, ils lui poseront la question et la laisseront trancher.

Mourir d'une mort rapide et sauver son âme, ou aller croupir parmi les Damnés.

En classe, on nous a appris qu'à l'origine, juste après le Retour, ceux qui s'étaient fait attaquer n'avaient pas droit à ce choix. Ils étaient mis à mort presque immédiatement. C'était avant que la chance revienne, quand on croyait que ce seraient les vivants qui allaient perdre la bataille.

Mais ensuite, une des personnes infectées – une veuve – est allée voir les Sœurs et les a suppliées de la laisser rejoindre son mari dans la Forêt. Elle a quémandé le droit d'honorer ses vœux de mariage envers l'homme qu'elle avait choisi et qu'elle aimait. Les vivants avaient déjà fondé ce village – nous étions donc à l'abri, aussi protégés qu'on peut l'être dans le monde des Damnés. Et la veuve a donné un excellent argument : la seule chose qui sépare véritablement les vivants des Damnés, c'est le choix, le libre arbitre. Elle voulait pouvoir choisir d'être avec son mari. Les Sœurs ont rencontré l'opposition des Gardiens dans le débat, mais ce sont toujours elles qui ont le dernier mot. Elles ont conclu que ce n'était pas une Damnée de plus qui allait mettre notre village en danger. Alors la veuve a été escortée jusqu'à la clôture, où trois Gardiens l'ont retenue jusqu'à ce qu'elle succombe à l'infection, puis l'ont poussée de l'autre côté du portail juste avant qu'elle meure et revienne transformée en Damnée.

Je n'arrive pas à comprendre qu'on puisse abandonner une vieille dame à un sort pareil. Mais c'est ça d'avoir le choix, j'imagine.

II

— Maintenant, tu vas rester avec nous jusqu'à ce que ton frère arrive, me disent les Sœurs.

Jed n'est toujours pas rentré de son tour de garde à la frontière. Les Sœurs ont chargé un messager de le ramener, mais on ne peut pas compter sur lui avant au moins une journée. Notre mère ne sera certainement plus là d'ici son retour ; il ne pourra pas essayer de la faire changer d'avis.

Maman a choisi de rejoindre les Damnés. Et je suis presque sûre que mon frère va me juger responsable de son choix. Il va me demander pourquoi je l'ai laissée prendre cette décision elle-même, pourquoi je ne suis pas intervenue en disant aux Gardiens de la tuer.

Je ne suis pas certaine que je saurai quoi lui répondre.

C'est une affaire compliquée de livrer un être humain vivant à la Forêt de Mains et de Dents. Les Gardiens ont compris il y a des années que le transfert ne peut pas être fait trop tôt, parce qu'envoyer un humain vivant dans la Forêt revient à le jeter en pâture aux Damnés, qui vont déchiqueter sa viande et le manger jusqu'à ce qu'il n'en reste rien.

Mais d'un autre côté, ce serait trop dangereux de garder

des Infectés dans le village. Les Gardiens ne courront pas le risque de laisser quelqu'un muter au milieu des vivants, et on ne peut jamais être certain du moment où un Infecté va mourir et revenir. Tout dépend de la gravité de la morsure ; après une petite morsure banale, l'infection peut mettre des jours à se propager et à tuer la victime, tandis qu'après une attaque épouvantable, quelqu'un peut revenir en quelques secondes.

Alors les Gardiens ont mis au point tout un système complexe de portes et de poulies qui retient les Infectés dans une sorte de purgatoire entre les vivants et les Damnés. C'est là qu'est ma mère, à présent. Moi, je suis assise à proximité. Je l'écoute faire craquer sa mâchoire et claquer des dents comme un chat qui convoite une souris, pendant que l'infection fait rage dans son corps. Elle est trop mal en point pour parler, désormais, trop ravagée ne serait-ce que pour comprendre.

Elle a une corde solidement attachée à la cheville gauche et elle tripote distraitement les bouts qui s'effilochent. On se prépare tous pour l'inévitable, mais, à en juger par sa blessure, on sait que ça prendra au moins une journée. La mutation n'arrive pas toujours vite, quand on est infecté.

Maman est encore du bon côté de la clôture, à l'abri, et je suis avec elle. Mais je ne suis pas seule, parce qu'ils ne me font pas confiance ; ils ont peur qu'en voyant ma mère parmi les Damnés, je fasse quelque chose de terrible et de stupide comme ouvrir toutes les portes et provoquer une invasion. Un Gardien – un ami de mon frère – a été chargé de nous surveiller, ma mère et moi. C'est lui qui va actionner les portes, et c'est lui qui me tuera si je me hasarde trop près d'elle après sa mutation. Voilà le marché que j'ai conclu avec les Sœurs pour passer ces derniers instants avec ma mère : je peux rester près d'elle, mais si je me fais mordre, je serai immédiatement mise à mort.

Je suis recroquevillée, les genoux pliés contre la poitrine et les bras autour des tibias. Je ne sens plus mes pieds, comme si le sang refusait de circuler si loin de mon cœur.

J'attends la mort de ma mère.

Pour moi, le temps n'est plus qu'une marche inexorable vers le Retour de ma mère. Si seulement c'était quelque chose de solide, quelque chose que je puisse attraper, secouer et immobiliser ! Mais il m'échappe, et cette journée continue à se dérouler. Les gens du village viennent me consoler, mais ils ne savent pas quoi dire. La femme de mon frère, Beth, m'a fait transmettre qu'elle prie pour nous ; les Sœurs ne l'autorisent pas à quitter son lit, de peur qu'elle perde son enfant.

J'ai vu Harry ; il reste à une certaine distance, et son visage réfléchit le soleil aveuglant de l'après-midi. Je suis contente qu'il n'essaie pas de m'approcher, n'essaie pas de me parler de ce matin, quand il m'a pris la main sous l'eau et m'a retenue loin de ma mère.

Je me demande s'il croit encore qu'on va aller à la fête des Récoltes ensemble la semaine prochaine. Elle ne sera pas annulée, malgré la mort de ma mère. Comme nous le rappelle tout le temps la Congrégation, c'est ainsi, depuis le Retour ; il faut que la vie continue. Tel est notre cycle, il faut l'endurer.

À la tombée du jour, Cassandra m'apporte un dîner et s'assied à côté de moi. Le coucher de soleil est d'une beauté à faire mal ; ses couleurs illuminent le visage et les cheveux presque blancs de Cass. Sachant que la fin approche, le Gardien est resté à distance, ce soir. J'alterne entre l'espoir que la mutation de ma mère arrive vite pour que ses souffrances s'achèvent enfin, et la peur qu'elle arrive trop vite et m'arrache ma mère pour toujours.

Au bout d'un moment, je dis :

– Cass, tu crois à l'océan ? Tu penses qu'il est encore là ?

Je regarde les reflets de la lumière sur le haut des arbres, dans la Forêt, le chatoiement de tout ce qui est dans mon champ de vision.

– Qu'est-ce que ta mère racontait à propos de l'océan, déjà ? demande Cass.

Elle a une voix douce et bienveillante.

– C'est rien que de l'eau, je lui rappelle.

Cass a toujours été patiente avec mes élucubrations, m'a toujours écoutée quand je ressassais les histoires transmises par les femmes de ma famille sur la vie avant le Retour. Un jour, sa mère lui a interdit de me parler sous prétexte que je lui bourrais le crâne de mensonges et de blasphèmes. Mais notre village est trop petit pour que ce genre de règle puisse s'appliquer très longtemps.

– Je ne vois pas comment il pourrait y avoir autant d'eau dans le monde, Mary, répond Cass.

Elle me l'a déjà dit bien des fois. Elle arrête d'admirer le coucher de soleil pour se tourner vers moi, les yeux brillants.

– Je ne peux pas imaginer qu'il y ait un endroit sans Damnés, en dehors d'ici.

Elle fronce les sourcils.

– Sinon, pourquoi on serait ici et pas à cet endroit-là ?

Une larme perle au coin de son œil et scintille dans le soleil déclinant quand elle déborde et coule sur sa joue. La vue de ma mère dans son enclos lui est insupportable. J'attire Cass contre moi, je la laisse poser la tête sur mes genoux, dos à la Forêt, et je lui caresse les cheveux, comme maman le faisait avec moi. On regarde les lanternes s'allumer dans le village. Quand ma mère était petite, les Sœurs remontaient le vieux générateur, le soir de Noël. Ça fait partie des quelques histoires que je n'ai jamais partagées avec mon amie. Je suis tentée de la raconter à Cass – de lui dire qu'une fois par an, autrefois, ce petit village était plus illuminé que le ciel.

Mais elle renifle ; elle ne pleure plus et je ne veux pas lui mettre de nouvelles élucubrations dans la tête, ce soir.

En partant, elle me supplie de venir avec elle. Mais je ne peux pas. Je lui dis que je dois être là quand ça arrivera. Elle lève les mains vers sa bouche comme pour signifier que c'est trop horrible, puis court se réfugier au village.

Je voudrais partir avec elle, je voudrais fuir l'endroit où je me trouve et oublier cette journée. Mais je reste, les doigts tremblants et la gorge nouée. J'ai besoin de voir de mes propres yeux ce que ma mère va devenir. Je lui dois bien ça après l'avoir laissée traîner toute seule, ce matin.

Je me remets à fixer le grillage. Et je regarde la lumière baisser dans le ciel en projetant des ombres entrecroisées sur le sol, à mes pieds. Je m'efforce de voir flou pour que les alentours deviennent indistincts. La clôture n'existe plus quand je fais ça. C'est comme si on vivait tous dans le même monde.

♦

À l'aube, je chuchote :

– Maman ?

C'était la nouvelle lune, cette nuit. J'ai passé les heures où j'étais dans le noir à écouter le bruissement des feuilles mortes derrière la clôture, en imaginant les pires scénarios possibles. Chaque craquement que j'entendais, c'était la clôture qui se cassait ; chaque grincement, les Damnés qui trouvaient enfin une faiblesse dans le métal.

Maintenant, il fait gris et humide. Je m'approche à quatre pattes de l'enclos où ma mère est enfermée. Elle est là, par terre au milieu, tellement immobile que, pendant un moment, je crois qu'elle est morte et sur le point de revenir. Une boule d'angoisse et de bile me monte dans la gorge et y reste coincée. J'ai un terrible besoin de hurler, mais je garde un silence total, la bouche ouverte et les lèvres retroussées.

Mes jambes s'empêtrent dans ma jupe et je plante mes ongles dans la terre et je suis presque arrivée au grillage quand j'entends le Gardien derrière moi. Je me retourne pour le supplier :

– Elle est encore vivante !

Je le sens.

Il jette un coup d'œil par-dessus son épaule, dans la brume, et, voyant qu'on est seuls, hoche la tête comme pour me donner la permission. Je replie les doigts autour des fines mailles rouillées du grillage et je sens le métal froid et coupant mordre dans mes paumes.

– L'océan... murmure ma mère.

Avec une vivacité incroyable, elle tourne brusquement la

tête et je vois qu'elle a les yeux écarquillés et perdus dans le vague, mais lucides. Elle se traîne vers moi jusqu'à ce que nos mains se touchent à travers le grillage.

– L'océan, Mary, l'océan !

Il y a une incroyable intensité dans sa voix. Sa bouche remue à toute vitesse. J'ai peur que le Gardien croie qu'elle est folle et que sa mutation a eu lieu et qu'il me tue, mais je ne peux pas retirer mes mains ; ma mère les serre trop fort.

– C'est tellement beau, l'océan.

Elle dit et redit ces mots, et ses yeux se mettent à briller de larmes qui ne coulent pas.

– L'eau, les vagues, le sable, le sel !

Elle secoue le grillage, envoyant de part et d'autre des ondulations qui font osciller le métal. Je suis stupéfaite qu'elle ait tant de force ; voilà des heures et des heures qu'elle est en train de mourir.

– Ça me mine, dit-elle.

Sa voix n'est plus qu'un souffle. Elle passe un doigt à travers le grillage et me caresse le poignet.

– Ma petite fille. N'oublie pas ma petite fille.

Les larmes débordent enfin de ses yeux et j'entends le Gardien crier derrière moi, puis ma mère s'écroule par terre et ses doigts glissent loin des miens.

♦

À cet instant précis, entre la mort de ma mère et son Retour, je cesse de croire en Dieu.

♦

Vite, le Gardien empoigne le bout de la corde attachée à la cheville de ma mère pendant que je m'éloigne précipitamment de la clôture. La corde passe à travers un système de poulies arrimées à des branches hautes, au-dessus de nous ; il tire dessus avec force, traînant ma mère au bord de son enclos. Il actionne un levier, une porte se soulève et le corps inerte de ma mère glisse dans la Forêt de Mains et de Dents. Le Gardien tranche la corde, pousse le levier dans l'autre sens et la porte se referme en grinçant. À présent, le monde est silencieux autour de nous ; même le bruit de notre respiration est étouffé par la brume.

Sa mission terminée, maintenant que le corps de ma mère a été livré aux Damnés, le Gardien me pose une main sur l'épaule. Que ce soit pour me réconforter ou pour me retenir, peu importe. Je crois sentir son pouls à travers la peau de ses doigts. Nous sommes tous les deux tellement vivants, en cet instant, avec la mort qui nous cerne de toutes parts.

Je n'arrive pas à décider si je veux regarder ma mère revenir. Si je supporterais de voir ça. Mais je ne peux pas m'empêcher de me demander comment c'est, ce moment-là. Y aura-t-il une étincelle, un instant où elle se souviendra de moi ? Où elle se souviendra de sa vie d'avant ?

Ma mère m'a raconté qu'autrefois, avant le Retour, les vivants se demandaient ce qui se passe après la mort. Elle disait que toutes les religions sont nées autour de cette simple incertitude.

Maintenant qu'on sait ce qui se passe après la mort, une nouvelle question a remplacé l'ancienne : *Pourquoi ?*

Soudain, me voilà déchirée par les regrets. Je me dis que j'aurais dû l'habiller autrement. Que j'aurais dû lui mettre des vêtements plus chauds ou des chaussures plus solides. Que j'aurais dû épingler un petit mot à l'intérieur de sa robe pour lui dire que je l'aime. Je me demande combien de temps elle va mettre à trouver mon père et si elle le reconnaîtra. Je les vois tous les deux, main dans la main, devant le grillage. Image fugitive.

Avant même que je comprenne ce qui se passe, la voilà sur ses pieds. Elle me fixe et, pendant un moment, je n'ai qu'une pensée en tête : *Maman!* Puis elle ouvre la bouche et mon univers s'écroule, anéanti par ses cris qui se muent en gémissements quand ses cordes vocales finissent par lâcher.

Je ne peux pas supporter ça. Je commence à marcher vers elle, en me débattant pour me libérer de la main pesante du Gardien, quand j'entends quelqu'un crier mon nom pour me mettre en garde.

C'est Jed. Je ne l'ai pas entendu approcher, mais je sens son odeur, maintenant – une odeur de forêt, de travail et de fumée qui vient de notre cheminée. Je ne prends pas la peine de le regarder, je sais qu'il est derrière moi alors je m'affaisse contre lui. Il est rentré de patrouille juste à temps pour voir notre mère mourir et revenir.

Plus tard, le Gardien qui est en lui va m'interroger et m'engueuler. Parce que j'ai laissé maman faire ce choix et que je les ai trahis tous les deux en traînaillant au bord du ruisseau. Parce que j'ai été trop égoïste pour me rendre compte que maman irait devant la Forêt sans moi et que je n'étais pas là pour l'en empêcher.

Mais pour le moment, c'est mon frère, nos deux parents sont morts, je n'ai plus que lui et il n'a plus que moi.

III

La première chose que font les Sœurs quand Jed me raccompagne à la Cathédrale, c'est me déshabiller et me plonger dans le puits sacré, où je finis à moitié noyée. J'attends de voir si l'eau va me brûler la chair, maintenant que je ne crois plus en Dieu, mais il ne se passe rien pendant que les Sœurs psalmodient leurs prières et me frictionnent la peau. À travers l'eau et les bras des Sœurs, je vois Jed qu'on raccompagne à la sortie.

Elles me sortent de l'eau sainte. J'ai les yeux qui piquent et mes cheveux longs me font comme une toile d'araignée sur la figure. Je tousse et je crachote.

– Tu resteras ici, entre les murs de la Cathédrale, me disent les Sœurs. On ne peut pas te laisser retourner à la frontière.

Je le comprends, et je sais que mes protestations ne les feraient pas changer d'avis. Mais ça m'énerve qu'elles me croient assez idiote pour aller chercher ma mère.

Ma mère n'existe plus.

Une couverture atterrit sur mes épaules et elles me conduisent dans un couloir que je n'avais jamais remarqué avant. On descend un escalier et on arrive dans une pièce aux murs de pierre, avec des dalles de pierre au sol, un petit lit et une fenêtre qui donne sur le cimetière et la Forêt, derrière. J'ai envie de rire ; si elles ont tellement peur que je fasse quelque chose d'irréparable après avoir vu ma mère mourir, pourquoi elles me mettent dans une chambre avec vue sur l'endroit où sa mutation a eu lieu ? Je vois nettement la série de portes à travers lesquelles elle a été traînée, et je vois même quelques Damnés plaqués contre la clôture. Leurs gémissements entrent par la fenêtre ouverte.

– Pourquoi je ne peux pas rentrer chez moi ? je demande au moment où elles vont fermer la porte derrière moi.

La plus âgée, Sœur Tabitha, s'immobilise un instant sur le seuil.

– Il vaut mieux que tu restes ici.

– Mais… et mon frère ?

Je croise les bras et je me tiens les coudes, repliée sur moi-même.

Elle ne répond pas. La porte claque et j'entends le verrou tomber en place. Je reste seule avec le bruit que font les Damnés.

Pendant un moment, je regarde le soleil se déplacer dans le ciel. Je découvre que, dans la chaleur du jour, les Damnés abandonnent leur poste devant le grillage et retournent dans les bois, de leur pas traînant, pour se plonger dans une sorte d'hibernation permanente dont ils ne sortent que lorsqu'ils flairent de la chair humaine à proximité.

Je guette la clôture pour apercevoir ma mère, mais je ne la vois jamais.

♦

Il n'y a pas de lune, cette nuit. Je regarde les étoiles s'illuminer dans ce vide obscur. Des nuages s'entassent subrepticement, lourds et bas, alors je ne vois plus rien d'autre, dehors. Je retourne à ma couchette et je m'assieds, sans prendre la peine d'allumer la bougie posée sur une petite table à côté de la porte.

Je voudrais dormir, je voudrais que les rêves m'arrachent à ce monde et me fassent tout oublier. Arrêtent les souvenirs qui dansent autour de moi. Mettent fin à cette douleur qui me déchire.

Un mince rai de lumière passe sous la porte et je distingue tout juste les murs qui m'entourent. Un criquet chante quelque part. Je m'enveloppe les épaules et la tête dans la couverture, je remonte les genoux contre ma poitrine et je sanglote sans bruit à cause de ma mère.

♦

Le lendemain, j'ai tellement peu dormi que j'ai les yeux qui me brûlent. J'observe le parcours du soleil sur le sol de ma chambre, concentrée exclusivement sur la lumière, qui m'échappe lentement. Quelqu'un m'apporte de la nourriture et un pichet d'eau, mais je ne m'intéresse ni à l'un ni à l'autre. Plus tard, Sœur Tabitha passe me voir et dit qu'elle est là pour savoir comment je vais, mais je sais qu'elle veut juste évaluer mon état mental. Voir si j'ai craqué, si la mort de mes parents a été trop lourde pour moi. La journée continue comme ça : repas, Sœur Tabitha, eau, Sœur Tabitha, etc.

Il y a une petite part de moi qui rêve de se rebeller, de s'évader de cette pièce. D'aller vivre ce deuil avec mon frère. Mais je suis trop épuisée, mon corps refuse de bouger. Ici, je suis au chaud, nourrie et solitaire, et je n'ai pas besoin de répondre aux questions ni aux regards accusateurs de qui que ce soit. Je n'ai pas besoin d'expliquer pourquoi ma mère était toute seule, pourquoi je n'étais pas avec elle.

Au lieu de ça, je peux passer cette période d'entre-deux à ressasser mes souvenirs. Allongée par terre, inerte, les yeux fermés, j'essaie de sentir les mains de ma mère dans mes cheveux pendant que je me répète inlassablement les histoires qu'elle me racontait. Pas question d'oublier les moindres détails. J'ai atrocement peur d'en avoir déjà oublié. Je repasse chaque récit dans ma tête – ce sont des histoires à dormir debout, des histoires d'océans et de bâtiments qui se dressent jusqu'au ciel et d'hommes qui ont touché la lune. Je veux qu'elles se gravent dans ma mémoire, qu'elles deviennent une part de moi que je ne pourrai plus jamais perdre comme j'ai perdu mes parents.

Mon frère ne vient pas me rendre visite et les Sœurs ne me donnent aucune nouvelle de lui. Je me demande s'il pense à moi. Je voudrais être fâchée contre lui, me réfugier dans une émotion autre que le chagrin et le désarroi, mais je comprends que c'est sa façon de vivre le deuil.

Enfin, au bout d'une semaine, Sœur Tabitha passe me voir, me tend une tunique noire à enfiler à la place de mes vêtements et me dit que je suis libre de partir, et que je devrais remercier Dieu de m'avoir donné la force de continuer à vivre.

Je hoche la tête – je ne suis pas encore prête à lui dire que

Dieu ne fait plus partie de ma vie – et je retourne lentement dans la maison où, il y a quelques semaines seulement, on vivait tous ensemble, avec ma famille, dans le bonheur et la sécurité. La maison de mon frère, maintenant que ma mère est décédée et qu'il en a hérité, étant fils unique. Quand j'approche, je ne peux pas m'empêcher de souffrir secrètement en me rappelant que maman n'est pas là. Ne sera plus jamais là. Je pense à tous les souvenirs enfermés dans ces murs en rondins grossiers ; tant de rires, de chaleur et de rêves.

J'ai presque l'impression de voir toutes ces choses s'envoler, s'évaporer au soleil. Comme si la maison se purgeait de notre passé. Oubliait ma mère et ses récits et notre enfance. Sans réfléchir, j'appuie une main contre le mur, à droite de la porte. À cet endroit, comme c'est le cas pour chaque bâtiment de notre village, un verset du Livre sacré a été gravé dans le bois par la Congrégation. On a l'habitude – et le devoir – de poser la main sur ces mots chaque fois qu'on franchit le seuil d'une maison, pour se rappeler Dieu et Sa parole.

J'attends qu'elle m'apaise, m'inonde de lumière et de grâce. Mais rien ne vient, rien ne comble le vide douloureux qui est en moi. Je me demande si je vais pouvoir cicatriser un jour, maintenant que je ne crois plus en Dieu.

Le bois qui est sous mes doigts a été rendu lisse par les générations d'habitants du village qui ont posé leurs mains à cet endroit précis. Cet endroit précis que ma mère ne touchera plus jamais.

Mon frère ouvre la porte. À croire qu'il savait que j'allais venir aujourd'hui. Je retire brusquement la main du verset sacré. Quand je le vois, je suis assaillie par un flot de souvenirs et une nouvelle vague de douleur. Il ne me fait pas entrer. Je me demande si Beth nous entend.

Ma nervosité face à mon frère m'étonne moi-même. Avant, on était proches et on partageait tout, lui et moi. Mais il a toujours été le préféré de papa et moi la préférée de maman. Il n'a pas supporté que notre père s'en aille chez les Damnés et je l'ai vu s'endurcir, ces derniers mois. Il s'est investi corps et âme dans son rôle de Gardien, s'élevant rapidement de plusieurs échelons au sein de leur hiérarchie. En me tordant les doigts, je cherche sur son visage la tendresse que j'y lisais avant, mais je ne vois que des arêtes saillantes et dures.

– Pourquoi tu l'as laissée y aller ? me demande-t-il.

Il lève une main devant ses yeux pour s'abriter du soleil qui passe par-dessus mon épaule ; dans cette position, il me rappelle notre mère quand elle scrutait la Forêt à la recherche de notre père.

Je m'attendais à cette question, et pourtant je ne sais toujours pas ce qu'il veut entendre.

– C'est ce qu'elle a décidé, lui dis-je.

Il crache par terre près de mes pieds et un peu de bave reste dans les petits poils noirs de son menton.

– Non, ce n'est pas ce qu'elle a décidé.

Il parle d'un ton égal, mais je perçois la tension dans sa voix et je sais qu'il préférerait hurler, mais ne veut pas provoquer d'esclandre dans le village.

– Elle avait perdu la tête. Elle était malade.

Je sens la fureur et le chagrin qu'il déverse sur moi. Je voudrais le décharger de son émotion, l'aider à porter son fardeau, mais je suis tellement effondrée moi-même, tellement débordée par mes propres sentiments que je suis incapable de réconforter mon frère.

– Je ne pouvais pas la tuer, Jed. Je ne pouvais pas les laisser faire ça.

Je résiste à la tentation de baisser les yeux en parlant.

– Et la jeter aux Damnés, c'était quoi, d'après toi, Mary ?

Il m'empoigne par l'épaule et serre si fort que ses doigts s'enfoncent autour de l'os.

– Je vais devoir la tuer, maintenant, tu comprends ? Quand je sortirai patrouiller, qu'est-ce qui se passera si je la vois, à ton avis ? Tu crois que je peux la laisser continuer comme ça ?

D'un geste vague, il désigne quelque chose derrière moi, derrière les champs, dans la direction de la clôture.

– C'est pas la vie, ça. C'est pas naturel. C'est pervers, c'est odieux et destructeur, et je n'aurais jamais cru que tu pourrais me faire ça. Que tu me forcerais à être celui qui tuera notre mère parce que tu n'as pas eu le courage de le faire.

Je comprends maintenant qu'il voulait que je la tue pour ne pas avoir à prendre cette décision lui-même.

– Je suis désolée, Jed.

Je dis ça parce que je ne sais pas comment arranger les choses autrement.

Jed est un Gardien, un membre de l'élite qui a pour seule mission de protéger le village, de réparer la clôture, de tuer les Infectés. Je ne sais pas comment lui faire entrer dans la tête que c'est elle qui l'a voulu et pas moi. Qu'en prenant cette décision, elle devait savoir que ça obligerait peut-être son propre fils à la tuer, plus tard. Je ne sais pas comment lui faire comprendre que, parfois, l'amour et la dévotion peuvent être plus forts que tout, au point qu'une femme veuille rejoindre son mari dans la Forêt. Quitte à sacrifier tout ce qu'il y a d'autre dans la vie.

Je m'avance pour le serrer contre moi, mais il garde la main sur mon épaule et les bras tendus pour m'empêcher d'approcher.

– Je suis l'homme de la maison maintenant, Mary.

J'essaie de sourire pour lui rappeler qu'il sera toujours mon frère.

– Ça ne veut pas dire que tu ne peux pas faire un câlin à ta sœur !

J'espérais le faire rire, mais il reste grave.

– Il paraît que tu vas entrer dans la Congrégation.

Ses paroles me font l'effet d'une gifle. Je ne sais pas à quoi je m'attendais – à de la colère, de la douleur, des regrets, mais pas à ce qu'il me renvoie. Pas à ce qu'il me jette dehors et me livre aux Sœurs sans me laisser une chance de m'expliquer avec lui. De plaider ma cause. C'est pour ça qu'il n'est pas venu me voir à la Cathédrale : dans sa tête, j'étais déjà en leur pouvoir, j'étais déjà une Sœur.

Au fond, j'ai toujours su qu'on en arriverait là, que cette scène était inévitable dans notre vie. En marchant vers la maison, tout à l'heure, j'avais le pressentiment que Jed ne me laisserait pas entrer pour récupérer les quelques affaires de maman. Qu'il prendrait tout.

– Personne n'a demandé ta main, Mary. Personne n'a voulu de toi. Personne ne te fera la cour cet hiver.

Ses doigts mordent toujours dans mon bras.

– Mais Harry…

Je fais un geste futile, par-dessus mon épaule, en direction de la colline qui cache le ruisseau où, il y a tout juste une semaine, Harry m'a proposé de l'accompagner à la fête des Récoltes. Je n'arrive pas à me rappeler si je lui ai répondu, au moins.

Sans me laisser le temps de mettre de l'ordre dans mes pensées confuses, Jed secoue la tête. J'ouvre la bouche, mais il m'interrompt.

– Il n'a pas demandé ta main, Mary.

Je le regarde, effarée, avec l'impression que mon corps se vide de toute sa substance. Dans mon village, une femme non mariée a trois possibilités. Ou bien elle vit avec ses parents, ou bien un homme demande sa main, lui fait la cour pendant l'hiver et l'épouse au cours des cérémonies du printemps, ou bien elle entre dans la Congrégation. Notre village est devenu une enclave peu de temps après le Retour ; aujourd'hui, nous sommes aguerris et nombreux, mais il est resté impératif que tous les jeunes en bonne santé se marient et, dans la mesure du possible, se reproduisent.

La maladie qui a décimé ma génération n'a fait qu'accentuer encore l'importance des nouvelles naissances. Et vu que nous sommes si peu à être en âge de nous marier, j'avais fini par compter là-dessus, ces dernières saisons. Je pensais qu'à l'automne, un des garçons de mon âge – Harry ou un autre – demanderait ma main ou s'intéresserait à moi. Je pensais pouvoir prétendre au grand amour, comme celui que ma mère éprouvait pour mon père, elle qui était prête à affronter la Forêt de Mains et de Dents pour retrouver son mari damné.

Bien sûr, Jed pourrait choisir de me recueillir et d'attendre de voir si quelqu'un demandera ma main l'année prochaine, histoire de donner aux familles du village le temps de se remettre du fait que mes deux parents sont des Damnés, maintenant. Que notre famille a été touchée par la mort éternelle. Mais il semble clair qu'il n'est pas disposé à faire ce choix-là.

– J'ai encore le temps, dis-je.

J'entends l'accent désespéré de ma voix. Il faut absolument qu'il me recueille, maintenant qu'on est seuls au monde.

– Ta place est avec les Sœurs, dit-il d'un ton dénué d'émotion. Bonne chance.

En poussant sur mes bras, ses doigts m'éloignent de l'entrée de sa maison. Je vois dans ses yeux qu'il est sincère quand il me souhaite bonne chance.

– Et Beth ?

À travers cette question, je cherche la moindre excuse pour rester un instant de plus avec mon frère – j'espère renouer l'amitié qui nous unissait il y a seulement quelques semaines, qui nous a unis toute notre vie.

Je vois les muscles de sa mâchoire se contracter, et sa main se crispe sur l'encadrement de la porte.

– Elle a perdu le bébé, dit-il.

Il recule dans la maison ; à l'intérieur, la pénombre masque son expression. En fermant la porte, il ajoute :

– C'était un garçon.

Je fais un pas en avant, prête à entrer de force. Mais quand j'entends le verrou cliqueter, je m'immobilise, la main en l'air. Je voudrais l'attraper, le serrer contre moi et pleurer avec lui. J'aurais été tata, me dis-je en appuyant la main contre la chaleur de la porte en bois. Je voudrais hurler à Jed que je souffre autant que lui, que je suis désolée et que j'ai besoin de lui.

Mais tout d'un coup, je me rends compte qu'il a sa nouvelle famille avec qui pleurer. Qu'au fond, je ne suffis plus à le consoler. Je ne fais que lui rappeler la mort de nos parents. Mes doigts se recroquevillent contre la porte et mes ongles s'enfoncent dans le bois au moment où je prends conscience de ma solitude absolue.

En essayant d'étouffer le feu qui me brûle la gorge, je laisse retomber ma main et je tourne le dos au seul foyer que j'aie jamais connu. Je regarde les autres maisons, de l'autre côté du chemin ; je les connais bien. À l'endroit où les jardins d'été aux couleurs éclatantes deviennent des parcelles de terre effondrée, trois petites filles se tiennent la main et font la ronde en chantant une comptine. Je sais que je devrais retourner à la Cathédrale, mais une fois que j'aurai rejoint les Sœurs, ma vie tournera autour de l'étude du Livre sacré et je n'aurai plus guère de temps pour mes fantaisies et mes désirs à moi. Alors je m'éloigne du groupe de petites maisons ; je longe les champs moissonnés et préparés pour l'hiver, et je monte dans la colline qui se dresse du côté levant de notre village.

Quand j'étais petite, j'ai appris dans mes cours chez les Sœurs que, juste avant le Retour, *ils* (on a oublié depuis longtemps qui « *ils* » étaient) savaient ce qui allait arriver. *Ils* savaient qu'il s'était passé quelque chose d'affreux et que, sous peu, les Damnés grouilleraient partout.

Ils croyaient encore qu'*ils* pourraient maîtriser ça. Alors pendant que les Damnés infectaient les vivants et que le

Retour devenait de plus en plus oppressant, *ils* étaient occupés à ériger des clôtures. Des clôtures infiniment longues. On ne sait plus si elles avaient pour but d'empêcher les Damnés d'entrer ou les vivants de sortir. Mais c'est de là qu'est sorti notre village, une enclave de centaines de survivants au milieu d'une vaste forêt de Damnés.

Il y a diverses théories sur la façon dont notre village est apparu au milieu de la Forêt. La Cathédrale et quelques autres bâtiments datent clairement d'avant le Retour et certains suggèrent qu'*ils* ont prévu dès le départ que le village servirait de refuge. D'autres prétendent que nous sommes un peuple élu, que nos ancêtres étaient les meilleurs de leur temps et qu'on les a envoyés ici pour assurer leur survie. L'histoire n'a pas retenu qui nous sommes et pourquoi nous sommes ici, parce que nos ancêtres étaient trop occupés à essayer de survivre pour penser à transmettre ce qu'ils savaient. Le peu de vestiges que nous avions autrefois – comme la photo de ma multi-arrière-grand-mère debout dans l'océan – ont été détruits dans l'incendie de mon enfance.

On ne sait pas ce qu'il y a au-delà de notre village, à part la Forêt, et on sait encore moins ce qu'il y a au-delà de la Forêt.

Mais au moins, *ils* ont été assez intelligents pour laisser des réserves de grillage quand *ils* ont terminé de créer notre petit univers. Alors, une fois établi, le village s'est mis à repousser la Forêt pour s'étendre. Petit à petit, mes ancêtres ont dégagé à coups de hache des parcelles de la Forêt qu'ils se sont appropriées, agrandissant la clôture jusqu'à ce qu'il ne reste plus de matériel de construction.

Cette colline faisait partie de la dernière grande conquête, du dernier ajout à notre territoire. Nos ancêtres jugeaient important d'avoir cette élévation pour pouvoir surveiller la Forêt. Pendant un moment, il y a eu une tour de guet au sommet de la colline, mais maintenant, elle tombe en ruine et on ne s'en sert plus. Ça ne m'empêche pas d'y monter pour me hisser une dernière fois, avant d'aller chez les Sœurs, au point le plus haut de notre monde de reclus.

Je regarde les alentours. À ma droite, les champs s'étendent dans le lointain, parsemés çà et là de vaches et de moutons qu'on a fait sortir des étables regroupées près de la clôture la plus éloignée. Ce n'est pas grave s'ils s'approchent de la Forêt – comme tous les animaux à part les humains, ils ne peuvent pas être infectés par les Damnés.

À ma gauche, il y a le village proprement dit. Depuis mon perchoir, les maisons paraissent encore plus petites et la Cathédrale est une forme imposante qui se dresse au-dessus de la frontière côté couchant – il n'y a que le cimetière entre le grand bâtiment de pierre et la clôture qui borde la Forêt. D'ici, je vois que la Cathédrale s'est agrandie d'une façon bizarre, avec des ailes qui partent du sanctuaire, au centre, selon des angles insolites.

Au pied de la colline, du côté opposé au village, un portail ouvre sur un chemin qui s'enfonce très loin dans la Forêt, telle une cicatrice courant entre les arbres. Bien que ce chemin et son pendant, qui part du côté Cathédrale du village, soient également bordés de clôtures, les Sœurs et les Gardiens nous interdisent d'y aller.

Ce sont des bandes de terre inutiles, couvertes de ronces, de broussailles et de mauvaises herbes. Depuis ma naissance, les portails qui en barrent l'accès sont toujours restés fermés.

Personne ne se rappelle où vont ces chemins. Certains disent qu'ils sont prévus pour servir d'issues de secours, d'autres qu'ils sont là pour qu'on puisse s'aventurer profondément dans la Forêt quand on cherche du bois. On sait seulement que l'un d'eux est orienté vers le soleil levant et l'autre vers le soleil couchant. Je suis sûre que nos ancêtres savaient où menaient ces chemins, mais que, comme presque tout ce qui concerne le monde d'avant le Retour, ce savoir a été perdu.

Nous étions les gardiens de notre mémoire et nous avons échoué. C'est comme ce jeu auquel on jouait, à l'école, quand on était petites : on s'assied en cercle, une élève chuchote une phrase à l'oreille de sa voisine et on fait passer le message jusqu'à ce que la dernière élève du cercle répète ce qu'elle a entendu, et là, on s'aperçoit que ça n'a rien à voir avec ce que c'était censé être.

Voilà à quoi ressemble notre vie aujourd'hui.

IV

C'est déjà la fin d'après-midi quand je descends de la tour et que je regagne la Cathédrale. Les Sœurs m'attendaient.

– Alors, tu as choisi de devenir l'une d'entre nous ? me demande l'aînée, Sœur Tabitha.

Flanquée de deux Sœurs d'âge mûr, elle se tient devant l'autel, face à moi.

– Je n'ai pas le choix, lui dis-je – parce que c'est la vérité.

Elle s'étrangle et je vois ses lèvres se pincer, dessinant une ligne droite. Elle se détourne brusquement et franchit une porte cachée derrière un rideau, près de la chaire, en disant :

– Suis-moi.

Ce n'est pas une question. J'obéis. Les deux autres Sœurs nous emboîtent le pas.

On marche dans un couloir qui nous entraîne au cœur de la Cathédrale ; je ne me suis jamais aventurée aussi loin. Quand on arrive devant une grande porte en bois bardé de fer, Sœur Tabitha tire dessus pour l'ouvrir, prend une bougie sur une table, de l'autre côté, et nous précède dans un escalier de pierre, abrupt, qui descend en tournant. L'air devient plus froid, plus humide, et une fois en bas, on est dans une salle immense qui renferme des rangées et des rangées d'étagères vides.

Mais on ne s'arrête pas. On traverse la pièce et on s'immobilise dans un coin sombre. Je me dis que je n'ai rien à craindre dans cet endroit bizarre. Que la Congrégation a toujours protégé les gens du village. Pourtant, je ne peux pas empêcher un frisson glacé de se propager dans tout mon corps et d'imprégner mes os.

Sœur Tabitha écarte un rideau, révélant une porte verrouillée. Elle tire une clé d'une chaîne qu'elle a autour du cou, ouvre la porte et m'ordonne d'avancer. Je la suis dans un autre couloir – celui-ci évoque plus un souterrain, avec ses murs de pierre, son sol en terre et son plafond soutenu par de grosses poutres en bois. D'autres étagères s'alignent sur les murs et, çà et là, je vois une bouteille poussiéreuse blottie sur les rayonnages.

– Savais-tu qu'il y a très, très longtemps, des siècles avant le Retour, ce bâtiment appartenait à une plantation ? Qu'on y faisait du vin ? demande Sœur Tabitha pendant qu'on marche.

Nos pas résonnent autour de nous.

La flamme de sa bougie vacille et elle ne prend pas la peine d'attendre une réponse, parce qu'elle sait qu'on n'a jamais étudié ça à l'école.

– À la place de ce qui est aujourd'hui la Forêt, juste devant le village, il y avait des champs de raisin. À perte de vue. Les Gardiens nous disent qu'ils rencontrent encore des vestiges du vignoble, qu'ils trouvent encore des vignes qui étouffent les clôtures.

Le souterrain s'incurve légèrement sur la gauche. De temps en temps, on passe devant une porte incrustée dans la pierre. Le bois est gauchi, éraflé, avec d'épais gonds enfoncés dans les murs. Je m'arrête un instant devant l'une d'elles avec l'intention de demander ce qu'il y a derrière, mais l'une des Sœurs qui marchent derrière moi me pousse en avant. J'aimerais bien savoir pourquoi ces détails historiques – le vignoble et le souterrain – ont été tenus secrets et pourquoi Sœur Tabitha a choisi ce moment pour m'en parler.

– On stockait le vin sous notre Cathédrale pour qu'il fermente, mais ce n'est pas là qu'il était fait, continue Sœur Tabitha.

On arrive finalement devant un cul-de-sac et un escalier en bois encastré dans la terre qui mène vers le haut. Sœur Tabitha s'arrête et se tourne vers moi. Je regarde derrière elle ; une trappe en bois est aménagée dans le plafond, en haut des marches.

– Le vin était fait ailleurs, reprend-elle, me forçant à ramener mon attention sur elle. Il fallait piétiner le raisin, ce qui est salissant et attire des insectes, alors le pressoir était dans un bâtiment séparé. On se servait de ce souterrain pour transporter et stocker les réserves. Finalement, quand les ressources de la terre se sont épuisées, la fabrication de vin a été abandonnée. Le vieux pressoir en bois s'est délabré et a fini par s'écrouler. Mais le bâtiment lui-même, notre Cathédrale, est resté debout, puisqu'il était en pierre.

Sœur Tabitha monte lentement les marches et se voûte

quand elle s'approche de la trappe du plafond. Elle utilise trois clés pour la déverrouiller, puis redescend en la laissant fermée.

– C'est ici que se trouvait le pressoir, autrefois, me dit-elle en me poussant vers le haut de l'escalier, manquant me faire trébucher.

Je m'accroupis, le dos contre la trappe en bois grossier dont les barres de fer s'enfoncent dans ma peau. J'ai déjà eu le loisir d'observer la sévérité des Sœurs, qui distribuaient des châtiments corporels chaque fois que c'était nécessaire, pendant nos cours. Mais je ne les ai jamais vues comme ça : brutales, distantes, effrayantes.

– Ouvre-la, Mary, m'ordonne Sœur Tabitha.

Elle a une voix basse et terrifiante, un ton sinistre, et je vois que je n'ai pas le choix. Je m'arc-boute contre la lourde trappe, qui se soulève en dessinant un grand arc et retombe sur le sol, de l'autre côté, avec un bruit retentissant.

Je sens Sœur Tabitha, derrière moi, pousser sur mes jambes ; si je ne grimpe pas dans l'ouverture pour quitter notre petit souterrain, je vais perdre l'équilibre. Je me déplie et je me redresse, comme si je sortais de terre, puis je sens une poussée dans mon dos. Et je me retrouve soudain à l'air libre, à quatre pattes, avec des aiguilles de pin qui me piquent les paumes. J'entends des oiseaux, je sens de l'herbe sèche sous mes pieds nus et je suis désorientée, perplexe, jusqu'au premier gémissement. Le bruit retombe et reprend crescendo – trop près, trop fort, trop menaçant.

D'instinct, je saute sur mes pieds puis je me recroqueville, les mains tendues devant moi. Prête à me défendre. Je me tourne vivement vers la gauche et vers la droite, et ce qui m'entoure défile, indistinct. Dans un mouvement désespéré, je reviens vers le trou dont je suis sortie, vers la sécurité du souterrain, mais Sœur Tabitha me barre le passage.

– Qu'est-ce que vous me faites ? je hurle d'une voix que la peur rend dure, rocailleuse.

Haletante, je m'étouffe presque sur ces mots. Je cherche à tâtons par terre un bâton ou une arme ou n'importe quoi pendant que les gémissements se rapprochent, puis j'entends un claquement que je connais bien. C'est le bruit que font les Damnés en tirant sur le grillage.

En regardant autour de moi, je m'aperçois que je suis sortie dans une petite clairière éloignée du village et protégée par un cercle de grillage deux fois plus haut que moi. Les Damnés viennent s'amasser tout autour. Si je fais deux pas dans une direction quelconque, ils peuvent m'atteindre à travers les mailles métalliques. Le sang tambourine dans tout mon corps, la panique m'obscurcit la vue, fait trembler et vibrer mes mains au rythme de mon cœur.

J'essaie de regarder partout en même temps. Puis Sœur Tabitha lève la main, pointant un doigt qui s'échappe de sa tunique noire pour indiquer quelque chose derrière moi, vers les arbres. Je n'avais pas vu la porte, mais elle est là – c'est le même système compliqué que celui utilisé par notre village quand quelqu'un est condamné à rejoindre la Forêt. Sœur Tabitha n'a qu'à tirer sur une corde qui traîne par terre, à côté de sa main, et la porte s'ouvrira. Sœur Tabitha et les autres repartiront discrètement dans leur passage secret et je serai seule face aux Damnés.

– Qu'est-ce que vous faites ? Pourquoi vous me faites ça ?

J'essaie de crier, mais ma voix est trop faible, trop voilée.

En essayant d'avaler de l'air, je hoquette. Les Damnés sont si proches. Partout où je me tourne, ils sont là, ils me veulent à tout prix, ils s'agitent devant le grillage.

Des ruisseaux de larmes coulent de mes yeux, gouttent de mon menton.

– Je vous en prie... je murmure en me remettant lentement à quatre pattes pour me traîner vers Sœur Tabitha et tirer sur sa tunique noire. Je vous en prie, ne me laissez pas ici.

Je suis comme un enfant qui supplie sa mère.

– On a toujours le choix, Mary, me dit Sœur Tabitha, debout sur les marches, la moitié inférieure de son corps cachée en dessous du niveau du sol. C'est ce qui nous rend humains, ce qui nous sépare d'*eux*.

Je la dévisage en essayant de trouver un moyen de faire cesser ce cauchemar. Ajoutée à l'air frais, sa ferveur lui donne les joues rouges. Elle a des rides aux coins des yeux – des reliques qui semblent indiquer qu'elle a su sourire, à une époque lointaine.

Mes épaules s'affaissent. Je suis à genoux devant elle. Découragée, je laisse tomber ma tête contre ma poitrine. Il n'y a rien à faire.

Sœur Tabitha pose les deux mains sur ma tête.

– Il est important que tu le saches, Mary. Tu dois comprendre l'importance du choix que tu fais en devenant l'une d'entre nous. On n'entre pas dans la Congrégation à la légère.

Gardant les yeux baissés, je fixe les feuilles d'automne

aux couleurs ternes en hochant la tête. Je tremble, je n'arrive pas à contrôler mes muscles qui tressautent. Tout autour de moi, les Damnés s'agrippent désespérément à la clôture. Ils sentent mon odeur.

– Il faut que je te l'entende dire, Mary.

Sœur Tabitha passe les mains dans mes cheveux. Je n'arrive à penser qu'à ma mère et au choix qu'elle a fait.

– Je choisis d'entrer dans la Congrégation, dis-je, prête à tout pour sortir de cette clairière.

– Bien, dit Sœur Tabitha en glissant ses mains sous mon menton.

D'une poigne ferme et presque douloureuse, elle me redresse la tête pour me forcer à plonger les yeux dans les siens, qui sont du même gris-vert foncé qu'un ciel d'orage pendant l'été.

– La prochaine et la seule fois que tu ouvriras la bouche pour parler, ajoute-t-elle, ce sera pour chanter les louanges de notre Seigneur.

Je mets un moment à comprendre ce qu'elle dit – que je ne risque plus rien – et alors je hoche frénétiquement la tête. Le bruit que font les Damnés me donne la chair de poule. Sœur Tabitha fait un pas de côté et m'aide à redescendre les marches. Muette, je la suis dans le souterrain jusqu'à la grande salle et, pendant qu'on remonte l'escalier pour retourner dans la Cathédrale, je m'étonne de la froideur que j'ai lue dans ses yeux. Son regard semblait me transpercer l'âme; jusqu'à présent, je n'avais vu que la facette chaleureuse des Sœurs.

On retourne dans le sanctuaire de la Cathédrale et les Sœurs me conduisent dans le couloir jusqu'à la chambre que j'occupais seulement ce matin, la chambre avec vue sur la Forêt et les Damnés. À présent, il y a un bureau sous la fenêtre et une armoire dans un coin, avec deux tuniques noires suspendues à l'intérieur. On a allumé un feu dans la petite cheminée de pierre pour chasser le froid de l'hiver imminent, mais je ne sens pas sa chaleur.

Avant de partir, Sœur Tabitha me fourre le Livre sacré entre les mains.

– Quand tu l'auras lu cinq fois, tu pourras commencer à gagner des privilèges, dit-elle.

Là-dessus, elle me laisse de nouveau seule pour réfléchir à différentes options.

♦

Le Livre sacré est un volume plus épais que la largeur d'une main, avec une reliure usée, craquelée, et de fines pages presque transparentes, couvertes de caractères bien tassés. Je lis à la table sous la fenêtre quand il y a du soleil et, quand il n'y en a pas, je regarde le feu en pensant à ma mère. J'essaie de réconcilier ce que je lis dans le Livre avec ce que je sais sur notre vie ici, et je finis par m'apercevoir qu'il n'y a pas de réponse.

Mon univers me paraît tellement petit, maintenant que les quatre murs de ma chambre sont le seul endroit où j'ai l'autorisation de rester sans surveillance. Je regrette le temps où je pouvais me dresser sur la colline, avec le vent qui soufflait autour de moi, et contempler l'horizon en me demandant ce qu'il y a au-delà de la Forêt, si du moins il y a quelque chose. Certaines nuits, quand le sommeil s'installe, mes pensées reviennent vagabonder le long de la clôture et jusqu'au portail qui barre l'accès au chemin interdit. Mais même dans mes rêves, je ne passe pas de l'autre côté.

♦

Au milieu de l'hiver, un après-midi où il neige, je suis interrompue dans mon étude par des cris qui résonnent dans le couloir, devant ma porte. Je cours à la fenêtre et je regarde dehors, en me demandant si les Damnés ont fini par ouvrir une brèche dans la clôture et envahissent le village. Mais tout est calme dans mon champ de vision, et la sirène se tait. Je vais à la porte et j'y colle l'oreille, effrayée. Si quelque chose a mal tourné à l'intérieur du bâtiment, je suis peut-être plus en sécurité dans ma petite cellule. C'est là que je me rappelle que la Cathédrale est aussi notre hôpital et que les Sœurs sont les gardiennes de la science des guérisseurs.

Les cris se muent en voix pressantes, trop étouffées pour que j'arrive à distinguer les mots individuels. Un homme continue à hurler – manifestement, il souffre. Je tourne le dos à la porte et je me laisse glisser contre le battant pour m'asseoir par terre.

Je me bouche les oreilles, mais j'entends toujours la douleur, les voix et la peur. Puis un silence s'installe – un silence pesant, étouffant.

Cette nuit-là, je ne dors pas. Allongée sous les couvertures, j'écoute la Forêt qui craque et gémit, la neige qui tombe sur notre village et les Sœurs qui vont et viennent de leur pas traînant pour s'occuper de leur nouveau patient.

Je me dis qu'on est tellement braqués sur le danger que représente la Forêt qu'on en oublie les autres dangers de la vie. Je me dis qu'on est drôlement fragiles, ici – on dirait des poissons dans un aquarium cernés par les ténèbres qui se resserrent de tous les côtés.

V

Le lendemain, on me convoque pour m'occuper du patient, qui est resté silencieux toute la nuit.

– Nous avons de nombreuses responsabilités, Mary, me dit Sœur Tabitha en me faisant sortir de ma chambre.

Je la suis dans le sanctuaire principal puis dans un couloir, en haut d'un escalier étroit et dans un autre long couloir avec des portes en bois de chaque côté.

– Tout comme tu as appris à consacrer ta vie au Seigneur, tu vas désormais apprendre à t'occuper de Ses enfants. Mais n'oublie pas, ajoute-t-elle en se retournant pour prendre mon menton entre ses doigts glacés, tu es toujours liée par ton vœu de silence. Tu n'as pas encore gagné de privilèges.

Je hoche la tête. Je ne lui ai pas dit que j'ai terminé ma cinquième lecture du Livre sacré il y a une semaine. J'étais trop occupée à apprécier ma solitude.

Elle ouvre la porte et j'entends un grognement qui me fait penser aux Damnés. Je reste d'abord figée sur le seuil, revivant le moment où ma mère a subi sa mutation et où ses cris ont cédé la place à des gémissements anonymes.

La lumière du soleil s'infiltre par une fenêtre en face

de la porte et se réfléchit sur les murs lambrissés, ce qui contraste avec le couloir exigu et sombre. Ici, tout est plus clair que dans ma chambre, plus lumineux. Un petit lit avec des draps blancs et un édredon piqué légèrement élimé est collé contre le mur, dans le coin opposé, et un jeune homme s'agite, arrachant les couvertures.

– De l'eau, dit-il d'un ton suppliant.

Sœur Tabitha se tourne vers moi et m'ordonne de sortir avec un bol pour recueillir de la neige propre qu'il pourra sucer pendant qu'elle va chercher de nouveaux pansements.

Quand je reviens, j'ai les mains rougies à cause de la neige que j'ai ramassée. Je m'approche lentement du lit. Le patient est calme, à présent, et quand il entend le bruit de mes chaussures sur le plancher, il se retourne et je vois qui c'est.

– Travis !

Ma voix me paraît rauque et me râpe la gorge. Vite, je regarde autour de moi pour m'assurer que Sœur Tabitha ne m'a pas entendue parler. Je n'ai aucun doute là-dessus : elle m'enverrait dans la Forêt sans hésiter si elle en éprouvait le besoin.

– Mary, murmure-t-il. Oh ! Mary.

Il tend la main, prend la mienne et l'attire vers sa joue, m'entraînant vers l'avant, si bien que je finis par tituber et tomber à genoux près du lit. Une partie de la neige s'échappe du bol et atterrit par terre, mais il a les yeux fermés et ne voit pas les flocons fondre sur les lattes éraflées.

Sa joue est brûlante. Je glisse la main sur son front, comme ma mère le faisait quand Jed et moi étions malades, petits. Je repense à toutes les fois où j'ai frôlé Travis accidentellement pendant qu'on jouait dans les champs ou qu'on allait en cours ; aujourd'hui, sa peau me paraît différente au toucher. Plus adulte. Comme une peau d'homme et non de petit garçon.

Je prends une pincée de neige dans mon bol et j'avance la main devant sa bouche. Sa langue passe délicatement sur mes doigts et j'ai l'impression que ma peau se dégèle pour la première fois de ma vie. Tout d'un coup, j'ai le sentiment que ce n'est plus mon ami, mais quelque chose de plus, et je dois faire un effort pour me rappeler que je ne peux pas le désirer, qu'il appartient à une autre. Il soupire et je vois son corps se détendre sur le matelas.

– Encore, Mary, s'il te plaît, demande-t-il sans rouvrir les yeux.

Je hoche la tête et je continue à lui donner de la neige. Son souffle fond dans mes doigts. Son corps est si brûlant, si déshydraté, si assoiffé…

– Ça fait mal, Mary, chuchote-t-il. Mon Dieu, ça fait affreusement mal.

Je sens monter l'envie de le réconforter par des paroles et je brûle de savoir ce qui lui est arrivé, mais j'ai peur de poser la question et de courir le risque que Sœur Tabitha m'entende parler, me chasse de sa chambre et ne me laisse plus jamais le revoir. J'appuie le front contre sa joue, appliquant ma peau fraîche contre la sienne, et on est comme ça quand la porte s'ouvre derrière nous et que Sœur Tabitha débarque. Son visage se plisse dans une grimace.

Après un silence, Travis dit :

– Merci pour la prière, Mary. Je me sens mieux, maintenant.

Et la grimace de Sœur Tabitha s'adoucit un peu.

– La prière est toujours le meilleur remède, dit-elle.

Puis elle vient près du lit et, avec une tendresse que je n'aurais jamais crue possible, elle découvre le corps de Travis pour examiner ses blessures.

Les bandes de tissu nouées autour de sa cuisse gauche sont tachées de sang, mais c'est du vieux sang marron, ce qui doit être bon signe. Sœur Tabitha me fait tenir les mains de Travis pendant qu'elle décolle les bandages et je me prépare à voir quelque chose de moche en dessous.

J'ai vu tant d'horreurs, tant de choses monstrueuses que je ne m'attendais pas à avoir le vertige et les jambes en coton en voyant la blessure de Travis. On ne peut pas grandir cerné par la Forêt sans voir les spectacles les plus épouvantables : les Damnés avec leur peau flasque, déchirée et béante sur les blessures qui ont causé l'infection, leurs doigts crevassés et cassés à force de malmener le grillage, leurs membres à peine retenus par quelques nerfs et rien de plus.

Travis me serre la main très fort, comme pour me réconforter au lieu de se laisser réconforter lui-même. Au milieu de sa cuisse, du sang qui paraît très liquide coule encore d'une entaille rouge vif. Elle est fermée par une rangée de longs points de suture irréguliers. Sœur Tabitha pose les mains de part et d'autre de l'entaille et appuie; Travis gémit et ses yeux se révulsent.

– Il n'y a pas encore d'infection, me dit-elle sans lever les yeux. Ce qui me donne de l'espoir.

Elle remet des bandes de tissu propre sur la chair à vif.

– Mais c'est une mauvaise écorchure et je ne sais pas si

nous l'avons soignée correctement. Nous verrons. En revanche, il y a une chose que je sais…

Elle lui remonte l'édredon jusqu'au menton et le borde bien serré.

– … c'est que Travis va rester dans ce lit pendant tout le reste de l'hiver au moins et qu'il aura de la chance s'il remarche un jour. C'est entre les mains de Dieu, maintenant.

– Est-ce que…

Travis hésite, déglutit, le visage pâle et le front trempé de sueur.

– Est-ce que Mary peut venir prier pour moi ? demande-t-il.

Sœur Tabitha braque un long regard insistant sur Travis, puis sur moi, qui tiens toujours ses mains entre les miennes. Elle fait un petit signe de tête, un bref mouvement terminé en une fraction de seconde.

– Oui, je l'y autorise. Mais pour le moment, elle doit retourner à son étude. Et il faut que tu saches qu'elle n'a le droit de parler que pour prier, alors s'il te plaît, Travis, ne la tente pas de parler en dehors.

En regardant les doigts de Travis entremêlés aux miens, je repense au jour, il y a plusieurs mois, où son frère m'a tenu la main sous l'eau et m'a invitée à la fête des Récoltes qui est désormais passée depuis longtemps. Je me souviens de la peau de Harry, qui me paraissait tellement bouffie, incongrue à l'époque. Celle de Travis est rugueuse et calleuse contre ma peau toute douce.

Je retourne sa main pour examiner les lignes qui s'entrecroisent sur la chair. C'est fou, tout ce que j'ai perdu depuis ce jour-là.

Je reviens dans la chambre de Travis tous les matins. J'aide Sœur Tabitha à nettoyer sa blessure, qui est toujours à vif et qui inquiète les Sœurs. Quand elles passent le voir, elles froncent les sourcils et marmonnent des paroles divines. Tout le monde prie pour qu'il guérisse. Je voudrais savoir ce qui lui est arrivé, mais je garde le silence, comme on me l'a ordonné. Tout ce que j'ai besoin de comprendre, c'est qu'il y a une fracture grave, que l'os a percé la peau et que ça ne guérit pas comme ça devrait.

Quand je vois Travis, il est souvent enfoui sous les couvertures, à demi délirant à cause de la chaleur et de la fièvre. La plupart du temps, il ne me reconnaît pas. Parfois, il m'attrape et me supplie de lui donner de l'eau et de faire que ça cesse.

Chaque fois que je le peux, je m'agenouille à côté de son lit, je prends ses mains entre les miennes et je me penche vers lui pour lui chuchoter des choses à l'oreille. Je sais que je suis censée prier et que les Sœurs croient ardemment que c'est la seule chose qui puisse le sauver, mais je ne peux pas le faire.

Je ne peux pas confier la vie de mon ami à une chose dont je doute autant et contre laquelle je suis encore tellement en colère pour m'avoir enlevé ma famille et m'avoir laissée ici, dans ce monde.

Alors à la place, je lui parle des choses auxquelles je crois, des choses qui me donnent la foi. Je lui raconte les histoires que ma mère me racontait au sujet de la vie avant le Retour.

Je lui parle de l'océan.

Je sais que je suis amoureuse de Travis, dans ces moments-là. Je brûle de le guérir. Si je pouvais puiser dans mes propres ressources vitales et les partager avec lui pour qu'il se rétablisse, je n'hésiterais pas à le faire. Et je ne comprends pas pourquoi il ne va pas mieux alors que, jour après jour, j'entre dans sa chambre et j'approche mon visage si près que mes lèvres frôlent ses joues et ses oreilles.

Quand je ne suis pas avec Travis, mais seule dans ma chambre à moi, je n'arrive pas à oublier le jour où j'étais au bord du ruisseau, le jour où ma mère a été infectée. Je revois Harry me dire que Travis a choisi Cass, ma meilleure amie, et pas moi. Pourtant, Cass n'est pas passée à la Cathédrale pour venir au chevet de Travis, comme moi. Elle ne le mérite pas autant que moi, mais je ne peux pas oublier que Travis est déjà promis à une autre. Que c'est à Cass qu'il ferait la cour, en ce moment, s'il n'avait pas cette jambe fracturée. Cette idée me remplit de rage et de regrets, et les deux émotions sont si intimement mêlées que je n'arrive pas à les distinguer ; tout ce que je sais, c'est que je le désire.

Voilà comment je sais que je ne pourrai jamais être au service de Dieu, voilà pourquoi je ne pourrai jamais me vouer à la Congrégation. Parce que j'aime trop Travis pour renoncer à lui.

VI

J'ai parlé de l'océan à Travis. Il a sombré dans un sommeil fébrile, avec les lèvres molles, mais je continue à murmurer dans ses rêves, essayant de l'exhorter à guérir. Je suis à genoux près de son lit, comme d'habitude, et je passe une main dans ses cheveux pour lisser vers l'arrière ceux qui lui tombent sur le front, quand la porte s'ouvre derrière moi. Avant de savoir qui c'est, je dis vite « Amen » et je me lève, les joues cramoisies et le souffle court.

J'ouvre de grands yeux quand je vois qui sont les visiteurs : Cass et Harry, suivis de Sœur Tabitha.

– Mary ! s'exclame Cass.

Elle court vers moi et jette les bras autour de mon cou ; je fais pareil avec elle, enfouissant le visage dans ses cheveux blond-blanc. Même si nous sommes au cœur de l'hiver, elle a encore un parfum de soleil.

Je sens déjà les larmes me piquer les yeux et me brûler le fond de la gorge. Pour plein de raisons à la fois : parce que ma meilleure amie m'a manqué, que le contact physique m'a manqué et que je suis amoureuse de Travis. Pour une fois, je suis contente de ne pas avoir le droit de parler, parce que je n'aurais pas su quoi dire à Cass, pas su comment expliquer pourquoi elle m'a trouvée à genoux auprès de Travis, avec une main dans ses cheveux.

– Oh, Mary, comment va-t-il ?

Elle prend ma place à côté de Travis et lui plie les mains entre les siennes, comme je le faisais. Bien que plongé dans son sommeil fébrile, il penche la tête vers la sienne.

Je suis convaincue qu'il sent l'odeur de soleil et qu'il en est aussi avide que nous tous.

– Travis, dit-elle d'une voix douce comme un souffle. Travis.

Elle passe une main légère sur son front et il grogne doucement. Quand la main arrive sur sa joue, il presse son visage dessus.

La façon dont il réagit à la présence de Cass me fait tellement mal que ce spectacle m'est presque insupportable. J'étais dans le même état quand mon frère m'a dit que je devais entrer dans la Congrégation, parce que personne n'avait demandé ma main. Je sens le même vide s'ouvrir en moi.

Pendant un moment, j'ai envie d'écarter Cass du lit, de Travis. J'ai envie de crier sur Travis et de lui dire que ce n'est pas moi, que c'est avec moi qu'il devrait réagir comme ça. Que c'est moi qui suis là depuis le début.

Mais je ne le fais pas. Parce que je m'obstine à croire qu'il y a une raison, si Cass n'était pas encore venue rendre visite à Travis depuis son accident. Parce que je sais qu'elle est sensible et que rien que ça, rien que de le voir fiévreux et gémissant, c'est presque trop pour elle. Même si c'est son fiancé, même si on a grandi ensemble, tous les quatre, et qu'on est amis depuis toujours.

Entre elle et moi, c'est elle qui a toujours été la plus faible, et j'ai toujours éprouvé le besoin de la protéger. Le seul fait qu'elle soit ici montre à quel point elle tient à lui ; quand je comprends ça, je me sens encore plus vide et encore plus bête de m'être mis dans la tête que j'étais amoureuse de lui.

Elle tient la main de Travis contre sa joue à elle, maintenant, et pleure à chaudes larmes sans un mot.

– Il est comme ça depuis combien de temps ? me demande-t-elle. Quand est-ce qu'il ira mieux ? Quand est-ce qu'il va se réveiller ?

Je me tourne vers Sœur Tabitha, puisque je n'ai pas le droit de parler. Elle s'avance entre Cass et moi pour répondre à ses questions. Je suis soulagée qu'on me décharge de la responsabilité d'expliquer. Je m'éloigne du lit, je m'éloigne de Cass, de Travis et de Sœur Tabitha pour leur laisser un peu d'intimité pendant qu'ils parlent.

– Bonjour, Mary, dit Harry.

J'avais oublié qu'il était là. Il faisait les cent pas devant le mur, près de la porte. À mon tour, je le salue d'un hochement de tête. Ses cheveux ont poussé depuis la dernière fois que je l'ai vu, il peut glisser les mèches noires derrière ses oreilles. Ça fait paraître ses pommettes anguleuses et sévères. Maintenant que je suis à côté de lui, je sens que je m'empourpre de colère et de honte devant ce garçon qui m'a rejetée.

– Sœur Tabitha nous a prévenus que tu ne pourrais pas parler, que tu avais fait une sorte de vœu, mais Cass a dû l'oublier.

Je hoche encore la tête. Je ne sais pas ce que je lui dirais, si je pouvais parler. Peut-être que je chercherais à savoir pourquoi il n'a pas demandé ma main. Pourquoi il m'a invitée à la fête des Récoltes, le matin où ma mère a été infectée, pour ensuite ne plus m'adresser la parole une seule fois jusqu'à maintenant. Pourquoi il n'est jamais allé voir Jed pour officialiser son engagement envers moi. Pourquoi il m'a abandonnée à ce sort avec la Congrégation.

Peut-être que je lui demanderais ce qui est arrivé à Travis, ce qui a causé cette épouvantable fracture à la jambe, et pourquoi il ne m'a pas rendu visite avant aujourd'hui.

– C'est ton frère qui l'a trouvé, me dit-il, comme s'il lisait dans mes pensées.

On regarde Cass penchée au-dessus de Travis, pendant que Sœur Tabitha, assise au bord du lit, lui explique tout à voix basse, avec douceur. La délicatesse de Sœur Tabitha face aux blessures de Travis me surprend toujours.

– C'est lui qui l'a amené ici, ajoute Harry. Beth était désespérée de ne pas pouvoir accompagner son frère, elle aussi. Mais les Sœurs ont peur que le moindre déplacement lui fasse perdre le bébé.

Je déglutis rapidement, la gorge en feu. Jed est venu ici cette nuit-là. Est venu ici il y a quelques jours seulement. Il était tout près, et pourtant il n'est pas passé me voir. N'a pas pris la peine de me dire que sa femme est de nouveau enceinte.

Je ne peux que hocher la tête et m'efforcer d'empêcher mes joues de s'embraser sous le coup de toutes les émotions contradictoires qui m'assaillent. C'est au prix d'un énorme effort que j'arrive à joindre les mains paisiblement devant mon ventre.

Harry se tourne pour me faire face, mais je garde les yeux braqués devant moi. Comme son frère, il est plus grand que moi, alors il me regarde de haut en parlant.

– Personne ne sait ce qui s'est passé, ni même où il était, Mary.

Il hésite.

– Jed nous a dit que quand il l'a trouvé, Travis se traînait dans un champ, à moitié délirant. Mais personne n'a réussi à comprendre quoi que ce soit.

Il me scrute comme si j'étais censée savoir quelque chose, comme si je détenais les réponses à ses questions muettes. Je me contente de soutenir son regard. Finalement, il se penche un tout petit peu vers moi.

– Mary, marmonne-t-il tout bas pour que les autres personnes de la pièce ne l'entendent pas. Je suis désolé. C'est juste que je...

Il baisse les yeux, puis regarde son frère et Cass pardessus mon épaule.

Il ouvre la bouche pour ajouter quelque chose, mais à cet instant, Travis frissonne un peu sur le lit : Cass a lâché sa main et se lève. Elle renifle, les yeux rouges et injectés, et son visage paraît hagard, comme si la proximité de tant de douleur l'avait vidée de ses forces.

Ce n'est plus la même femme que celle qui est entrée tout à l'heure.

– Je peux revenir lui rendre visite ? demande-t-elle.

Vu la façon dont on est tous placés dans la pièce, Sœur Tabitha n'a qu'un mouvement imperceptible à faire pour regarder derrière Cass et croiser brièvement mon regard quand elle répond :

– Bien sûr que tu peux. Mary prie pour lui tous les jours. Tu peux te joindre à elle à ce moment-là. Peut-être que si vous suppliez Dieu toutes les deux, Il fera preuve de clémence.

Je sens les yeux de Harry qui me fixent, m'adjurent d'affronter son regard. Mais je ne veux pas de ses excuses. Et je ne veux pas expliquer pourquoi j'ai passé tant de temps au chevet de son frère.

Cass se tourne vers moi et me pose une main sur la joue.

– Ma petite Mary, dit-elle. Tu es trop gentille.

Tout ce que je suis capable de penser, à ce moment-là, c'est que je sens encore l'odeur de Travis sur ses mains ; ça aurait pu causer ma perte.

◆

Après le départ de Cass et de Harry, Sœur Tabitha me raccompagne jusqu'à ma chambre.

– Tu as terminé de lire le Livre cinq fois du début à la fin.

Ce n'est pas une question ; ça ne me pose aucun problème de lui mentir par omission, mais je ne peux pas lui mentir carrément en la regardant dans les yeux, alors je hoche la tête.

– Dans ce cas, ton vœu de silence est fini.

– Oui.

La parole me donne une drôle de sensation dans la bouche après toutes ces semaines de silence. Ma voix paraît bruyante et dure à mes oreilles, qui se sont habituées aux doux murmures contre les joues de Travis.

– Tu passeras bientôt à l'étape suivante de ton étude.

Mais pour le moment, tu vas aider Cass à affronter cette épreuve et continuer à prier pour Travis.

Je fais oui de la tête. Parce que même si j'ai le droit de parler, maintenant, ça ne veut pas dire que j'en aie envie. Maintenant que je peux parler, je peux m'expliquer avec Cass. Cette perspective pèse lourd sur mes épaules.

♦

J'ai la faiblesse de ne pas dire à Cass que j'ai été délivrée de mon vœu de silence. Je reste assise sur une chaise près de la fenêtre pendant qu'elle s'agenouille devant le lit de Travis et remue les lèvres dans sa prière. La fièvre de Travis n'est pas retombée et il est rarement éveillé, même si, souvent, il grogne de douleur et s'agite sur le lit. Après quelques visites semblables, je vois qu'elle est lasse, épuisée et perdue, alors je vais m'agenouiller à côté d'elle et je la prends dans mes bras. Elle s'écroule contre moi, en larmes.

Le septième jour, Cass ne vient pas voir Travis et je commence à craindre qu'il lui soit arrivé quelque chose. Mais Harry vient à sa place et me dit que c'est devenu trop dur à supporter pour elle de voir Travis souffrir autant.

Il ne s'attarde pas. Il ne me demande pas comment je vais ni comment va Travis. Il se contente de rester un moment sur le seuil de la chambre de son frère en me regardant veiller sur le blessé, qui dort paisiblement, assise sur ma chaise près de la fenêtre.

– Tu es amoureuse de lui, dit-il.

J'essaie de trouver une accusation dans sa voix, mais je n'y arrive pas.

– Tu n'as pas demandé ma main, je réplique.

Pendant un instant, ses yeux lancent des éclairs, puis il se détourne et regarde par la fenêtre. Je voudrais qu'il me dise pourquoi. Mais il dit « Je suis désolé, Mary » et s'en va, en m'observant une seconde avant de tourner les talons et de fermer la porte derrière lui.

Je quitte ma chaise, je me traîne jusqu'à Travis et je me mets à genoux près du lit. Ça fait trop longtemps que je n'ai pas pu être celle qui était à cette place. Ces derniers jours, c'est Cass qui était là, et tout doucement, Travis a commencé à guérir ; la rougeur qui entoure sa cicatrice rétrécit petit à petit. Mais il faut encore qu'il se réveille totalement, qu'il sorte enfin de ce sommeil agité dans lequel il n'arrête pas de sombrer, l'esprit visiblement embrumé par la douleur.

Je me cramponne à lui et je fonds en larmes. Je pleure parce que j'ai perdu mes parents, parce que j'ai trahi ma meilleure amie, parce que personne n'a demandé ma main et parce que je suis tombée profondément amoureuse de Travis. Je pleure parce que ma vie n'est pas du tout comme je l'avais imaginée. Je pleure à cause de la manière dont nous vivons, à cause des Damnés, de la Forêt de Mains et de Dents, des Sœurs et des Gardiens. Et puis je pleure pour moi, pour Travis et sa jambe cassée, et parce que j'imagine qu'il ne se rétablira peut-être jamais ou que, s'il se rétablit, il ne pourra peut-être plus jamais marcher normalement ; et parce que demain, je commence l'étape suivante de mon étude et que j'ai peur de ne plus avoir la permission de venir le voir.

Je pleure parce que ce n'est pas une vie. Parce que ce n'est pas comme ça que la vie devrait être et parce que je ne sais pas comment arranger tout ça.

Mes larmes trempent l'oreiller. La joue, le cou et les cheveux de Travis sont mouillés, maintenant, mais je ne peux pas m'arrêter, je continue jusqu'à être secouée de sanglots. J'essaie d'inspirer de l'air dans mes poumons pendant que mon corps se convulse.

À ce moment-là, je sens une main sur ma tête et je lève les yeux. C'est Travis, il est réveillé. Pendant un moment, je me demande si ça l'étonne de me trouver ici à la place de Cass. C'est Cass qui a veillé sur lui, c'est Cass qui lui fait de l'effet.

Mais il murmure :

– Ça va aller, Mary.

Il attire ma tête vers son torse et passe les deux bras autour de moi. Je voudrais que la vie s'arrête ici et maintenant, pour nous laisser vivre ce moment.

Mais j'entends un pas traînant à la porte et je lève les yeux. C'est Sœur Tabitha, qui apporte son dîner à Travis. Elle hausse un sourcil en voyant mon allure : échevelée, toute rouge. Je me lève et je m'écarte du lit en m'essuyant le visage avec ma manche.

Travis s'est rendormi ; il est inerte, les bras le long du corps. Maintenant que je me retrouve toute seule, je me demande si j'ai tout imaginé.

Sœur Tabitha ne dit rien quand je quitte la pièce pour regagner mon refuge solitaire en courant à travers le labyrinthe de la Cathédrale. Mais quelques heures plus tard, elle est là, à ma porte, et m'annonce que mon nouveau sujet d'étude me prendra toute la journée et que je n'aurai plus le temps d'aller prier pour Travis.

Je passe la nuit assise à mon bureau, avec la fenêtre

ouverte ; l'air glacé souffle sur mon corps engourdi. Je regarde vers la Forêt, vers la clôture, et je me demande ce que deviennent mes parents. Leur vie est-elle plus facile, à présent ? Est-ce que les Damnés connaissent la peur ? Est-ce qu'ils connaissent le deuil, l'amour, la douleur et le manque ? Une vie débarrassée de toute cette souffrance ne serait-elle pas plus facile ?

VII

Sœur Tabitha a raison : avec mon nouveau sujet d'étude, je n'ai pas le temps de rendre visite à Travis pendant la journée. Les besoins de la Cathédrale me prennent l'essentiel de mon temps. Le matin, je déblaie la neige des allées, j'époussette les bancs de prière et je dispose les missels pour la messe. Je fabrique les cierges sacrés pour l'autel, en psalmodiant les prières appropriées pour chaque couche de cire. Je prépare les repas et je fais la vaisselle. Mais je n'ai pas le droit de quitter l'enceinte de la Cathédrale. Je ne peux pas aller au puits, au ruisseau ni dans les champs.

Alors je ne vois personne du village, à part ceux qui viennent à la Cathédrale.

Pendant les semaines qui suivent, Cass et Harry viennent au chevet de Travis. Parfois ensemble et parfois séparément. C'est terrible de ma part, mais je me cache quand je vois Cass approcher. Je ne peux pas la regarder en face en sachant que c'est elle que Travis a choisie, et je ne supporte pas l'idée que c'est peut-être à Cass qu'il pensait l'autre jour, en fait, même s'il a dit mon nom à moi.

Quand je n'y tiens plus, la nuit, je me lève sans bruit et

j'enroule ma couverture autour de mes épaules. Je quitte ma chambre sur la pointe des pieds et je reprends le couloir vers le centre de la Cathédrale. Au fil des années, le village a ajouté des ailes au bâtiment, des salles biscornues qui partent du sanctuaire principal suivant des angles bizarres, et qui parfois se coupent, parfois non. Ma petite cellule se trouve dans le vieux bâtiment, qui est en pierre et non en bois ; il y fait froid, humide et sombre. La plupart des Sœurs ont choisi de vivre ailleurs dans la Cathédrale, dans les chambres plus récentes qui donnent sur le village, préférant éviter la vue sur le cimetière et la Forêt. Peut-être que Sœur Tabitha m'a donné cette chambre en guise de châtiment, pour me condamner à l'isolement. Mais je n'ai pas protesté – le silence et la solitude de mon bâtiment vide me conviennent mieux.

Quand j'arrive près du sanctuaire, le plafond devient immensément haut, plongé dans le noir, et la salle s'élargit pour révéler des rangées de bancs d'église. Je me plaque contre le mur pour que les Sœurs qui veillent, la nuit, ne me voient pas. Je m'immobilise pour les observer : elles sont à genoux, les têtes rapprochées, et la lumière des cierges projette des ombres autour de leurs visages. Elles chuchotent avec agitation et je présume qu'elles sont en train de prier jusqu'à ce que l'une d'entre elles siffle à voix basse :

– Nous avons toujours fait comme ça et nous continuerons. La Congrégation ne vous permettra pas d'imaginer qu'il puisse en aller autrement. Vous ne devez pas penser des choses pareilles, encore moins les dire tout haut.

Sans réfléchir, je m'approche furtivement dans l'obscurité pour tâcher d'en entendre davantage. Mais Sœur Tabitha débarque dans le sanctuaire avec un bruissement d'étoffe et je me recroqueville comme une souris. Discrètement, je passe une porte, longe un couloir, monte l'escalier étroit puis emprunte un autre couloir; enfin, j'ai la main appuyée contre la porte de Travis. Émue d'avoir échappé à la vigilance de Sœur Tabitha et d'être arrivée jusqu'à la chambre de Travis, j'ai le souffle court et des picotements partout. Je tourne lentement la poignée.

Il y a une bougie sur la table, à côté de son lit. La flamme vacille quand la porte s'ouvre et que le courant d'air venu du couloir s'engouffre dans la pièce. Je referme vite. Travis est calé sur des oreillers et redressé face à moi, comme s'il m'attendait.

Je mets un moment à m'apercevoir qu'il est réveillé. Il tend une main vers moi. Elle tremble très légèrement.

– Mary, viens prier pour moi, dit-il.

Je me précipite vers son lit, je m'agenouille auprès de Travis et je blottis ma tête contre lui.

L'affreuse odeur de maladie a disparu et son visage n'est plus pâle ni trempé de sueur. Il pose les doigts sous mon menton; je sais que ma peau est mouillée de larmes.

– Prie pour moi, Mary, dit-il.

– Je... Je ne peux pas. Je ne connais pas de prières.

– Dis-moi celle qui parle de l'océan.

Je m'esclaffe. Il sourit et glisse dans son lit avec précaution pour se rallonger. Je m'approche sur les coudes et je murmure à son oreille. Il serre ma main dans la sienne et je ne peux pas empêcher mon cœur de se mettre à battre plus vite que jamais.

♦

Je suis allée dans la chambre de Travis toutes les nuits, cette semaine. Je lui ai répété les histoires que ma mère me racontait. Je suis épuisée, mais folle de bonheur. La nuit, on est dans notre monde à nous, on n'appartient que l'un à l'autre, comme si on s'était débarrassés de toutes les autres obligations.

Cette nuit, mon corps se met à vibrer, entièrement en éveil, quand je m'agenouille à côté de son lit, les doigts entremêlés aux siens. J'ai l'impression que ça fait des semaines qu'on partage le même souffle, même si ça n'a duré que quelques instants à chaque fois. On dirait qu'il y a l'infini entre nos lèvres et qu'on ne se touchera jamais. Comme en maths, où on peut diviser par deux pour l'éternité.

Mes lèvres frôlent presque les siennes et j'oublie Cass, Harry, Jed et notre village. Cette nuit, dans cette chambre, il n'y a que Travis et moi, et notre premier baiser.

À cet instant, je m'aperçois que quelque chose ne tourne pas rond. C'est peut-être un léger mouvement de l'air qui circule dans la chambre, peut-être mes oreilles qui se débouchent au moment où une porte s'ouvre quelque part, mais je m'écarte un peu. En croisant le regard de Travis, je vois qu'il sent la différence, lui aussi.

– Chut, dis-je en mettant l'index entre nos bouches, surprise qu'il y ait assez d'espace entre nous pour glisser ne serait-ce qu'un doigt.

Je tends l'oreille, puis j'entends des pieds – beaucoup de pieds – qui montent les marches et s'engagent dans le couloir. Je me redresse, paniquée. Travis rejette les draps, m'empoigne et m'attire sur lui, me pousse entre lui et le mur et rabat la couverture sur nous deux.

Je retiens mon souffle et j'attends.

Il y a des chuchotements dans le couloir. Un groupe de gens passe d'un pas traînant devant la porte de notre chambre. Puis elle s'ouvre, les charnières grincent légèrement, et je me mets à transpirer des pieds à la tête. Le cœur de Travis bat chaque fois que le mien se tait. Je suis convaincue que la personne qui est sur le seuil, qui que ce soit, entend notre concert de percussions. De l'endroit où je me trouve, je ne saurais dire ce que fait Travis, mais il a une respiration profonde et régulière, comme s'il dormait. Je ferme les yeux et je me maudis d'avoir pris ce risque.

J'entends la personne qui est à la porte faire un pas dans la pièce.

– Travis ? demande-t-elle, comme pour voir s'il est réveillé.

Reconnaissant la voix de Sœur Tabitha, je me mords la lèvre. Travis ne bouge pas, ne réagit pas.

Finalement, la porte se referme avec un clic, le pêne de la serrure coulisse dans son logement avec un claquement étouffé par les couvertures. On attend. Travis baisse les draps et l'air frais revient affluer dans mes poumons, mais je ne change pas de position.

Les cloisons sont fines, dans ce couloir, et on entend des gens se déplacer dans la pièce voisine. Un meuble crisse sur le sol, puis quelqu'un parle sèchement, sans doute pour faire cesser le bruit.

Travis et moi, on se regarde dans les yeux. On n'entend

que le son indistinct, la cadence de voix qui s'élèvent et retombent rapidement, en se chevauchant.

– Tu penses que quelqu'un a été blessé, comme toi ? je chuchote.

Il secoue la tête.

– On entendrait le nouvel arrivant, s'il souffrait.

Je hausse les épaules. Peut-être qu'il a perdu connaissance.

– Pourquoi m'auraient-elles enfermé à clé, si c'était juste quelqu'un de blessé ? souffle Travis.

Je me tourne vers le mur et j'y colle l'oreille. J'entends une rebuffade soudaine et vive, prononcée d'un ton dur :

– Non, nous ne leur dirons pas tant que le moment ne sera pas venu. Tenez votre langue.

La personne qui parlait doit s'éloigner du mur, ensuite, parce que les voix redeviennent des marmonnements inintelligibles.

Tout en essayant de comprendre ce qui se passe, je prends soudain conscience que je suis dans un lit avec Travis, serrée entre lui et le mur, et qu'on est enveloppés dans notre chaleur commune. Sa respiration change légèrement, se faisant plus appuyée, teintée de désir ; je suppose qu'il vient de remarquer la même chose.

Chaque centimètre de ma peau s'éveille aussitôt, les poils de mon corps cherchent les signes de mouvement, comme des antennes. Travis est allongé sur le dos et moi, j'ai le dos contre le mur, de sorte que je suis face à lui.

J'avais la main posée sur son torse ; quelque chose en moi me presse d'appuyer mes doigts sur sa peau, de me plaquer contre lui. Le souffle que j'expire est tout tremblant. Cette situation est presque insupportable.

– Je devrais sans doute partir au cas où elles reviendraient voir ce que tu fais, dis-je.

Il déglutit et hoche la tête. J'entends l'air entrer et sortir de ses poumons ; on dirait que respirer lui demande un effort.

Je repasse au-dessus de lui. La première fois, je n'ai pas fait attention à cause de l'adrénaline, de la peur de me faire prendre. Mais cette fois, je comprends jusque dans mon corps ce qui se passe sur ce lit. En veillant à sa cuisse encore fragile, je passe une jambe par-dessus ses hanches en prenant appui contre le mur et je me retrouve à califourchon sur lui, avec un genou de chaque côté.

Il ferme les yeux et repose la tête sur son oreiller, les lèvres entrouvertes, avec l'air de souffrir. Alarmée, je me baisse vers lui pour chuchoter :

– Je te fais mal ?

Sans rouvrir les yeux, il secoue la tête et plaque ses mains sur mes hanches. Ses mains qui paraissent si grandes sur ma peau me retiennent dans cette position un bref instant. Collés l'un contre l'autre des hanches au menton, on ne fait pratiquement qu'un, tous les deux. J'ai la tête qui tourne en comprenant que ma présence si proche le trouble, que je ne suis pas la seule à prendre feu.

Il y a un bruit sourd dans la pièce voisine. Je finis rapidement d'enjamber Travis et je me coule au sol, prête à me glisser sous le lit si nécessaire.

En gardant la tête penchée vers le mur pour guetter tout changement dans la chambre d'à côté, je file jusqu'à la porte et j'essaie la poignée. C'est fermé à clé. Impossible d'ouvrir.

À présent, Travis est redressé dans son lit, appuyé sur les coudes. Dans le clair de lune, je vois qu'un coup de chaud l'a fait rougir.

Je vais devoir sortir par la fenêtre. Je traverse la pièce et je me bagarre avec le châssis à guillotine jusqu'à l'avoir suffisamment ouvert pour me faufiler de l'autre côté. L'air froid enveloppe ma fine chemise de nuit, chassant les restes de chaleur du lit de Travis. Je resserre autour de mes épaules la couverture que j'ai apportée avec moi. Par chance, l'hiver est rude et il y a un énorme amoncellement de neige, un étage plus bas, qui va pouvoir amortir ma chute. Je m'apprête à sauter quand j'entends mon nom.

Travis tend la main vers moi. J'ai beau savoir que je tente le sort, je reviens vers lui.

– Je vais te revoir bientôt ? demande-t-il.

La flamme de la bougie posée près de son lit, malmenée par le courant d'air qui entre par la fenêtre, laisse son visage dans l'ombre.

Je réponds sincèrement :

– Je ne sais pas. Je ne suis pas sûre de pouvoir reprendre ce risque.

Il acquiesce. Il comprend. Ensuite, il me prend la main et presse ses lèvres dans ma paume. J'ai l'impression qu'un incendie s'allume dans mes veines et se propage dans tout mon corps. Il embrasse mon poignet, et je deviens fournaise. Il remonte le long de mon bras, avec son souffle envoûtant, et je suis prête à me rendre quand il m'attire à lui.

Mais je fais un pas en arrière, en ramenant mon bras contre ma poitrine.

– Porte-toi bien, lui dis-je, parce que je ne sais pas comment expliquer que j'ai très envie de rester, en fait.

Puis je me sauve par la fenêtre et je m'enfonce dans la congère, qui éteint aussitôt l'incendie qui faisait rage sur ma peau quelques instants plutôt.

Craignant d'être vue par les gens qui sont dans la chambre voisine de celle de Travis, je me précipite dans le cimetière, courant vers la clôture pour me réfugier dans l'ombre qui baigne la lisière de la Forêt. En même temps, je tape des pieds pour qu'il ne soit pas trop évident qu'un être humain est parti du mur, juste sous la fenêtre de Travis, mais j'ai bientôt les orteils gelés ; les minces chaussons que je porte ne me protègent pas contre la neige.

Je m'approche autant de la Forêt que j'ose le faire en pleine nuit, puis je dévie ma route pour pouvoir rentrer dans la Cathédrale par la porte de devant. Mes pensées reviennent à Travis, à son lit, au contact de sa peau. Je frissonne à cause de ces souvenirs, du désir, de l'air glacial, alors je ne me rends pas compte tout de suite que je suis les traces de quelqu'un d'autre dans la neige – d'ailleurs, ce sont les traces de plusieurs personnes et pas d'une seule.

Je m'immobilise un instant. Il n'y a que la Forêt derrière moi. Mon cœur se met à marteler ma poitrine. Et si c'était des empreintes de Damnés ? Et s'ils avaient ouvert une brèche dans la clôture et qu'il n'y avait personne pour sonner l'alarme ? La terreur m'envahit, mais je fais demi-tour et je remonte vite les traces jusqu'à leur point de départ, en dérapant dans la neige.

Elles s'arrêtent devant la clôture. Devant le portail du chemin qui quitte le village et traverse la Forêt de Mains et de Dents. Je me mets à genoux dans la neige et je regarde de l'autre côté du portail. Je vois, scintillantes dans le clair de lune, une seule série d'empreintes bien nettes qui conduisent à ce portail. Elles passent au milieu des ronces cassées et se prolongent à perte de vue sur le chemin qui s'enfonce dans la Forêt. Ce ne sont pas les traces d'un Damné qui traîne les pieds, mais les traces compactes et bien formées d'une personne vivante. On dirait que quelqu'un a marché d'un pas décidé vers nous.

Le chemin est interdit à tout le monde : les habitants du village, les Sœurs, les Gardiens. Je n'ai jamais vu ce portail ouvert, jamais vu personne emprunter ce chemin.

Quelqu'un de l'Extérieur est arrivé dans notre village.

Ce qui signifie qu'il y a un monde extérieur – qu'il y a quelque chose au-delà de la Forêt.

Un mélange d'excitation, de crainte, de curiosité et de panique me monte à la gorge et me fait presque tourner la tête. Je ravale durement ma salive et je force mes pensées à revenir au présent. Penchée au-dessus de la neige, je dessine le contour de l'empreinte de l'Étranger. C'est quelqu'un qui a des pieds menus, comme moi, mais qui fait de grands pas – un petit garçon ou une femme.

Quelqu'un de l'Extérieur est arrivé dans notre village !

Le vent se lève, éparpillant la neige fraîchement tombée, et brouille les traces. D'un pas presque sautillant, je recommence à les suivre en direction du village, jusqu'à l'entrée de la Cathédrale. Dans mon excitation, je m'apprête à ouvrir la porte à la volée, pleine d'une énergie bouillonnante, quand mes pensées rattrapent mes actes.

Personne n'a déclenché la sirène ; personne n'a sonné les cloches du village. Certes, c'est la nuit, mais l'arrivée d'un Étranger est une nouvelle qui vaut la peine de réveiller tout le monde. Pourtant, les Sœurs l'ont tenue secrète. Elles ont traîné l'Étranger dans la chambre voisine de celle de Travis, à l'étage, et l'ont enfermé là. Et j'en ai entendu une dire qu'elles n'en parleraient pas au village avant que les Sœurs soient d'accord pour le faire.

Je comprends soudain que je ne suis pas censée connaître l'existence de cet Étranger, et je me demande jusqu'où les Sœurs seront prêtes à aller pour préserver le secret. Je repense au souterrain qui passe sous la Cathédrale et à la clairière dans le bois. Quels autres secrets gardent-elles pour elles ?

Je plonge dans l'ombre que projettent les murs de la Cathédrale, dans le clair de lune. Les mains contre son imposante façade de pierre, je me faufile à travers les buissons, en contournant les congères. Arrivée devant ma fenêtre, je l'ouvre et je me glisse à l'intérieur, mouillée et tremblante, les doigts des mains et des pieds engourdis.

Après avoir ranimé les braises dans ma cheminée, je me déshabille et j'étends mes vêtements sur la chaise pour qu'ils sèchent. Je m'assieds sur le tapis, devant le feu, enveloppée dans ma couverture. Intérieurement, je suis toujours glacée. En entendant le vent forcir, dehors, je me réjouis parce que mes traces de pas vont être effacées, mais je sais que ça va aussi abîmer les traces de l'Étranger jusqu'au portail.

Quelqu'un de l'Extérieur est arrivé dans notre village.

Les yeux fixés sur les flammes, je comprends que c'est ce que j'attendais, ce que j'espérais secrètement, même si je n'en avais pas encore conscience jusqu'à cet instant.

Cet Étranger va être mon excuse pour quitter ce village. Maintenant qu'il y a une preuve, maintenant que tout le village va savoir qu'il y a autre chose, maintenant que nous ne sommes plus un îlot, c'est le moment de reprendre contact avec le monde extérieur.

Rien ne pourra plus nous retenir enfermés, quand on apprendra qu'il y a quelqu'un de l'Extérieur. Et je serai la première à franchir le portail. Je serai celle qui nous conduira vers l'océan. Vers l'endroit que les Damnés ont laissé intact.

VIII

Trois jours passent et je désespère. Pas un mot au sujet de l'Étranger ; il n'a pas été mentionné du tout. Finalement, frustrée, je monte voir Travis, mais Sœur Tabitha est dans le couloir devant sa porte ; elle me dit que sa fièvre est revenue, qu'il a été déplacé et qu'elles n'autorisent pas les visites de peur qu'il ne soit pas en état de lutter contre une nouvelle infection. Je n'aurai pas la permission de le voir tant qu'elles ne seront pas sûres qu'il va bien.

– À cause de Travis et toi, tout le monde pourrait tomber malade cet hiver. Nous ne pouvons pas vous laisser faire ça, Mary, dit-elle.

Je jette un coup d'œil, par-dessus son épaule, dans la chambre vide qu'occupait Travis.

– Où est-il ?

J'estime que j'ai le droit de le savoir.

– Il est en sécurité, répond Sœur Tabitha. Et ça ne te regarde pas.

Elle me toise en plissant les yeux.

– Mary.

Sa voix est ferme, autoritaire. Elle s'interrompt un instant et porte un doigt à ses lèvres, comme si elle réfléchissait à ce qu'elle veut dire.

– Mary, tu es curieuse, et c'est un trait de caractère qui peut être dangereux. Comment en sommes-nous arrivés là, d'après toi ? Qu'est-ce qui a provoqué le Retour et l'apparition des Damnés ?

J'arrête de respirer. Même avant qu'elle me traîne dans la clairière au milieu de la Forêt, j'ai toujours eu peur de Sœur Tabitha, la plus âgée des Sœurs, la supérieure de la Congrégation. Je bafouille :

– Je... Je... Je croyais qu'on ne savait pas ce qui a provoqué le Retour.

Une fois de plus, je me demande quelles connaissances les Sœurs détiennent à notre insu. Après tout, elles représentent la seule constante depuis le Retour – c'est du moins ce qu'on nous dit. Elles font marcher le village ; c'est elles qui ont instauré la Guilde des Gardiens et c'est grâce à elles si on existe et qu'on est tous encore en vie.

Ce qu'elles disent, c'est la parole de Dieu ; c'est indiscutable. C'est elles qui nous font la classe, à l'école, qui nous disent qu'il ne reste plus que nous sur terre et que l'époque du Retour est derrière nous, qu'elle n'a pas d'importance dans notre nouveau monde. C'est elles qui nous apprennent à ne pas remettre en question ce qu'elles affirment, les conditions de notre survie depuis le Retour ni le monde nouveau qu'elles ont bâti pour nous.

Sœur Tabitha a un sourire de mère qui s'apprête à céder aux caprices d'un enfant.

– Nous en savons assez.

Elle me prend le bras et m'entraîne dans l'ancienne

chambre de Travis à sa suite. Elle me tient fermement, mais ne me fait pas mal. Elle me conduit à la fenêtre. Une fois devant, on regarde la clôture et la Forêt, dehors.

– La cause exacte du Retour est peut-être nimbée de mystère, mais nous savons qu'ils essayaient de tricher devant Dieu. Ils essayaient de tricher avec la mort. De changer Sa volonté.

Elle lève la main vers la Forêt. Comme toujours, les Damnés tirent sur le grillage.

– Voilà ce qui arrive quand on va contre la volonté de Dieu. C'est ainsi qu'Il nous fait payer. Telle est notre pénitence.

Elle parle avec tant d'autorité, tant de ferveur… Le poing serré, elle tape contre le rebord de la fenêtre pour souligner ses propos.

– N'oublie pas que tu vis pour Dieu à présent, Mary. Nous vivons toutes pour Dieu. C'est seulement par Sa grâce que nous survivons.

Elle se tourne vers moi avec un air farouche, presque forcené.

– N'oublie pas d'où nous venons, Mary. D'où nous venons tous. Non pas du jardin d'Éden, mais des cendres du Retour. Nous sommes les survivants.

Elle m'empoigne par les épaules et me secoue.

– Nous devons continuer à survivre. Et je ne laisserai rien compromettre notre survie.

En la regardant dans les yeux, je comprends qu'elle n'hésitera pas à me sacrifier en me livrant à la Forêt si c'est à ce prix qu'elle peut sauver ce village ou même juste sauver son statut au sein de la communauté. C'est une fanatique habitée par la passion. Pour la première fois, je comprends vraiment le monde dans lequel je vis. Je ne parle pas du monde qui est perpétuellement à la frontière de l'horreur, à la lisière de cette Forêt étouffante, mais du monde qui sous-tend celui-là, du monde dirigé par cette Congrégation qui s'est mise en devoir de nous protéger, de nous préserver.

C'est en comprenant ça que je prends réellement conscience de notre fragilité.

Sœur Tabitha s'attend à ce que je dise quelque chose, mais je ne sais pas quoi répondre. Je ne sais pas comment réagir. Elle doit savoir ce que je saisis enfin – que je ne trouverai jamais vraiment ma place ici. Que ce soit en tant que Sœur, en tant qu'épouse ou en tant que simple habitante du village.

La Congrégation détient peut-être la connaissance et le pouvoir, mais Sœur Tabitha m'a fait comprendre clairement que ces choses-là ne seront jamais à ma portée. Pour elle, je ne suis pas digne de confiance parce que je ne suis pas entrée dans la Congrégation de mon propre chef, et parce que je pose trop de questions et cherche trop de réponses.

Je ne serai jamais admise parmi l'élite, elles ne me confieront jamais leurs secrets ; elles ne me diront jamais pourquoi elles ont un souterrain qui s'avance très loin sous la Forêt ni à quoi servent les cellules qui donnent dessus. Mon rôle, ici, ne sera jamais autre chose que soigner les malades, faire le ménage dans le sanctuaire, lire le Livre sacré et prier pour nos âmes.

Je ne serai jamais maîtresse de ma propre vie.

C'est une découverte terrifiante. Je veux ma mère, rien d'autre, je veux courir me blottir dans ses bras, dans son giron protecteur.

Mais maintenant, ma mère fait partie du monde dont me parle Sœur Tabitha. Elle fait partie de ce que nous combattons chaque jour.

– Tu dois trouver ta place ici, Mary. Tu dois t'en remettre à Dieu et arrêter de chercher autre chose, reprend Sœur Tabitha, comme si elle lisait dans mes pensées.

Elle se penche vers moi en parlant. Je m'écarte, fuyant son haleine brûlante pendant qu'elle continue son sermon :

– Tu crois vouloir des réponses à tes questions, mais c'est faux. Et tu n'en auras pas. Parce que c'est la mission que notre Congrégation a juré de remplir : veiller à ce qu'on ne pose pas ce genre de questions. Il faut que tu comprennes qu'il n'y a pas de réponses pour toi.

Elle fait courir un de ses longs doigts sur ma joue. Son ongle me griffe la peau.

– Tu causeras notre perte si tu continues sur cette voie ! Je le sens, je le vois en toi.

Un soupçon d'inquiétude s'éveille en moi. Ce qu'elle vient de clamer résonne bruyamment dans ma tête : je causerai leur perte. C'est comme une pièce de puzzle qui trouverait sa place, clac ! Je comprends soudain pourquoi Sœur Tabitha me surveillait tout le temps d'aussi près, pourquoi elle ne m'autorise même pas à quitter la Cathédrale.

Je lâche dans un murmure :

– Qu'est-ce que vous me demandez de faire ?

Je pense à Cass, à ses nattes blondes, à son parfum de soleil et à la façon dont elle pleurait pour Travis quand il était blessé. Je ne peux pas causer sa perte, la perte de tant de douceur et de lumière.

– Arrête de chercher des réponses à des questions que

tu ne devrais même pas poser ! Accepte la vie que tu mènes ici. Pourquoi ce village a-t-il survécu alors que le reste du monde a succombé, à ton avis ? Pourquoi avons-nous tenu si longtemps sans subir d'invasion ? Pourquoi sommes-nous à l'abri des Damnés ? C'est parce que nous ne provoquons pas la colère de Dieu. Nous ne provoquons pas les Damnés. Nous ne courons pas de risques stupides, nous nous consacrons à Dieu et à notre communauté.

Elle a le visage tout près du mien et je vois le blanc de ses yeux écarquillés.

– Nous avons survécu parce que la Congrégation a fait ce qu'il fallait pour ça. Nous maintenons l'ordre dans le village.

Elle se tourne vers la fenêtre, vers la vue sur cette forêt infinie.

– Imagine ce village sans ordre.

Elle se remet à taper sur le rebord de la fenêtre.

– Imagine si les gens rompaient leurs vœux et leurs serments. Se dévalisaient les uns les autres. Le monde était comme ça, avant le Retour. Et regarde le résultat.

Elle fait un geste vers la Forêt, puis reporte sur moi ses yeux ardents.

– C'est pour ça que tu dois laisser Travis tranquille. J'ai bien vu que tu soupires après lui. Mais il n'est pas pour toi.

J'ai l'impression que tout s'écroule autour de moi. Mes genoux chancellent, à peine capables de porter mon poids. Je ne sais pas quoi dire ni comment réagir, alors je me contente de hocher la tête. Au fond de moi, la douleur est trop intense. Sœur Tabitha me demande de renoncer à la seule chose qu'il me reste.

Elle m'empoigne par les épaules et ses longs doigts osseux s'enfoncent à travers ma tunique.

– En sortant de cette pièce, tu vas te consacrer à la Congrégation et au village. À chaque personne de notre communauté, et à notre survie. Tu te repentiras !

Sa poitrine se soulève. Haletante, elle grince des dents, les muscles contractés. Elle s'éloigne d'un pas et se tourne vers la fenêtre. Pendant un moment, d'après son reflet sur la vitre, je crois deviner qu'elle est soucieuse.

– Je sais que je dois te paraître dure, Mary, dit-elle d'une voix mesurée, retrouvant soudain son calme. Que les règles de la Congrégation sont dures. Mais que serait un village sans ordre ? Sans règles et sans personne pour veiller à ce qu'on les respecte ?

Elle pose une main à plat sur la fenêtre, doigts écartés, et je vois qu'elle tremble légèrement.

– La Congrégation porte un fardeau sacré. Nous le portons pour que les habitants du village n'aient pas à le porter. Pour pouvoir oublier ce qu'il y avait avant, pour pouvoir guérir et renaître libérés du poids des péchés que nous avons commis avant le Retour.

Je bous : pendant tout ce temps, on nous a laissés dans le noir, alors que les Sœurs savaient.

– Pourquoi gardez-vous tous ces secrets ? je demande. Pourquoi ne pas nous faire confiance ?

Elle se tourne vers moi et me transperce du regard. Pendant un moment, j'ai l'impression qu'elle se voit elle-même et qu'elle est ramenée très loin en arrière. Qu'elle se souvient. Je vois l'ombre d'un sourire autour de ses yeux ; de vieilles rides du sourire se plissent de nouveau, imperceptiblement.

Je commence à me dire que je la pousse peut-être trop loin. Que je risque de l'inciter à me jeter dans la Forêt pour m'empêcher de révéler ce que j'ai appris : que la Congrégation nous cache des choses. Je fais un pas en arrière, puis je m'arrête en entendant sa voix.

– Ta mère te parlait de la vie avant le Retour. Mais est-ce qu'elle t'a parlé des meurtres ? De la douleur et du déchirement ? De l'hérésie et de l'hypocrisie ? Des guerres, des trahisons, de l'égoïsme ? Des gens qui laissaient des êtres humains mourir de faim dehors, dans le froid, alors qu'eux-mêmes étaient au chaud, avec de quoi manger ? Même au début du Retour, quand nous nous battions pour sauver l'humanité, les gens se retournaient les uns contre les autres, s'attaquaient, se dévalisaient !

« Voilà pourquoi nous sommes ici, voilà comment nous avons survécu – en nous détachant de tout. En laissant périr le reste de l'humanité. Ici, tout le monde a de quoi manger. Tout le monde est au chaud, en sécurité, aimé et choyé. Et c'est grâce à *nous*, Mary. C'est la Congrégation qui a apporté le ciel dans cet enfer. Les gens veulent toujours qu'on leur fasse confiance, mais regarde où ça les mène ! Je te faisais confiance, à toi, et regarde : tu rôdes dans la Cathédrale la nuit quand tu crois que je ne te vois pas. Tu désobéis aux règles quand ça sert tes intérêts.

« Quitte à blesser ton amie. Tu soupires après Travis, tu essaies de le tenter, même si tu sais qu'il est promis à Cass. Tu places tes propres désirs avant ceux de ton amie, avant ceux de ta communauté et de Dieu.

Elle marque un temps d'arrêt, semble chercher à reprendre contenance avant de continuer :

– Tu crois vouloir l'amour, Mary. Tu crois que c'est un beau cadeau qui ne fait que te rendre épanouie et comblée. Mais tu as tort. L'amour peut être cruel, affreux. Ça peut devenir très noir et faire beaucoup de mal. Regarde ce qui est arrivé à tes parents.

Elle pose une main sur sa poitrine, comme si elle se tenait le cœur.

– Ne comprends-tu donc pas que dans ce village, la vie n'est pas dédiée à l'amour, mais au devoir ?

Je fais un deuxième pas en arrière, les mains sur la bouche. Mes joues s'empourprent. Pendant tout ce temps, elle était au courant pour Travis et moi !

– Comment savez-vous tout ça ?

Je pense à toutes les nuits où je me suis faufilée à travers la Cathédrale pour rejoindre la chambre de Travis. À toutes les fois où je me croyais seule, où je croyais avoir échappé à la vigilance de Sœur Tabitha. Mais en fait, elle me testait. Elle voulait voir jusqu'où je trahirais sa confiance et ma propre loyauté.

Je crois d'abord qu'elle ne me répondra pas.

– On n'a pas la vie facile quand on est l'une des gardiennes de la connaissance au sein de la Congrégation, dit-elle enfin. C'est beaucoup plus facile de vivre dans l'ignorance, comme toi. Ne vois-tu pas que j'essaie de te sauver ? De t'éviter la douleur et les déchirements ? C'est pour ça que tu dois te repentir. Parce que si tu ne te repens pas, tu ne me laisseras pas le choix. Et tu sais quel sera ton sort.

Le cœur battant, je repense au souterrain de la Cathédrale et à la clairière dans la Forêt, et je hoche la tête. Sœur Tabitha écarte une mèche de cheveux de mon visage et laisse traîner sa main sur ma joue, comme le faisait ma mère.

– J'essaie de te protéger, mais il faut que tu m'aides. Je vois maintenant que ça ne suffit plus de te garder enfermée ici, dans la Cathédrale. Peut-être que j'avais tort de te tenir à l'écart du village. Ta période de solitude est terminée. Tu as le droit de sortir. Mais n'oublie pas que je te surveille en permanence.

Elle garde les yeux rivés sur les miens et il m'est impossible de détourner le regard. Puis elle s'en va, balayant le sol de sa longue tunique noire, et ferme la porte derrière elle. Je reste seule avec la vue sur la Forêt.

Dehors, de la neige immaculée recouvre les arbres et la clôture, enveloppe les Damnés. C'est une belle journée, le temps est dégagé et les cristaux de glace scintillent au soleil. Une de ces journées où on ne comprend pas pourquoi il y a tant de beauté dans un monde aussi laid.

C'est presque insupportable.

Je me traîne vers le lit et je m'agenouille à côté, comme lorsque Travis était là. J'enfonce le nez dans son oreiller, essayant de sentir son odeur, de retrouver mes souvenirs. C'est un test pour voir si je peux renoncer à lui.

Mais je sais que je ne le ferai jamais. Même pas pour le sauver. Je suis trop égoïste.

En moins de temps qu'il n'en faut pour le dire, je me retrouve à tabasser l'oreiller et à déchirer les draps ; un grondement sourd s'échappe du fond de ma gorge. Je m'apprête à continuer mes ravages, quand j'entends frapper doucement.

Je me fige.

On frappe de nouveau.

Ça ne vient pas de la porte, mais du mur. Je grimpe sur le lit et j'y colle l'oreille. Je tape à mon tour, avec un doigt replié.

– Il y a quelqu'un ? je demande à voix basse.

Au fond, je me dis que c'est peut-être un piège tendu par Sœur Tabitha pour me tenter, pour voir si j'ai pris son sermon à cœur.

De l'autre côté, j'entends :

– Qui est là ?

– Mary, je réponds. Et toi, qui es-tu ?

– Je m'appelle Gabrielle, dit la voix. Je suis arrivée par le portail. Où suis-je ?

– Tu es dans la Cathédrale.

Mon cœur bat frénétiquement contre mes côtes. Je voudrais lui dire qu'elle est en sécurité, mais je ne peux plus en être sûre. J'ai tant de questions à lui poser ! Malheureusement, je sais que Sœur Tabitha va revenir d'un instant à l'autre et que si elle me surprend, elle va me jeter dans la Forêt.

Mais il y a une chose que je dois savoir avant tout.

– Ça va ? Est-ce que tu as été… ?

Je bute sur les mots. « Mordue » ? « Infectée » ? Il faut que je sache si elle est arrivée jusqu'au village indemne. Si le chemin est sûr.

Mon souffle inégal fait tant de bruit à mes oreilles que j'entends à peine sa réponse :

– Non. Non, je vais bien. Je ne suis pas infectée.

En entendant ça, je laisse mon front retomber contre le mur. Pour une raison que je ne saurais identifier ou expliquer, c'est un soulagement énorme.

J'ouvre la bouche pour lui demander d'où elle vient, s'il y a un monde au-delà de la Forêt et comment il est, s'il y a d'autres villages dehors et s'ils sont sûrs. Si elle a vu l'océan et si elle sait pourquoi on est là, pourquoi c'est arrivé et pourquoi on est pris au piège ici.

Mais à ce moment-là, j'entends un crissement dans le couloir. Je saute du lit, les joues mouillées de larmes, je rassemble dans mes bras les draps que j'ai arrachés du matelas tout à l'heure et je cours vers la porte de façon à ce que Sœur Tabitha ne sache pas, lorsqu'elle s'ouvrira, que j'étais près du mur, en train de parler à la fille qui est de l'autre côté.

Je m'éclipse rapidement et je file à la buanderie. La vapeur des cuves bouillantes m'enveloppe et rend ma peau luisante ; personne ne saura que ce sont des larmes que j'ai sur les joues et non de la sueur.

Quand j'ai fini de laver les draps, de faire disparaître l'odeur de Travis, j'enfile mon lourd manteau et mes gants et je me faufile dehors, dans le cimetière, puis je m'approche de la clôture. Maintenant qu'on est en plein hiver, j'ai la garantie que j'y serai seule ; personne du village n'ose s'aventurer trop loin de la chaleur de son foyer, pas même pour honorer les morts. Tous mes ancêtres reposent ici, à part mon père et ma mère ; leur mort à eux n'est pas marquée par une pierre tombale, puisque ce sont des Damnés.

Je jette un coup d'œil vers la Cathédrale, par-dessus mon épaule, en me demandant si je vais voir Gabrielle à la fenêtre dans la nuit tombante.

Elle est là, debout près des rideaux. Je m'arrête et je lève les yeux vers elle ; nos regards se croisent. Mon souffle me reste coincé dans la gorge – c'est comme si je regardais un reflet dans l'eau. Même âge, mêmes cheveux bruns, mêmes questions dans nos yeux. J'ai l'impression qu'elle est plus grande, plus élancée que moi. Et elle porte un gilet d'un rouge surnaturel, un curieux rouge tellement vif qu'il me fait presque mal aux yeux. Elle lève une main et la plaque contre la fenêtre, la paume à plat sur la vitre. Je lève une main à mon tour et je commence à marcher dans sa direction, quand je la vois se retourner et regarder derrière elle. Ensuite, les rideaux se referment et elle disparaît.

Je file me réfugier derrière un ange qui orne une pierre tombale, redoutant d'être surprise à observer la chambre de l'Étrangère alors que, de toute évidence, sa présence est censée être secrète. Une fois certaine que les ombres du crépuscule vont dissimuler mes mouvements, je gagne le portail fermant l'accès au chemin qui mène vers l'Extérieur. Je note que la neige est lisse, intacte. Il n'y a aucune trace indiquant qu'un Étranger venu de l'autre côté de la clôture s'est introduit chez nous il y a quelques nuits. Rien pour révéler que quelqu'un de l'Extérieur se trouve parmi nous.

Je longe les maisons d'habitation en me tapant les cuisses pour me réchauffer, et je retourne sur la colline du village. Je monte dans la tour de guet. Les planches verglacées en deviennent glissantes. Quand j'arrive au point le plus haut de notre univers, je regarde la Forêt, dehors. Je plisse les yeux pour tâcher de voir si j'en trouve la limite, si je distingue l'endroit où le reste du monde commence.

Mais je ne vois que du noir.

Ma vie a toujours été centrée sur le monde qui est en dehors de la clôture, sur la Forêt. Bien sûr, je me suis demandé s'il y avait quelque chose au-delà de la Forêt, si nous étions les seuls à avoir survécu au Retour, si les histoires de ma mère étaient vraies et qu'un univers entier avait existé avant le Retour. Nous ne savons pas s'il y a une clôture à l'autre bout de la Forêt, si elle se termine quelque part. Est-ce que nous sommes juste le jaune d'un œuf, avec la Forêt en guise de blanc et une autre clôture pour faire la coquille ? Ou bien est-ce que la Forêt se prolonge à l'infini, envahie de Damnés et rien d'autre ? D'un certain côté, je ne peux pas concevoir qu'il y ait autre chose que la Forêt dans notre monde.

La Forêt et les Damnés.

Je me suis déjà posé des questions sur l'océan, et sur le monde extérieur. Mais je n'ai jamais eu l'idée de sortir m'en rendre compte par moi-même. De quitter ce village et la seule vie que j'ai jamais connue. Tout au long de notre enfance, on nous a dit qu'il n'y avait rien qui vaille la peine d'être vu, au-delà des clôtures. Que le Retour a signé la fin du monde et que nous sommes le dernier bastion.

Mais c'est faux, bien sûr. Gabrielle en est la preuve. Bien que le sol soit couvert de neige et que je sois dans une tour, au sommet d'une colline balayée par le vent, je n'ai pas froid. Je suis trop excitée pour avoir froid. J'ai la preuve qu'il y a de la vie à l'extérieur de nos clôtures. Et je ne peux pas m'empêcher de me demander de quelle façon ça va changer la nôtre.

Il y a un monde, là, dehors, à part nous. Et maintenant, nous en faisons partie. C'est terrifiant et c'est merveilleux.

IX

Impatiente, je tambourine des doigts sur le bureau placé sous la fenêtre, dans ma chambre. Et je ne peux pas me retenir de taper du pied. Les yeux rivés sur la clôture, je guette le moindre signe de ma mère. C'est la seule chose qui m'empêche de penser à l'Étrangère – à Gabrielle – et de chercher des moyens discrets de monter la rejoindre.

Depuis notre dernière confrontation, je sais que Sœur Tabitha me surveille, et pourtant je n'arrive pas à rester tranquille, à étouffer ma curiosité. Je suis sortie par la fenêtre pour éviter qu'elle me repère et je suis allée me poster sous la chambre de Gabrielle, espérant trouver une solution pour grimper au premier étage et m'introduire à l'intérieur. Mais la fenêtre est restée sombre et les rideaux fermés.

Depuis ce premier jour où elle était devant la fenêtre avec son curieux gilet rouge, je ne l'ai pas revue ; je commence à m'inquiéter pour elle. Mais je sais qu'elle est toujours ici, dans la Cathédrale. Je le devine à la façon dont les Sœurs chuchotent entre elles et regardent celles qui ne sont pas dans le cercle d'initiées. L'air est tendu comme une corde, ici.

Je suis devenue imprudente dans mes tentatives pour parler à Gabrielle et je sais que je risque la colère de Sœur Tabitha si elle s'en rend compte. Mais je ne peux pas me retenir. C'est comme une fièvre. Maintenant que je n'ai plus le droit de voir Travis, je ne pense plus qu'à Gabrielle.

J'ai décidé que découvrir enfin ce qui se trouve au-delà de la Forêt vaut la peine de braver Sœur Tabitha et les Damnés.

Un coup à la porte m'arrache à mes pensées. C'est une jeune Sœur envoyée ici pour me conduire auprès de Sœur Tabitha. Elle me ramène vers le sanctuaire, au cœur de la Cathédrale, et me fait entrer dans une aile interdite, sauf aux Sœurs du sommet de la hiérarchie.

Je me demande si ça y est. Si je suis en train de faire mes derniers pas. Si je vais finalement payer pour ma curiosité, mon obstination et mon impétuosité. Je me demande si je vais supplier Sœur Tabitha de me pardonner quand elle m'entraînera vers le vieux puits, dans le souterrain, pour m'abandonner dans la Forêt.

Mais Sœur Tabitha n'est pas seule quand j'entre dans son bureau, aveuglée par la lumière du soleil qui entre à flots par trois grandes fenêtres donnant sur le village. Harry est là, avec elle, les bras le long des flancs, les poings serrés. Travis est mort, me dis-je brusquement. On m'a dit que son état s'était aggravé, et voilà son frère avec un air solennel et triste. Je suis prête à tomber à genoux.

– J'ai quelque chose à t'annoncer, commence Sœur Tabitha.

Je me contente de hocher la tête, parce que des larmes acides me rongent les cordes vocales.

– Harry a demandé ta main, Mary, me dit-elle.

Je tourne vivement la tête vers lui. De stupeur et de colère, je sens mes sourcils se froncer. Je ne peux pas croire que ce soit vrai. Pourquoi aurait-il demandé ma main maintenant, alors qu'il ne l'a pas fait avant, quand ça aurait compté, quand j'aurais répondu oui sincèrement ? Quand je ne connaissais pas l'amour et que j'aurais pu me contenter d'admiration et de résignation ?

– Mais… Mais la Congrégation… je bredouille.

C'est impossible.

– Je lui ai donné ma bénédiction. De même que ton frère, Jed, ajoute Sœur Tabitha. Tu seras plus utile au village, en tant qu'épouse et que mère, qu'ici en tant que Sœur.

Ses yeux perçants plongent en moi.

– Nous savons toutes les deux que tu n'es pas faite pour la vie de Sœur.

Le monde tourne autour de moi et je n'ai rien à quoi me raccrocher pour retrouver mon équilibre. Je ne pense qu'à Travis et à ce que j'éprouvais, plaquée contre lui cette nuit-là. Comment pourrais-je aller avec son frère après ça ?

– Vous vous marierez à la Concorde, au printemps, continue Sœur Tabitha. En même temps que Travis et Cassandra, ajoute-t-elle d'un air dégagé, comme si elle ne savait pas qu'elle me brise le cœur.

– Mes obligations envers Dieu… ? je demande encore, même si je ne crois pas en Dieu.

Sœur Tabitha termine la phrase pour moi :

– Tes obligations envers Dieu, tu les rempliras en te pliant à Sa volonté et en veillant à ce qu'une nouvelle génération fasse prospérer notre village.

Elle me parle d'avoir des enfants avec Harry. Mon estomac

se noue à cette idée. Je revois sa main qui tenait la mienne sous l'eau le jour où ma mère a été infectée. Je revois sa peau bouffie, blanche, sa peau qui n'était pas la bonne.

J'ouvre la bouche pour rejeter sa demande. Puis je me rends compte que si je fais ça, j'attache mon destin pour toujours à la Congrégation, je me condamne à passer ma vie entre ces murs, au service de Dieu et de Sœur Tabitha.

Dans ma tête, c'est le chaos pendant que j'essaie de déterminer ce qui serait la meilleure option, le sort préférable : être la femme de Harry ou être une Sœur toute ma vie. Ni l'un ni l'autre ne me rapproche de Travis.

– Voulez-vous un moment seuls pour parler, tous les deux ? nous demande Sœur Tabitha.

Je jette un coup d'œil à Harry. Tant pis si tout mon être ne dégage que douleur, rage et consternation. Il me regarde avec douceur. Il a desserré les poings. On dirait qu'il se penche en avant, prêt à faire un pas vers moi. Par réaction, mes muscles se contractent et se mettent à trembler.

Je m'étonne de ne pas grogner comme un animal blessé acculé par des chiens. Il lève la main – j'ignore si c'est pour me faire signe d'approcher ou pour me repousser, et ça m'est indifférent. Je sens que je m'écarte déjà de lui, que je mets une distance physique entre nous sans faire un pas.

Son regard s'endurcit, se fait plus appuyé, et il secoue la tête.

– Non, dit-il.

Puis il s'en va et on me raccompagne à ma chambre, où je m'effondre en sanglotant. Je m'arrache les cheveux, je tambourine des poings contre mes cuisses et je me jette par terre devant le feu mourant.

Avant, vivre avec Harry m'aurait peut-être paru acceptable. Avant, les histoires de ma mère étaient juste des élucubrations et ma vie était pleine de chaleur et de soleil, d'amour et d'amis. Mais il n'y avait jamais rien de palpitant. Il n'y avait pas de vie en dehors du village. Avant, j'avais peut-être un petit faible pour Travis, mais c'était une simple amourette de gamine qui aurait pu être effacée facilement par le plaisir d'être demandée en mariage par Harry.

Mais tout a changé, maintenant. Mes deux parents sont des Damnés, Travis est gravement blessé, Cass n'est pas là, Jed ne se soucie plus assez de moi pour m'adresser la parole quand il vient prier à la Cathédrale.

Et il y a de la vie au-delà de la Forêt.

J'entends les Damnés gémir. Le son survole la vieille neige sale et entre par la fenêtre. Je me redis une fois de plus que leur vie est drôlement simple, drôlement plus facile. Je me demande pourquoi on résiste, pourquoi on se bat contre eux depuis tout ce temps au lieu d'accepter notre sort.

Je me fiche des conséquences, maintenant ; je sors de ma chambre et je longe le couloir, puis je monte l'escalier à grands pas décidés vers l'endroit où l'Étrangère est enfermée. Je m'apprête à écarter quelqu'un de mon chemin, quand je me rends compte que c'est Cassandra.

Elle sort de l'ancienne chambre de Travis.

– Cass ? Qu'est-ce que tu fais ici ?

Je lui tends les bras pour la serrer contre moi. Elle se laisse faire, mais son étreinte est faible, ramollie. Ça fait des semaines qu'on ne s'est pas vues, des mois qu'on n'a pas passé un moment ensemble, entre amies, comme on le faisait avant que ma mère devienne une Damnée. Je me rends soudain compte qu'on s'est éloignées l'une de l'autre et que son amitié m'a manqué. C'était si précieux d'avoir quelqu'un à qui confier ma peur, ma douleur et ma confusion...

Elle me lâche la première. En tirant la porte derrière elle, clic, elle coupe la seule source de lumière dans ce couloir étroit.

– Je suis là pour Travis, me dit-elle.

Mon souffle me reste coincé dans la gorge. J'ai complètement oublié l'Étrangère, tout d'un coup.

– Il va bien ? Elles l'ont remis ici ?

Elle acquiesce, tire sur sa longue natte blonde et se mord la lèvre inférieure.

– Travis est à moi maintenant, Mary. Tout comme Harry est à toi.

– Je...

Je voudrais lui dire qu'elle se trompe, que c'est moi que Travis aime et qu'il sera toujours à moi. Mais ce n'est pas vrai, bien sûr. Travis n'a jamais été à moi. Même pendant ces longues nuits où l'on priait ensemble, je savais que Travis appartenait à quelqu'un d'autre. Il a toujours été à Cass. De même que je suis à Harry, désormais.

Elle lâche sa natte et me pose une main sur le bras. C'est un effort de ne pas faire la grimace.

– Tu dois le laisser partir, Mary, me dit-elle – et ses doigts s'enfoncent dans ma peau. Il te suivrait n'importe où et il ne peut pas. Il ne peut pas, c'est tout.

– Mais...

– Tu sais, je suis tombée amoureuse de Harry. Ces dernières semaines, là, quand c'est devenu trop lourd pour moi de voir Travis souffrir autant.

Elle regarde derrière moi, par-dessus mon épaule, comme si elle était ailleurs et pas dans un couloir au cœur de la Cathédrale.

– On a passé tellement de temps ensemble… Il m'a tenu la main. J'étais persuadée qu'il me demanderait en mariage.

Elle se remet à tirer sur sa natte.

– J'étais tellement persuadée qu'il m'aimait…

Son regard tombe sur moi. Elle me scrute, les yeux plissés.

– Mais après tout ça, c'est toi qu'il a demandée en mariage à la place.

Tout s'embrouille dans ma tête. Je ne sais plus quoi penser.

– Je croyais que c'était Travis qui te faisait la cour. Je croyais qu'il t'avait invitée à la fête des Récoltes, dis-je.

Je repense à toutes les fois où Cass a rendu visite à Travis, à toutes les fois où elle s'est agenouillée à côté de son lit pour le réconforter. J'ai pris son dévouement pour de l'amour, de l'amour légitime.

– … Comment Harry aurait-il pu te demander en mariage si tu étais déjà promise à un autre ?

Elle penche la tête sur le côté, comme si elle me voyait pour la première fois depuis une éternité.

– Sœur Tabitha m'a donné la permission d'annuler les accordailles, me dit-elle. La Congrégation n'était pas sûre qu'il survive à l'infection et pensait que même s'il survivait, il serait infirme et ne ferait donc pas un mari convenable, physiquement capable de s'occuper de son épouse. Je venais lui rendre visite par loyauté et par amitié. Comme toi.

Bien sûr, c'était tout naturel que Cass rende visite à Travis au moment où il avait besoin d'elle, qu'ils soient fiancés ou non – on se connaît tous depuis toujours, on a grandi ensemble pratiquement comme des frères et sœurs.

– Et ensuite, qu'est-ce qui s'est passé ? je demande.

Son regard se durcit.

– Harry a demandé ta main à toi, et pas la mienne.

– Mais pourquoi ?

J'ai une petite voix désespérée.

Un muscle de sa mâchoire se noue et se dénoue. Elle hausse lentement les épaules en inclinant la tête, comme à son habitude.

– Ce n'est pas obligé de se passer comme ça, lui dis-je.

– Si.

Je n'ai jamais vu Cass ainsi – tellement sérieuse, sombre et déterminée.

– Mais si tu aimes Harry et que moi...

Je m'arrête là, mais on sait toutes les deux ce que je m'apprête à dire. Elle termine la phrase pour moi :

– Tu aimes Travis.

Incapable de répondre, je reste plantée là sans rien dire, les bras ballants. Je baisse la tête. Ce n'est pas la première fois, aujourd'hui, que je me sens vide et chancelante. Comment est-il possible que tout ait si mal tourné, si vite ?

Finalement, je murmure :

– Je suis désolée.

– Je sais que tu ne l'as pas fait exprès, dit Cass en posant une main sur mon bras. Moi non plus, je n'ai pas fait exprès de tomber amoureuse de Harry.

Je ne peux pas la regarder dans les yeux, je ne peux pas trahir mon hésitation. Parce que je sais que je l'ai fait exprès, en vérité. Je n'ai jamais cherché à refréner mon désir pour Travis, même quand j'ai vu Cass à son chevet, en larmes. Pendant tout ce temps, je savais qu'ils étaient fiancés. Je savais qu'à cause de moi, Travis allait être tenté de briser sa promesse, de rejeter ma meilleure amie pour être avec moi, qu'il m'aimait assez pour faire ça.

Je pose la main sur celle de Cass, mais elle se rétracte ; sa peau fraîche s'échappe de la mienne.

– Je ne vois pas pourquoi on ne pourrait pas changer ça, c'est tout. Si les choses ne sont pas comme elles devraient être, si ce n'est pas ce qu'on veut...

– Harry a demandé ta main, Mary, dit-elle entre ses dents. Il a fait son choix. Il t'a préférée à moi. Et s'il veut que j'épouse Travis, j'épouserai Travis.

Elle décrète ça avec une ferveur qui m'effraie. Cass a toujours été une fille légère et gaie qui mettait les soucis et les problèmes de côté.

– Mais on peut encore faire autrement, Cass.

Je me penche vers elle.

– Je vais parler à Harry, je vais lui dire que je ne veux pas être avec lui...

Avec la rapidité d'un serpent, elle tend la main, m'empoigne par l'épaule et me tire vers elle jusqu'à ce que nos visages se touchent presque. Dans la pénombre du couloir, elle a l'air d'une masse d'ombre aux sourcils froncés dans une grimace furibonde.

– Tu n'as pas intérêt à faire ça. Tu n'as pas intérêt à lui briser le cœur.

– Mais ce n'est pas comme ça que les choses devraient être. Si je veux être avec Travis...

Elle m'interrompt une fois de plus et me pousse contre le mur du couloir en me secouant le bras.

– Si tu brises le cœur de Harry, je te promets que je ne libérerai jamais Travis de ses engagements. Tu seras toute seule. On te renverra ici, chez les Sœurs.

Elle se tait un instant, puis ajoute, comme si elle lisait dans mes pensées :

– Et ne t'imagine pas que Travis va me rejeter pour toi. Il ne ferait jamais ça à son frère. Il faut que tu comprennes que tout ce qu'il a pu éprouver pour toi n'existe plus, maintenant que Harry t'a officiellement demandée en mariage. Maintenant que tu dois devenir la femme de son frère.

Ses paroles me transpercent le cœur. Je ne l'avais jamais vue comme ça – si amère, sèche et rageuse.

– Mais Cass, voyons. Tu n'aimes pas Travis. Et il ne t'aime pas, lui non plus !

Je sais que je suis dure et cruelle, mais il faut qu'elle voie la vérité en face.

Elle me regarde comme si elle ne comprenait pas, puis elle éclate de rire.

– Le mariage n'est pas une affaire d'amour, Mary, dit-elle avec un ton de prof qui s'adresse à un élève. C'est une affaire de devoir, de compromis et d'affection. Ça n'a rien à voir avec l'amour, tout ça.

Je secoue la tête, incrédule.

– Mais tu m'as dit que tu étais amoureuse de Harry, et pourtant tu es prête à renoncer à lui. Pourquoi ?

Une fois de plus, elle hausse les épaules.

– Parce que ça vaut mieux pour lui. Et pour le village. C'est prévu comme ça, Mary. Et ça se passera comme ça.

Je voudrais la secouer, la ramener à la raison. Elle parle exactement comme Sœur Tabitha ; comme si elle n'avait pas vraiment conscience des choix qu'elle est en train de faire pour nous tous. C'est fou ce que les Sœurs nous influencent, nous entravent par leurs croyances. Je n'avais pas vu que c'était à ce point-là.

J'ouvre la bouche pour continuer à discuter avec Cass, mais la férocité de son regard me déstabilise trop. Pour la première fois, ma meilleure amie me terrifie.

Mais elle a raison, à part ça. Même si je rejette Harry, Travis ne demandera jamais ma main à sa place. Il n'infligera jamais cette honte et cette douleur à son frère. C'est comme si chaque porte de ma vie venait de m'être claquée au nez, comme si chaque fenêtre était condamnée, ne me laissant qu'une seule issue. J'ai le choix entre Harry et la Congrégation.

Alors, les épaules tombantes, je me résigne.

– D'accord.

Elle hoche la tête. Puis elle dit :

– Tu dois renoncer à Travis tout de suite. Aujourd'hui même. Ici et maintenant.

J'ai une protestation sur le bout de la langue, mais ses yeux inquiétants me réduisent au silence. Je me demande si on redeviendra amies un jour ou si c'est fini à cause de cette histoire. Bien sûr, on restera polies – le village est trop petit pour les querelles –, mais est-ce qu'on va tout se confier comme avant ?

J'ai soudain l'impression que le sol se dérobe sous mes pieds, que j'ai tout perdu d'un coup. Il me faut un appui pour rester debout. Je revois ma vie défiler en un éclair

– avec Cass qui est tout le temps à mes côtés, qui écoute mes histoires et qui rit avec moi, qui fait partie de ma vie. J'ai la tête pleine de souvenirs de notre amitié. Des larmes me piquent les yeux. J'ai besoin d'elle, en ce moment ; je ne peux pas perdre ce dernier lien avec celle que j'étais.

– Promets-moi, lui dis-je, promets-moi qu'on restera amies, qu'on sera toujours là l'une pour l'autre.

Elle sourit et j'aperçois une ombre de la Cassandra d'avant. Un parfum de soleil flotte dans le couloir.

– Oui, répond-elle.

Si seulement c'était aussi simple… Parce que je me rappelle soudain que c'était toujours quelqu'un d'autre qu'elle venait voir, à la Cathédrale – jamais moi.

Je me retourne et je jette un coup d'œil en direction de la chambre où l'Étrangère était enfermée, un peu plus loin que celle de Travis. Sa porte est légèrement entrebâillée. Un rai de lumière passe par l'ouverture. Je bouscule Cass pour courir vers la pièce, mais elle est vide, il n'y a pas de linge sur le lit ni le moindre signe que cette chambre a été occupée récemment. J'aurais dû m'en douter. La fenêtre est dans le noir depuis des jours et des jours.

Cass se tient sur le seuil, derrière moi. De toute évidence, elle est perplexe. Mais au lieu de lui expliquer, je gagne la fenêtre et je l'examine, la tête penchée, jusqu'à ce que je puisse voir l'empreinte d'une main. Le bout des doigts est bien visible. Je m'approche encore, mon souffle touche la vitre et soudain, des mots apparaissent dans la buée.

Gabrielle, ça dit, et le nom est suivi d'une série de lettres : *XIV*. À part cette trace éphémère, il n'y a aucune preuve de son existence. En passant les doigts sur les lettres, je les efface.

– Qu'est-ce que tu vois ? demande Cass en venant se placer à côté de moi.

– Tu te demandes si la Forêt a une fin, parfois ?

Je lui ai déjà posé la question et je sais quelle sera sa réponse.

Elle glousse – ça y est, elle est redevenue elle-même.

– Tu t'accroches toujours à tes délires, hein, Mary ? Sur l'océan et tout ça.

J'ai un sourire incertain. Je suis encore mal à l'aise avec mon amie. Encore inquiète.

– Je suppose, dis-je.

Mais si la Forêt n'a pas de fin, d'où venait Gabrielle ?

♦

J'ai beau être fiancée, je vis toujours avec les Sœurs dans la Cathédrale. Sœur Tabitha m'explique que mon frère n'est pas disposé à me prendre chez lui, à cause de la santé fragile de sa femme pendant sa grossesse. Mais je me demande si c'est juste un prétexte et si Sœur Tabitha me garde sous la main pour pouvoir me surveiller. Pour voir si j'ai renoncé à ma quête de réponses.

Eh bien non ! Au cours de la semaine qui suit, je trouve des excuses pour entrer dans chaque chambre d'habitation de la Cathédrale. Il n'y a aucune trace de Gabrielle. C'est comme si elle n'avait jamais existé.

X

Dans notre village, le printemps amène la pluie, les baptêmes et les mariages. Il amène aussi les Édéniques, qui sont l'occasion de célébrer le fait d'avoir vécu une année de plus et triomphé sur les Damnés, et de prier pour les années à venir. Le moment le plus important des Édéniques, ce sont les mariages. Dans notre village, le mariage est sacré. L'ensemble de cérémonies par lesquelles on unit un mari et sa femme s'appelle la Concorde, qui dure une semaine et s'ouvre avec la Promesse, continue avec le Lien et se termine par les Vœux de Constance Éternelle. C'est l'aboutissement des accordailles de l'hiver, qui ont commencé à la fête des Récoltes.

Le rituel le plus important et le plus sacré de la Concorde, ce sont les Vœux de Constance Éternelle, qui unissent le couple pour toujours. La nuit qui précède, on fait la cérémonie du Lien, au cours de laquelle les Sœurs attachent la main droite de la mariée à la main gauche du marié ; ensuite, le couple passe la nuit dans son nouveau logement. On les laisse seuls et on leur donne un couteau de cérémonie dont ils peuvent se servir pour trancher leur Lien. C'est l'occasion de déballer leurs éventuels griefs, et c'est aussi leur dernière chance de rejeter leur futur époux.

Au cours des journées qui séparent les trois cérémonies de la Concorde, pendant les Édéniques, on baptise les enfants nés des mariages de l'année précédente et on célèbre la conception de ceux qui sont à naître. C'est le moment le plus solennel et le plus joyeux de la vie du village ; à cette occasion, on rend hommage à notre survie, à notre existence, à la sauvegarde de notre peuple depuis le Retour. On s'engage à la persévérance, au don de soi.

Cette année, je suis l'une des deux seules jeunes mariées. On m'a habillée d'une tunique blanche que je vais porter tous les jours, cette semaine. Mes cheveux sont tressés avec des fleurs de printemps. On est quatre à se marier et à faire la Promesse : Harry et moi, Travis et Cass.

On est debout, alignés sur une estrade devant la Cathédrale, dont la masse imposante jette des ombres sur nous. Cass et moi sommes face à nos promis, avec Sœur Tabitha près de nous et tout le village rassemblé de l'autre côté. Le soleil printanier cogne particulièrement fort, aujourd'hui. Une chaleur humide monte du sol par vagues et épaissit l'air, si bien qu'on a l'impression de nager chaque fois qu'on respire.

Sœur Tabitha parle des obligations. Des péchés, de la vie, de l'engagement et des vœux. Elle dit qu'on illustre la constance de notre village. Elle nous rappelle notre fragilité, et les dangers qui viennent non seulement des Damnés, à l'extérieur de la clôture, mais aussi de l'intérieur : la maladie, la stérilité, les fausses couches. Elle nous montre du doigt, tous les quatre, et dit qu'il y a parfois des générations aux effectifs décevants, que nous avons le devoir de grossir les rangs, d'augmenter la quantité de familles nombreuses de notre communauté.

Son discours entre par une oreille et ressort par l'autre ; je n'arrive pas à me concentrer dessus. J'ai d'autres préoccupations. C'est la première fois que je vois Travis depuis que Harry a demandé ma main. Depuis que les Sœurs l'ont laissé partir. Depuis que je suis toute seule dans la Cathédrale, sans nulle part d'autre où aller.

Il a les cheveux plus clairs, plus blonds, signe qu'il passe ses après-midi dehors, au soleil. Il a pris du poids, sa peau n'est plus aussi tendue sur ses pommettes. Ses yeux sont plus vifs, plus verts, il a perdu ce regard vide. Il a l'air en forme. En bonne santé.

Ça me fait mal de le voir. Et c'est au prix d'un effort considérable que j'arrive à rester immobile devant Harry au lieu de me coller contre Travis, qui est dans mon dos, face à Cassandra.

Sœur Tabitha aborde maintenant notre devoir l'un envers l'autre et envers Dieu, mais la seule chose qui retient mon attention, c'est le mouvement de l'air causé par Travis quand il s'appuie sur sa canne et se déplace imperceptiblement pour essayer de trouver une position confortable.

Ça me fait plaisir de le voir debout, capable de marcher et en bonne santé. Mais c'est atroce de le voir sourire – je suis désespérée.

Quand Sœur Tabitha nous amène à la partie de la cérémonie consacrée aux promesses, on se tourne tous face à l'autel. Harry est à ma gauche et Travis à ma droite. Si je ferme les yeux, je peux imaginer que c'est devant Travis que je m'engage, que c'est avec Travis que je vais partir à la fin de la Concorde pour commencer une nouvelle vie.

Tel un écho, on répète les paroles de Sœur Tabitha, qui conduit la Promesse. Et pile au moment où on s'engage l'un envers l'autre, où on promet de prononcer les Vœux de Constance Éternelle à la fin de la semaine, je sens les doigts de Travis frôler les miens. J'essaie d'attraper sa main, mais je ne touche que le vide.

Je suis désormais la promise de Harry. Il m'entraîne au pied de l'estrade, me fait quitter l'ombre de la Cathédrale pour m'emmener au soleil. Nous sommes entourés de gens qui nous présentent leurs vœux et je ne vois plus Travis dans la foule.

Je l'ai perdu pour de bon.

♦

La semaine de la Concorde passe dans un brouillard étourdissant. Pour chaque célébration, nous sommes les invités d'honneur, tous les quatre, nous sommes placés à part, séparés du reste du village, exhibés. On nous traîne de cérémonie en manifestation. Dîners pour marquer l'importance du moment. Séances de prière solitaire pour préparer notre âme à l'engagement qui l'attend.

À part la Promesse, le Lien et les Vœux de Constance Éternelle, les baptêmes sont l'événement principal des Édéniques. Chaque bébé est amené devant les Sœurs et les Gardiens, passé de main en main parmi les gens du village. Ces enfants nous appartiennent à tous, disent les Sœurs ; ces enfants, c'est notre avenir.

Quatre bébés nés des mariages de l'année dernière sont baptisés. Je note que Jed et Beth, en marge de la foule, essaient de s'éclipser. Est-ce parce que la douleur d'avoir perdu leur enfant, à l'automne, est insupportable ?

Enfin, au milieu de la semaine, je me retrouve seule. J'arrache les fleurs de mes cheveux. J'en ai assez des habitants du village, j'en ai assez de Harry, des Sœurs, des Gardiens et des gens qui viennent me souhaiter bonne chance.

J'en ai assez de tout ce bonheur.

Alors je gagne la vieille tour de guet, sur la colline – le seul endroit où je suis sûre de trouver la solitude.

Mais quand j'arrive à proximité, il y a déjà quelqu'un. Je m'apprête à faire demi-tour, quand je reconnais la silhouette de celui qui est assis contre la tour. C'est Travis. Je sens comme un chatouillis au fond de moi. Je n'aurais jamais imaginé qu'il puisse venir ici, que quelqu'un d'autre que moi puisse venir ici.

Ça fait tellement longtemps qu'on n'a pas été seuls tous les deux que j'en suis réduite à le dévorer des yeux. Pendant un moment, j'envisage de tourner les talons et de repartir, de le planter là et d'écarter la tentation. Il n'est pas pour moi, ne le sera jamais ; c'est trop douloureux d'être près de lui en sachant que notre situation est irrévocable.

Mais avant que j'aie eu le temps de m'en aller, Travis tend une main vers moi et dit :

– Mary, viens prier avec moi.

Cette phrase cause ma perte. Je me précipite en trébuchant sur ma tunique, je me traîne jusqu'à lui en grattant le sol et je jette les mains sur son torse, haletante.

– Oh, Mary ! dit-il en passant les mains dans mes cheveux et en me tenant la tête.

Il attire mon visage vers le sien, me faisant traverser tout ce qui nous séparait. J'ai besoin de lui, c'est un besoin si pressant que je ne peux pas y échapper.

À l'instant où nos lèvres s'apprêtent à se toucher, à trouver enfin leur place, il arrête ma tête. Il a le souffle court ; tout l'air que j'arrive à inspirer sort de ses poumons. On reste comme ça pendant ce qui nous paraît être une éternité, incapables de s'abandonner l'un à l'autre, de passer outre tout ce qu'il y a entre nous.

– Mary, murmure-t-il.

Je sens ses lèvres remuer.

J'attends qu'il me repousse et me dise qu'on ne peut pas faire ça. Que je ne suis pas libre et qu'il ne trahira pas son frère. Je blottis la tête dans le creux de son épaule et je pose le front contre sa gorge.

Il fait chaud, aujourd'hui, et Travis transpire. Je presse la bouche contre sa peau et je sens un goût de sel sur mes lèvres. Je voudrais me fondre en lui, oublier tous les obstacles qui se dressent entre nous, et ça me demande un effort suprême de continuer à respirer et de rester là sans me coller contre lui.

Il n'est pas à moi, mais à Cass, et je sais que je devrais me détourner, m'en aller d'ici. Mais je n'ai pas cette force. Rien que cette fois, une dernière fois, je veux me délecter de son être, me draper dedans comme dans un souvenir.

On reste un moment comme ça. Étalée sur ses genoux, je me cramponne à lui et j'ai l'impression que tout s'ouvre, à l'intérieur de moi. Je m'aperçois que je suis heureuse. La main de Travis revient s'égarer dans mes cheveux et je me détends contre lui, abandonnant mes dernières hésitations.

C'est une sublime journée de printemps. Les oiseaux sont revenus dans le village, la neige est devenue de la boue et le soleil est lumineux, doux et chaud. Une petite brise nous enveloppe et son bruissement dans les arbres me fait penser aux histoires de ma mère sur l'océan.

– Dans les moments comme celui-ci, on a du mal à croire qu'on n'est pas seuls sur terre. Qu'il n'y a pas que nous deux sur cette colline, me dit Travis.

Je souris.

Il continue :

– Mais à d'autres moments, je me dis que *ce n'est pas possible*, qu'il n'y ait que nous sur terre. Qu'il n'y ait que ce village, je veux dire. Je me dis qu'il doit y en avoir d'autres ailleurs, au-delà de la Forêt.

J'essaie de relever la tête pour pouvoir le regarder dans les yeux. C'est comme s'il avait dit tout haut ce que je pense en secret, comme s'il avait accédé à mes rêves. Je croyais être la seule à croire à la vie en dehors de la Forêt. D'une douce pression des mains, Travis maintient ma tête contre son épaule, et mon cœur me martèle la poitrine à chacun de ses mots.

– Tu n'es pas la seule à qui on a raconté des histoires quand tu étais môme, me dit-il.

Je retiens mon souffle en attendant la suite.

– ... Et ces histoires me font penser qu'il y a forcément autre chose, en dehors d'ici. Autre chose que ce qu'on a. Que nous. Il n'y a pas que ce village et ses règles, dans la vie, ce n'est pas possible.

Il a la voix tendue, comme s'il sentait lui aussi tout ce qui nous tient à distance l'un de l'autre. D'un doigt, il me soulève le menton pour mettre mon regard à la hauteur du sien.

– Tu ne sens pas qu'il y a autre chose, Mary ? Que la vie qu'on a ici n'est pas suffisante ?

Les larmes me montent aux yeux et j'ai l'impression que mon sang chante dans mes veines. Je me tourne vers la clôture comme si je pouvais me tourner vers notre avenir. Elle est trop loin pour que je puisse distinguer des individus parmi les Damnés, je vois juste un groupe qui malmène le grillage. Au gré du vent, j'entends leurs gémissements portés jusqu'en haut de la colline.

Je m'apprête à lui parler de Gabrielle – la preuve qu'il y a autre chose – quand une tache rouge émerge d'entre les arbres. Mon cœur manque cesser de battre et mon souffle me reste coincé dans la gorge. Je me redresse, raide comme un piquet, et je me concentre sur la Forêt, tous les sens en éveil.

– Qu'est-ce qu'il y a ? demande Travis en se redressant à son tour, une main sur mon dos.

Est-ce que j'ai des hallucinations ? Non, revoici la tache fugitive. Elle est d'un rouge vif qui paraît surnaturel dans la pénombre des pins. Je me lève, oubliant le calme, le bonheur que j'éprouvais encore à l'instant, et je dévale la colline d'un pas incertain ; je trébuche contre les racines et les pierres, mais je m'en fiche. J'ai du mal à me contenir quand j'arrive près du grillage qui borde le pied de la colline : je reprends mes distances juste à temps pour ne pas risquer de me faire mordre et d'attraper l'infection.

La tache rouge réapparaît, puis s'approche de moi. La voilà devant la clôture, avec les autres. Quand on la regarde, on voit clairement que c'est une Damnée. Ses membres n'ont pas l'air d'appartenir tous au même corps et sa peau est tellement tendue sur son squelette que les os de son visage paraissent sur le point de passer à travers. Mais le rouge de son gilet matelassé est toujours aussi éclatant, aussi bizarre, et je sais que c'est elle. C'est l'Étrangère. Gabrielle.

Je voudrais passer les doigts à travers le grillage, moi aussi. Travis me rejoint à cloche-pied et me tire en arrière.

– Qu'est-ce que tu fabriques ? demande-t-il d'une voix sifflante en reprenant son souffle.

Il marche avec une canne et il boite ; soudain, je prends conscience des efforts énormes que ça lui a coûté de descendre la colline aussi vite pour me rejoindre.

Gabrielle évolue comme une fusée parmi les autres Damnés. Elle est comme eux, mais d'une certaine façon, elle est différente. Plus fuselée. Plus rapide. Elle se jette contre le grillage avec une vitesse et une voracité que je n'avais encore jamais vues. Je reste tétanisée de notre côté de la clôture, avec Travis, sans savoir quoi penser ni quoi faire.

– Ne refais jamais ça, me dit Travis à l'oreille en m'attirant contre lui, les bras autour de mes épaules.

J'aimerais tant capituler, le laisser m'enlacer, me prendre sous son aile, me protéger. Chaque battement de mon cœur me secoue des pieds à la tête, et j'ai les mains qui tremblent.

– C'est elle qui était dans la chambre à côté de la tienne, dis-je en montrant Gabrielle du doigt. C'est l'Étrangère qui est arrivée au village la fameuse nuit où je suis venue te voir.

Une bouffée de chaleur me monte aux joues quand je repense à ce que j'ai éprouvé en sentant son corps sous le mien.

On regarde la fille au gilet rouge tirer sur le grillage, surexcitée par notre présence. Elle a quelque chose de terriblement malsain – ni Travis ni moi n'avons jamais vu de Damné comme elle.

Je lui raconte tout :

– Elle m'a parlé à travers le mur, un jour. C'était après ton transfert vers une autre chambre ; je te cherchais. Elle m'a dit qu'elle s'appelait Gabrielle.

La gorge brûlante, je ravale des sanglots qui menacent d'éclater. Je n'arrive pas à croire ce qui est arrivé à cette fille qui a osé s'aventurer sur les chemins de la Forêt, qui a osé entrer dans notre village.

Des larmes coulent sur mes joues. Je me tourne vers Travis et je murmure :

– Et toi, elle t'a dit quelque chose ? Elle t'a dit d'où elle venait ? Pourquoi elle est venue au village ?

– Oh, Mary, souffle-t-il.

Puis sa bouche se pose sur la mienne et me fait taire.

Je me souviens de l'émerveillement de mon quasi premier baiser avec lui cette nuit-là, il y a si longtemps. C'était la nuit où Gabrielle a franchi le portail. Avant qu'on sache quoi que ce soit sur l'Extérieur, lui et moi, quand on ne se souciait de rien d'autre que de nous deux dans cette chambre. De mon cœur qui battait la chamade, de mon corps qui se sentait au bord d'un gouffre, tout ça. J'ai eu des baisers, depuis. Des baisers amicaux. C'est Harry qui me les a tous donnés. Pendant nos brèves accordailles. Je n'ai jamais embrassé quelqu'un d'autre que Harry.

Mais ce baiser avec Travis, à présent... c'est un peu comme se réveiller dans un monde nouveau, comme renaître et découvrir ce qu'est la vie, ce que ça pourrait être. Je me noie en lui. Des vagues m'entraînent sous la surface et me font tourbillonner comme si je n'étais rien. Comme si je n'avais aucune valeur, comme si j'étais tout.

En entendant la clôture trembler sous l'assaut de Gabrielle, on se sépare. Il garde le front contre le mien.

– On devrait le dire à quelqu'un, dis-je.

Il acquiesce.

J'ajoute :

– Je parle d'elle.

Il sourit.

– Oui, ça aussi, dit-il.

Je ne peux pas m'empêcher de sourire à mon tour.

Tel un de ces bulbes enfouis sous la terre, en sommeil, j'ai l'impression de m'épanouir enfin. De me réchauffer. La joie fleurit en moi, se déploie dans tout mon corps. Je mets de côté le choc d'avoir découvert que Gabrielle était devenue une Damnée, je le refoule très loin pour que ça ne gâte pas la magie de ce moment.

– Je suis plus rapide que toi, lui dis-je. Je vais courir le dire aux Gardiens. Ils seront contents qu'on les prévienne.

J'hésite. Je pense à ce que j'ai promis à Cass, à Sœur Tabitha, à Harry, à ce que je me suis promis à moi-même. Je pense à ce que ça impliquerait de tenir ces promesses, à tout ce à quoi je devrais renoncer. J'ai essayé de me plier aux règles du village, aux commandements de la Congrégation, et ça ne m'a apporté que confusion, mystères, mensonges et douleur.

Je croyais pouvoir oublier Travis. Je croyais pouvoir me contenter d'une vie plaisante. Mais ça, c'était avant qu'il me dise qu'il croit en un monde à l'extérieur de la clôture. C'était avant de découvrir qu'on lui a parlé de quelque chose de plus important que nous, quelque chose d'autre.

Devant Travis, avec son goût sur les lèvres, je décide de jeter tout le reste aux orties. J'affronterai la colère de Cass, de Harry et de Sœur Tabitha avec Travis à mes côtés.

– Tu viendras me chercher ?

Je sais que je lui demande de trahir son frère, de chambouler l'équilibre de notre village et de faire de la peine à ma meilleure amie. Mais plus rien de tout ça ne compte pour moi. Je suis prête à tout perdre pour lui.

En guise de promesse, il sourit et passe un doigt sur mes lèvres. Pendant que je retourne au village pour alerter les Gardiens, le bruit que fait Gabrielle en tirant sur la clôture s'estompe derrière moi.

XI

Deux jours ont passé depuis notre conversation sur la colline. Deux jours que j'attends que Travis vienne me chercher. J'arpente les dalles en pierre de ma petite chambre dans la Cathédrale, l'oreille à l'affût pour entendre sa voix quand elle résonnera dans le couloir, mais il n'y a que le silence. Chaque fois que je suis enfin seule, que je peux échapper à l'interminable succession de corvées et de festivités, je cours à la colline. Espérant le trouver là-bas. Espérant qu'il a trouvé une solution pour qu'on soit ensemble.

Mais à chaque fois, je ne trouve rien ni personne, à part le vent dans les arbres. Et les gémissements des Damnés qui s'élèvent depuis la Forêt. Les Gardiens ont augmenté le nombre de patrouilles le long de la clôture. Tout en scrutant la Forêt à la recherche de Gabrielle, je les regarde aller et venir.

Parfois, je vois Jed parmi eux. J'ai envie de courir auprès de lui et de lui dire tout ce que je sais sur Gabrielle. De lui dire qu'elle venait de l'Extérieur. Mais je me tais, parce que les Gardiens sont au service des Sœurs ; j'ai peur que Jed ne garde pas mon secret. Que Sœur Tabitha apprenne que je suis au courant pour Gabrielle et me jette dans la Forêt.

Harry, qui est désormais en formation chez les Gardiens, m'a raconté que la Rapide, comme ils l'appellent, a disparu dans la Forêt. Qu'elle vient parfois se jeter contre le grillage et qu'elle est si acharnée que les Gardiens n'ont pas réussi à la tuer.

Son existence a jeté un froid sur les Édéniques. Au village, certains ont peur que les Damnés soient en train de changer, de s'adapter, et que la Rapide indique l'apparition d'une nouvelle espèce qui va tous nous tuer.

La Guilde des Gardiens et les Sœurs essaient d'éviter une panique générale en nous disant que les Damnés rapides ne sont pas un phénomène nouveau. Pendant une des cérémonies, Sœur Tabitha est flanquée des deux Gardiens les plus gradés. Tout le village est rassemblé devant elle. Les gens ont les mains crispées sur les enfants, le regard qui fuse vers les clôtures. La peur est palpable et, dans cette atmosphère tendue, je sens mes muscles se contracter.

– La Congrégation détient sur les Damnés des informations qui se transmettent depuis le Retour, dit Sœur Tabitha, droite comme un I avec les bras le long des flancs, tandis que le vent de l'après-midi fait onduler sa longue tunique noire sur ses chevilles. Les Rapides sont acharnés, et aussi rares que ravageurs. Ils ont toujours existé et c'est parce que ce village est béni de Dieu qu'ils ne nous ont pas embêtés.

En disant ça, elle coule un regard vers moi, comme si j'étais responsable de la présence de Gabrielle.

– Nous ignorons ce qui les rend différents, ce qui les rend rapides. Mais nous savons qu'ils dépérissent vite, qu'ils mettent leurs corps en pièces, et que tout rentrera bientôt dans l'ordre. Les Gardiens ont doublé le nombre de patrouilles et recruté des hommes qui travaillaient aux champs pour qu'ils les aident à surveiller le village. Cette menace sera bientôt résorbée, que ce soit parce que les Gardiens ont tué la Rapide ou parce qu'elle s'est détruite toute seule. En attendant, nous n'avons qu'une chose à faire : continuer à prier Dieu pour lui demander Son pardon et Sa bénédiction.

Sœur Tabitha nous fait tous réciter une prière et descend de l'estrade pour que les cérémonies des Édéniques et de la Concorde puissent continuer. Mais je lis encore le doute et la peur sur les visages : tout le monde craint cette nouvelle espèce de Damnés. Les danseurs ont perdu leur enthousiasme. Les cérémonies se terminent tôt. Les gens se barricadent dans leur maison, la nuit, se préparant au pire.

Je ne peux pas m'empêcher de me demander ce qu'on nous cache d'autre. Quels secrets les Sœurs ont enfouis dans la Cathédrale. Ce qu'elles savent sur la créature que Gabrielle est devenue, après avoir été une fille comme moi.

Je repense sans arrêt au jour où Sœur Tabitha m'a traînée dans le souterrain et m'a jetée dans la clairière, en pleine forêt. Est-il possible que Gabrielle ait connu le même sort ? Je voudrais courir voir Sœur Tabitha et lui demander ce qu'elle a fait, comment ça s'est produit. Au début, je garde le silence, parce que je suis terrorisée à l'idée de devenir comme Gabrielle, et puis d'autres soucis commencent à me marteler le crâne : est-ce que j'aurais pu faire quelque chose pour la sauver ? Est-ce que j'aurais dû donner l'alerte ? Faire plus d'efforts pour la retrouver ? Suis-je responsable de ce qui lui est arrivé ?

Finalement, ma curiosité l'emporte. Il faut que je sache ce qui s'est passé – ce qui l'a transformée en créature si rapide et si puissante, si différente de tous les Damnés que j'ai jamais vus.

Durant les quelques jours qui me restent avant qu'on m'attache à Harry, avec la cérémonie du Lien, je profite de mes corvées pour fureter dans la Cathédrale. Je m'arrête devant les portes fermées, j'espionne les conversations entre les Sœurs les plus âgées – ce sont elles qui détiennent les secrets, je suppose.

Mais je n'apprends rien d'important. Frustrée par le temps qui passe, je commence à explorer des zones interdites. Je teste les limites de la Congrégation, de la Cathédrale. En sachant que, si je me fais prendre, je risque d'être jetée dans la Forêt, moi aussi, pour suivre les traces de Gabrielle.

Je suis imprudente, mais tant pis. Parce que chaque jour qui passe est un jour de plus où Travis n'est pas venu me chercher. Et je suis de plus en plus décidée à comprendre ce qui est arrivé. Je veux tout savoir. Pourquoi on est ici ? Qui sont les Sœurs ? Qu'est-ce qui a provoqué le Retour ?

Autant de questions auxquelles on n'a jamais eu le droit de réfléchir. Qu'on a l'interdiction de chercher à résoudre.

Avec toutes ces pensées qui me tournent dans la tête, je suis prête à exploser. À genoux pendant les messes ou encore pendant les célébrations des Édéniques, prise d'un sentiment de révolte, j'essaie de trouver un moyen d'échapper à la vigilance des Sœurs, d'accéder aux recoins interdits de la Cathédrale sans me faire voir.

Pourtant, quand vient ma dernière nuit seule, la veille de ma cérémonie du Lien avec Harry, je ne me suis pas approchée de la vérité. Je n'ai trouvé aucune connexion entre les Sœurs et le Retour de Gabrielle. Je n'ai trouvé aucune preuve de leur implication. Assise sur le bord de mon lit, les poings fermés sur ma robe de chambre, je regarde par la fenêtre ouverte. Les yeux fixés sur la Forêt, je me demande si je me trompe sur toute la ligne – si mes questions étaient vaines.

Je me demande si les Sœurs ont raison et si elles nous indiquent la seule voie. La seule vérité. Si notre village est le dernier qui reste au monde. Peut-être que ma mère se trompait et qu'il n'y a pas d'océan.

Je serre les dents. Je voudrais hurler de frustration et de confusion. Comment faire pour démêler tout ça ?

L'impatience me donne des fourmis dans les jambes. Je saute du lit et je me mets à arpenter la pièce. Autour de moi, le silence s'installe dans la Cathédrale, qui se prépare pour la nuit. Dans ma tête, c'est la zizanie : une voix me pousse à sortir de ma chambre pour une dernière enquête, puis m'ordonne de rester tranquille. De ne pas tenter le sort ni risquer la colère des Sœurs et d'attendre que Travis vienne demander ma main, comme il l'a promis.

Mais ensuite, je pense à Gabrielle, dehors, en train de s'écharper toute seule sur le grillage. Je me demande si ma mère y est aussi. Si, pour une raison quelconque, elle connaît les réponses que je cherche, maintenant qu'elle est de l'autre côté.

Je ne prends pas la peine d'allumer ma bougie en sortant de la pièce. Je ne prends pas la peine d'écouter aux portes pendant que je me faufile à travers la Cathédrale, en me coulant le long des murs avant de descendre sur la pointe des pieds l'escalier poussiéreux qui mène au sous-sol. En pensée, je marche à la suite de Sœur Tabitha. Je me rappelle le jour où elle m'a amenée ici, dans cet endroit dont j'ignorais l'existence, pour me donner une leçon sur la notion de choix. Je me rappelle comment j'ai découvert que la Congrégation nous cache des choses.

L'air devient plus froid, plus humide quand j'arrive au pied des marches et que je pose mes pieds nus sur les pierres irrégulières du sol. Il n'y a pas de lumière. À l'aveugle, je gratte ma pierre à feu et j'allume ma bougie. Sa flamme chétive illumine à peine ma main tremblante et la lueur qu'elle produit est vite noyée dans l'épaisse obscurité qui m'entoure.

De ma main libre, je cherche les étagères vides sur lesquelles, comme l'a expliqué Sœur Tabitha, on plaçait les bouteilles et les tonneaux de vin pour le laisser fermenter. Quand j'entends des griffes pointues crépiter sur le vieux bois, je me fige, des picotements dans la nuque.

Dès que je n'entends plus que mon souffle fluet, je reprends ma progression tâtonnante jusqu'à ce que je trouve, en me cognant l'orteil contre le mur, le coin de la pièce le plus éloigné de l'escalier. J'écarte le lourd rideau qui cache la porte et je me glisse derrière. Des nuages de poussière me couvrent la bouche et le nez. Enfin, je sens les planches en bois grossier de la porte menant au souterrain qui va me conduire à la Forêt.

Le verrou refuse de bouger et, tout à coup, je ne suis plus très sûre de ce que je m'attendais à trouver ici. J'espérais peut-être que Sœur Tabitha aurait laissé la porte ouverte. Ou que la seule force de ma volonté suffirait à la faire céder.

Je colle l'oreille contre le bois, comme si je pouvais entendre quelque chose de l'autre côté. Comme si la porte allait me chuchoter ses secrets. Je pense à tout ce que ces murs ont vu et je me demande comment c'était, ici, quand le Retour a éclaté. Savaient-ils ce qui allait se passer ? Étaient-ils préparés ? Est-ce que ce village existait déjà, au moins, ou a-t-il été créé pour servir de refuge ? D'abri isolé du monde ?

Mais les murs ne me révèlent pas leurs secrets, et autour de moi, tout se tait ; même le bruit de ma respiration est étouffé par le rideau qui me sépare du reste de la pièce. À cause du manque de sommeil, mes yeux me brûlent et j'ai les jambes lourdes. Je voudrais rester ici, dans ce cocon, pour toujours. Ne plus avoir à me retrouver devant Harry. Ne plus avoir à me demander si Travis va venir me chercher. Ni à me ranger à l'avis des Sœurs, à admettre que je me trompe sur elles.

Je passe les mains le long des bandes de métal piqueté qui maintiennent ensemble les planches de la porte, cherchant des points faibles même si je sais qu'il n'y en a pas. Je fais courir mes doigts sur les charnières, et la graisse qu'on utilise dans la Cathédrale pour empêcher les portes de grincer rend ma peau luisante.

Je veux mon lit, finalement, rien d'autre. Je veux profiter de ma dernière nuit seule avant qu'on m'attache à Harry. Ma dernière nuit pour me morfondre et m'autoriser à rêver que je pars avec Travis. Je m'éloigne de la porte, j'écarte le rideau de mes épaules et je m'essuie les doigts sur le tissu sale, quand tout d'un coup, je trouve comment passer. Comment accéder au souterrain et aux cellules cachées de l'autre côté.

Soudain bien réveillée, je reprends la bougie par terre, près de mes pieds. Sa flamme paraît vibrer au même rythme que les battements de mon cœur, faisant tressauter le pourtour des ombres vaporeuses qu'elle projette autour de moi. Tremblante, je tâte les étagères à la recherche d'un point faible. Enfin, mon doigt passe sur les éclats d'une planche fendue. Je la prends et je tords le bois jusqu'à ce qu'il se casse avec un craquement sonore et que je me retrouve avec une longue latte étroite.

En continuant à palper les étagères, je trouve un autre morceau de bois, plus épais celui-là, qui pourra me servir de maillet de fortune, puis je retourne à la porte secrète en me guidant avec les mains. Je cale un bout de ma latte de bois sous la tête de la cheville qui assemble les deux ailes de la charnière et je tape sur l'autre bout avec la planche. Je laisse le rideau fermé derrière moi dans l'espoir d'étouffer le bruit de mes coups.

Au début, la cheville refuse de bouger d'un cil. Je suis obligée de taper plus fort, et je finis par abattre de toutes mes forces le maillet contre la latte qui fait levier, sans plus me soucier du tapage qui résonne autour de moi.

Quand je sens la cheville se dégager de son logement et commencer à vaciller, je l'attrape avec les doigts, en me servant de l'ourlet de ma chemise de nuit pour avoir une meilleure prise sur le métal lisse. Je tire une dernière fois et elle se libère, puis tombe par terre avec un cliquetis gratifiant. Sans hésiter, j'attaque l'autre charnière, plus bas sur la porte.

Collée à la peau de mon dos par la sueur, ma chemise de nuit me gêne quand j'arrache l'autre cheville de son logement. À présent, la porte n'est plus rattachée au mur par ses charnières. Je voudrais pousser des cris de triomphe, mais je me contente de m'essuyer les sourcils du revers du bras et de m'étirer pour me dénouer le dos en admirant mon travail.

La porte est toujours bloquée par la serrure, de l'autre côté, mais du côté où j'ai démonté les charnières, elle peut bouger librement. Avec une profonde inspiration, je passe les doigts dans l'interstice sous la porte et je tire. Une fois que je l'ai légèrement entrebâillée, j'agrandis l'ouverture étroite jusqu'à ce que je puisse me faufiler à travers. Le lourd panneau de bois s'incline, maintenant qu'il n'a plus ses charnières pour le tenir d'aplomb.

L'air est humide, ça sent le moisi et le bruit de ma respiration m'évoque une tempête. Je tends l'oreille dans l'obscurité qui règne autour de la faible lueur de ma bougie, soudain terrorisée à l'idée qu'il puisse y avoir quelqu'un ou quelque chose d'autre ici. Je me suis presque convaincue que j'entends tous les insectes du sous-sol se déplacer vers moi quand la table avec des bougies placée à l'entrée du souterrain, de l'autre côté la porte, me revient en mémoire. Je les allume toutes et j'ai un frisson de soulagement quand la petite tache de lumière qui m'entoure s'agrandit.

Je tremble de tout mon corps, à présent – je ne sais pas si c'est à cause de la peur ou de la transpiration qui a trempé ma fine chemise de nuit. Si seulement Travis était là ! J'aurais quelqu'un pour me prendre la main, pour tenir à distance la terreur qui rôde à la lisière de mon imagination. Je pense à ce souterrain et à ces cellules depuis très longtemps, mais maintenant que j'y suis, je ne veux plus avancer.

Je ne suis plus si sûre de tenir à connaître la vérité. À savoir ce qu'on cache ici.

Avec la bougie devant moi, je me force à avancer. La terre battue du sol est lisse sous mes pieds nus. Je passe devant les râteliers à vin et je me rappelle que Sœur Tabitha m'a parlé de l'histoire de ce bâtiment. Je tourne vers la gauche en suivant la courbure du souterrain et je m'arrête devant la première porte.

Elle est plus terne, plus petite que dans mon souvenir. Je passe les doigts sur le bois fendillé des bords. J'avais oublié les verrous en métal rouillé qui s'enfoncent dans la pierre et maintiennent les portes fermées. Pour un peu, je lâcherais un grognement de frustration et de soulagement mêlés. Je tape sur le battant et, n'entendant rien en réponse, je cogne plus fort.

J'ai l'impression d'être une voisine venue dire bonjour ; ça me fait glousser. Le son rebondit contre les murs de pierre et résonne autour de moi comme un rire maniaque, qui paraît discordant à mes oreilles. Des frissons me parcourent la colonne vertébrale.

Essayant de réguler ma respiration, je pose la bougie par terre. Je regrette aussitôt sa lumière et sa chaleur. Chaque battement de mon cœur me fait frémir des pieds à la tête et j'ai les mains qui me démangent, tellement j'ai peur. Je prends un verrou dans chaque main et j'en tire un vers l'arrière et vers le haut, tout en poussant l'autre vers l'avant et vers le bas.

J'entends un clic, puis un crissement quand les verrous se débloquent, et brusquement, la porte s'ouvre en grand.

Un courant d'air qui s'échappe de la pièce ouverte éteint la bougie à mes pieds et me plonge dans le noir.

Panique. Je recule en dérapant jusqu'au mur, derrière moi. Imaginant des mains sur mes chevilles, je me mords la langue pour m'empêcher de hurler. Je me redresse en appuyant sur le sol, je titube et je me cogne contre le mur. Des bouteilles tombent des râteliers et se brisent autour de moi.

Aveugle, je me mets à courir. Derrière moi, j'entends un bruit de tissu qui se déchire et de bois qui grogne en heurtant du métal. Je trébuche et je fais la grimace quand je tombe sur un escalier en bois : j'ai pris le souterrain dans le mauvais sens ! La grande salle qui se trouve sous la Cathédrale est à l'autre bout. Là, je suis sous la Forêt. Pendant un instant, j'envisage de repartir en courant dans le souterrain pour regagner la Cathédrale, mais l'obscurité est trop angoissante. Trop épaisse.

Je monte les marches et je reste bloquée contre la trappe qui mène à la surface. Je ne peux pas aller plus loin. Je me roule en boule, les jambes repliées contre la poitrine. Le souffle que j'expire ressemble à un gros sanglot. Je me plaque la main sur la bouche, mais ça n'étouffe absolument pas le bruit, le sifflement aigu de mon corps qui manque d'air.

J'essaie de retenir ma respiration et, entre les battements de cœur frénétiques qui se répercutent dans tout mon corps, j'écoute le silence. J'entends un bruit de liquide qui glougloute : le vin qui coule des bouteilles cassées. Rien d'autre.

Une douleur vive perce à travers la panique et, de mes mains tremblantes, je retire un éclat de verre de mon pied droit. J'ai les joues mouillées de larmes. Je ne veux pas être ici. Je ne veux rien de tout ça. Tant pis pour Gabrielle, pour les Sœurs, pour Harry et Travis. Je ne me soucie plus de rien en ce monde.

Je me vois pousser la lourde trappe au-dessus de moi et me glisser dans la clairière. Je me vois marcher lentement vers la clôture, avec ma robe blanche qui ondule autour de mes chevilles comme si je flottais. Je vois ma mère qui m'attend de l'autre côté. Les mains tendues, prête à m'accueillir.

À ce moment-là, je laisse éclater mes sanglots. Ce n'est pas comme ça que j'imaginais ma vie. Je ne me voyais pas tapie, sale et terrifiée, dans un passage secret sous la Cathédrale, la nuit précédant mon Lien avec un homme que je n'aime pas. Quand j'étais petite, je rêvais d'amour et de soleil, je rêvais d'un monde à l'extérieur de la Forêt. Je rêvais de l'océan, d'un endroit que le Retour aurait laissé intact.

Soudain, je trouve que c'est bien présomptueux de croire que nos rêves d'enfant vont se réaliser. Dure vérité. Cette prise de conscience me fait mal. Comme si je m'étais amputée de quelque chose d'important. Et cette perte est presque insurmontable. Presque suffisamment pour me faire baisser les bras.

J'ai l'impression que mes os ne peuvent plus me porter. Que je ne suis rien d'autre que du sang, des larmes, de la peur et du regret qui se fondent dans le monde qui m'entoure. Je m'aperçois que j'ai trois possibilités : trouver un moyen de passer la trappe, au-dessus de ma tête, et aller dans la Forêt de mon propre chef ; rester ici jusqu'à ce que Sœur Tabitha me découvre et me jette dans la Forêt ; ou finir ce que j'ai commencé puis retourner à ma vie.

Je m'arrache de l'escalier. M'oblige à rebrousser chemin dans le couloir, qui est si sombre que j'ai l'impression de nager dans de l'eau épaisse et noire. Je sens la terre humide sous mes pieds, et l'odeur du vieux vin, amère et aigre, me colle au fond de la gorge. Quand je repasse dans l'obscurité devant la porte que je viens d'ouvrir, je me crispe. Le souffle coupé, j'imagine des mains qui jaillissent de la cellule pour m'empoigner et je cède à la tentation de courir jusqu'à ce que je voie, au détour du souterrain, la petite balise lumineuse que forment les bougies restées près de la porte du sous-sol de la Cathédrale. J'en attrape deux et je reviens sur mes pas, en faisant attention où je pose les pieds au milieu du verre brisé, dont la flamme des bougies fait luire les bords coupants.

Devant la cellule, j'hésite. Ma lumière n'éclaire rien au-delà du seuil. J'ai encore le temps de faire demi-tour. De nettoyer les bouteilles de vin cassées, remettre en place les charnières de la porte et retourner au lit en faisant comme si ce n'était qu'un rêve, ce qui s'est passé cette nuit.

Mais j'inspire profondément et je me force à avancer.

XII

Cette cellule est minuscule et basse de plafond. Une couchette est calée contre le mur du fond, avec une couverture délavée bien bordée sur tout le tour. Sur un bureau étroit, à ma droite, on a posé un volume épais qui ne peut être que le Livre sacré, entouré de bougies éteintes. De l'autre côté de la pièce, une grande tapisserie est accrochée au mur. La parole de Dieu est tissée dessus et un coussin plat, très usé, est posé devant pour s'agenouiller et prier. Au centre de la pièce, une natte ronde qui semble être faite avec de vieilles tuniques de la Congrégation est étalée au sol.

Je suis déconcertée par l'aspect ordinaire de cette cellule, qui pourrait être la chambre de n'importe quelle autre Sœur de la Cathédrale. Et qui ressemble trait pour trait à la chambre que j'occupe à l'étage. Je m'avance un peu plus dans la pièce ; mes pas sont étouffés par le tapis. Je passe un doigt sur la surface lisse de la tapisserie en me demandant combien d'autres mains ont touché ces mots, y ont cherché du réconfort. Le coussin, par terre, porte la marque de deux genoux qui ont dû y reposer pendant des heures.

Je m'assieds sur le lit, qui grince légèrement sous mes

fesses, dérangeant le silence surnaturel qui règne autour de moi. Je rapproche mes pieds et je m'adosse contre le mur, en me demandant qui est la dernière personne à avoir dormi ici. Gabrielle ? Travis quand il était tellement malade ? Une Sœur châtiée pour une raison quelconque ?

Pressée, avide de réponses, je gagne la table étirée et j'allume les bougies placées autour du Livre. Une fois devant le gros volume avec sa reliure craquelée, je laisse mon regard se perdre dans le vague et mes pensées se tourner vers l'intérieur. Machinalement, j'ouvre le Livre et je commence à le feuilleter. Le bruit des pages qui tournent rappelle le chuintement des feuilles d'automne quand elles se posent par terre. Mais je ne regarde pas les mots imprimés sur le papier ; perdue dans mon monde à moi, je regarde un peu plus loin.

Jusqu'au moment où je m'aperçois que ce n'est pas le bon texte. Et que les pages sont surchargées. Je me baisse pour étudier ça de plus près et je me rends compte que toutes les marges et jusqu'au moindre espace vierge de chaque feuillet sont couverts d'inscriptions en pattes de mouche. Les mots sont écrits tellement petit que j'arrive à peine à les déchiffrer. L'encre du verso fait une ombre, alors la plupart sont illisibles.

Je reviens à la première page et je peine sur cette écriture sibylline, tracée à l'encre bleue sur le papier pelure jauni. *Au début*, ça dit, *nous n'en comprenions pas l'ampleur.*

J'approche une bougie, mais la suite m'échappe. Je tourne les pages et je note que l'écriture change, que l'encre devient noire, plus épaisse et plus dure à déchiffrer.

Et puis, au milieu du Livre, les inscriptions s'arrêtent. Je fais courir un doigt sur la page pour voir la dernière entrée :

Comme prévu, c'est son isolation totale qui est à l'origine de sa force et de sa rapidité phénoménales. Seigneur, ayez pitié, nous allons l'envoyer dans la Forêt pour voir combien de temps elle tient, pour mieux la comprendre. Son sacrifice nous rendra plus forts. Avec l'aide de Dieu, nous survivrons.

Je n'avais pas conscience de retenir mon souffle avant de me mettre à suffoquer. Je tremble et mes pensées s'emballent. Je n'arrive pas à déglutir, à ravaler les larmes qui me brouillent la vue. Je m'écarte brusquement de la table et, en trébuchant sur le tapis, derrière moi, je retombe contre la porte, qui se ferme en claquant. Le bruit résonne dans le couloir sombre.

Je suis piégée, coupée de tout. Je hurle dans ma tête et je recommence à suffoquer, manquant d'air. Pour tempérer ma panique, et par habitude, je passe les doigts près de la porte, à l'endroit où se trouve la citation du Livre sacré que les Sœurs gravent à l'intérieur et à l'extérieur de chaque maison du village. D'habitude, la zone est lisse à cause de toutes les mains qui la touchent chaque jour, mais ici, le bois de l'encadrement est toujours rugueux, ce qui me ramène au présent.

J'examine l'inscription de plus près et je m'aperçois que ce n'est pas une citation du Livre sacré, mais une liste de noms. Et en bas, ça dit *Gabrielle*; les lettres sont encore profondes, elles viennent d'être gravées.

Soudain, l'atmosphère change autour de moi; je crois entendre un claquement dans l'air. Comme si un courant subtil venait d'être introduit dans cette petite cellule. La peur de me faire prendre, d'avoir le même sort que Gabrielle, me donne des picotements partout.

Je tire doucement sur la porte, qui s'entrouvre. Soulagée qu'elle ne se soit pas reverrouillée, je regarde dans le couloir. Il empeste toujours à cause des bouteilles de vin cassées. Je n'ai aucune idée du temps qui s'est écoulé depuis que je suis descendue ici. Je brûle d'en lire plus, mais je sais que si je fais ça, je risque d'être découverte.

J'envisage d'emporter le Livre avec moi, mais je n'ai pas d'endroit où le cacher. Je quitte la cellule sur la pointe des pieds en refermant les verrous derrière moi, et je nettoie de mon mieux les bouteilles cassées, en poussant les plus gros éclats de verre derrière les rayonnages qui bordent les murs. Enfin, en me promettant de revenir, je gagne la porte secrète et je pince la mèche de chaque bougie sur la table, plongeant le souterrain dans l'obscurité juste avant de m'éclipser. Les chevilles bien huilées reprennent leur place facilement dans les charnières de la porte, effaçant les dernières traces de mon passage ici.

Quand je m'échappe du sous-sol, je vois par les fenêtres qu'une touche de rose blafard apparaît à l'horizon. Je retourne discrètement dans ma chambre et j'enfile ma tunique. J'allume un feu et je jette ma chemise de nuit sale dans les flammes. À partir d'après-demain, je n'en aurai plus besoin, de toute façon.

Je me poste devant la fenêtre ouverte, près de mon bureau, et je laisse l'air frais de ce matin de printemps couler sur moi, laver mon corps de cette odeur de renfermé et de vieux vin. Je regarde fixement le grillage, derrière le cimetière, et je laisse ma vue se brouiller jusqu'à ce que la Forêt ne soit plus qu'une tache de vert frais, les Damnés des points gris, la clôture un souvenir.

Plus rien n'est clair pour moi dans la vie. Plus rien n'a de sens et je ne sais pas comment y remédier.

Mon Lien avec Harry sera célébré ce soir. La dernière chance de Travis pour demander ma main, c'est donc aujourd'hui. Les cérémonies vont reprendre cet après-midi. Mais pour le moment, mon temps m'appartient. Je sors en cachette de la Cathédrale et je fais un détour par la périphérie du village qui se réveille pour aller sur la colline.

Au lieu de me tourner vers la Forêt, vers la limite de mon univers, je regarde le village, aujourd'hui. Je regarde le petit groupe de maisons blotties dans la terre qui part du pied de la colline et s'étend vers la Cathédrale, à l'autre bout. La Cathédrale forme une masse imposante dont les ailes ressemblent à des bras. Derrière, je retrouve un décor que je connais bien : le cimetière et la petite dénivellation pour arriver au ruisseau où on s'est tenu la main, Harry et moi, le jour où ma mère a été infectée. Je vois aussi, çà et là, les plateformes construites dans les arbres, chargées de vivres et prêtes à nous abriter si jamais il y a une invasion un jour.

La clôture, ce haut grillage de fils de fer entrelacés qui nous protège en permanence, entoure le tout. Je me dis qu'elle est drôlement fragile, que les plantes grimpantes aiment bien s'insinuer dans les mailles pendant l'été, ce qui donne beaucoup de travail aux Gardiens qui sont tout le temps en train de patrouiller, en train de réparer et de colmater les brèches.

C'est effarant que ce soit quelque chose d'aussi délicat, un peu comme de la dentelle métallique, qui nous enferme dans ce monde. À l'abri des Damnés, mais aussi de nos rêves. Le soleil avance dans le ciel et se réfléchit un court instant sur le grillage protégeant le sentier qui part du portail, près de la Cathédrale.

Durant toute la matinée, je me répète que ça ira mieux si on est ensemble, Travis et moi. Et je continue à faire les cent pas au sommet de la colline, en attendant que Travis vienne demander ma main, pendant que le temps s'écoule comme de l'eau sur un rocher.

◆

Quand vient le moment de me préparer pour la cérémonie du Lien, le soir, je m'assieds sur le lit dans la petite chaumière proche de la Cathédrale où nous vivrons ensemble à partir de demain, Harry et moi, une fois que notre union aura été prononcée. Les mains inertes sur les genoux, je comprends que Travis ne viendra peut-être jamais me chercher, finalement.

Un coup à la porte me fait battre le cœur violemment dans la poitrine. Je me lève en espérant que c'est Travis. En sachant que c'est notre dernière chance. Qu'une fois que la cérémonie du Lien commencera, je vais devoir me donner à Harry ou tout annuler.

Et si j'annule tout, ça revient à me livrer à la merci des Sœurs. À les supplier de me laisser entrer dans la Congrégation, même si je ne pourrai jamais être que leur servante, rien de plus. Dans notre village, les femmes n'ont pas droit à une seconde chance de se marier.

Je passe mes mains tremblantes sur le tissu blanc qui drape mes jambes, puis je les tends vers la porte. Mon ventre se noue et mon corps se remplit de peur, d'espoir et de joie.

Derrière la porte, le jour mourant lâche ses derniers rayons de lumière aveuglante. Je commence par croire que c'est Travis et que ma vie a enfin pris sens. Que j'ai enfin trouvé ma place dans ce monde.

Ensuite, j'entends le bruissement d'une jupe et Sœur Tabitha franchit le seuil, puis s'avance au milieu de la pièce de son pas décidé. Elle se tourne vers moi et m'examine des pieds à la tête de son regard perçant.

– Je suis venue te préparer pour le Lien, dit-elle. Pour te donner la bénédiction de la Congrégation.

Je voudrais m'effondrer sur-le-champ, me rouler en boule pour ne plus former qu'un tas plein de vide par terre. J'ai le tournis et la vue brouillée. Ma gorge brûle de crier, de sangloter. Mais il n'est pas question de montrer ça à Sœur Tabitha, alors je redresse le menton, je ferme la porte et je pose une main contre le mur pour m'aider à tenir debout.

On est seules dans l'unique pièce de la minuscule chaumière que je suis censée occuper avec Harry jusqu'à ce qu'on ait des enfants et besoin de plus de place. À l'idée d'avoir des enfants avec lui, j'ai l'impression qu'une pierre me tombe dans l'estomac.

Ces derniers jours, j'avais déjà commencé à imaginer à quoi ressembleraient les enfants que j'aurais avec Travis, et leurs petites mains qui s'enrouleraient autour de mon doigt. J'ai déjà rêvé une vie entière avec Travis. Et finalement, la vie qu'on a eue dans mes rêves est la seule que nous aurons jamais ensemble.

Sœur Tabitha et moi sommes face à face, le dos raide. Elle fait un petit sourire, en relâchant son souffle comme si elle riait, et secoue la tête.

– Il y a des choses que nous devons accepter, dans la vie, Mary. Des choses qui nous paraissent absurdes pour le moment, mais auxquelles nous devons nous plier. Qui doivent rester sacrées si nous voulons préserver notre monde.

Elle s'approche du lit étroit, pose un panier sur le duvet blanc et, sans cesser de parler, se met à déballer son contenu.

– Prends les Damnés, par exemple. Nous ne les comprenons pas. Tout ce que nous avons observé, c'est qu'ils ont faim. Mais nous savons qu'il faut les laisser tranquilles. Dans ce village, plus personne ne prend la peine de se demander pourquoi ils existent, même si je suis sûre que nos ancêtres ont perdu beaucoup de temps à le faire.

Elle étale une délicate corde blanche en tissu tressé, puis sort le Livre sacré du panier et enroule la corde autour, tout en poursuivant sa tirade :

– C'est pareil pour le mariage. Nos ancêtres savaient que pour survivre, nous devons persévérer. Ils savaient qu'il faut préserver des lignées fortes. Que notre mission la plus importante, à part protéger et nourrir le village, est de créer de nouvelles générations.

Elle porte le Livre ligoté sur la petite table, du côté de la pièce où je me trouve, puis se tourne vers la cheminée et remue les braises en ajoutant de petits morceaux de bois sec jusqu'à ce que les bûches se mettent à crépiter.

Les flammes rongent l'écorce, qui rougit et se recroqueville, mais je reste imperméable à leur chaleur.

– Il y a une chose qu'il faut que tu saches au sujet de ta mère, Mary, dit Sœur Tabitha en s'agenouillant près de la cheminée. Il faut que tu saches qu'elle a perdu des enfants.

XIII

Je lutte pour garder un visage impassible en ravalant un hoquet d'horreur. Je nous revois quand on était petits, mon frère et moi, assis devant la cheminée avec nos parents. J'entends la berceuse que maman nous chantait le soir.

Dans ma tête, c'est la guerre civile. J'ai désespérément besoin d'en savoir plus, et en même temps, je m'en veux à mort de céder à Sœur Tabitha. De lui donner ce qu'elle veut en me pliant à sa volonté. À sa supériorité.

– Quand ?

C'est tout ce que je dis. Je déglutis, m'éclaircis la gorge.

– Quand est-ce que ma mère… ?

Redoutant de combler le fossé entre la vie de ma mère et la mienne, je ne peux pas terminer ma phrase.

– Avant toi, me dit Sœur Tabitha. Et après toi.

Je ne vois pas ses yeux, mais je me demande s'ils expriment la moindre compassion. Si elle est triste pour les bébés que ma mère a perdus et si elle se reproche de ne pas avoir su l'éviter, puisque c'est la guérisseuse de notre communauté.

Pendant un moment, j'ai l'impression que le malheur de ma mère jette un pont entre Sœur Tabitha et moi.

Elle se lève, puis se tourne vers moi.

– De très, très nombreuses fois. Si souvent qu'on aurait pu croire que tu n'étais pas censée naître.

La moindre sympathie que j'ai pu avoir pour elle vole en éclats ; les gémissements de ma mère le jour de sa mutation me reviennent, me hurlent dans les oreilles. Ce déferlement sonore finit par me donner la nausée. Je ne peux plus rester dans cette pièce, près de cette femme.

Mais je tiens bon ; je ne veux pas qu'elle voie l'effet qu'elle a produit sur moi. Elle retourne à la table et pose les mains sur le Livre. Puis elle vient se poster devant moi.

En me regardant dans les yeux, elle me prend la main droite. Elle déroule la corde qui enveloppe le Livre et l'enroule autour de mon poignet au fur et à mesure. Chaque fois qu'elle complète un tour, elle fait un nœud à la corde, suivant un schéma compliqué, tout en me forçant à répéter des Vœux de Fidélité. On fait ça trois fois : trois tours avec la corde, trois nœuds, trois vœux.

Avec chaque boucle, chaque entrave, chaque mot, je sens que je m'éloigne un peu plus de Travis et je dois me mordre la lèvre pour m'empêcher de pleurer.

– Tu es une femme attachée, maintenant, dit Sœur Tabitha. Tu as des obligations envers ton mari, envers Dieu et ce village. Il est temps d'accepter ton devoir, Mary. Il est temps que tu arrêtes de fricoter près de la clôture. Il n'y a rien, là-bas. Ta mère l'a appris durement. On aurait pu penser que tu en tirerais les leçons.

J'essaie de libérer mon bras d'un coup sec, mais elle me tient fermement le poignet.

– J'ai fait tout ce que j'ai pu pour toi, Mary. Je t'ai

enseigné la parole de notre Seigneur, mais tu n'étais pas contente. Je t'ai procuré un mari, mais tu n'es pas contente. Qu'est-ce que tu veux de plus, Mary ? Faudra-t-il en passer par la destruction de ce village pour que tu trouves le bonheur ? Que tu sois contente de la vie qui t'a été donnée ?

Ses yeux font penser à un orage d'été. La sueur me donne des picotements, me coule dans le dos et mouille le fin tissu de ma robe.

Je sens le souffle de Sœur Tabitha sur ma joue. J'essaie de m'écarter d'elle, mais le mur m'empêche de bouger.

– Prie le Seigneur, Mary, continue-t-elle. Prie pour qu'Il te soit clément et te donne un enfant – quelqu'un d'autre que toi-même à aimer.

Elle secoue la tête et ajoute dans un murmure :

– C'est ce que ta mère a fait, Mary. Sinon, elle n'aurait jamais réussi à t'avoir. Qu'est-ce que tu crois ?

Je voudrais la gifler, je voudrais me jeter sur elle avec toute la fureur, la souffrance et la haine qui se sont accumulées au fond de moi et qui me rongent. Mais je ne peux pas. Parce que tout d'un coup, ce n'est plus Sœur Tabitha que je méprise, c'est moi. L'idée que ma mère ait eu la moindre difficulté pour m'avoir ne m'était jamais venue à l'esprit. J'ai toujours imaginé que j'étais entrée avec facilité dans sa vie, je n'en ai jamais douté.

Je suis frappée par mon égoïsme. Cette femme en sait plus sur ma mère que je n'en ai jamais su et n'en saurai jamais. Toutes les histoires que maman m'a transmises me reviennent à l'esprit en même temps. Je ne me suis jamais demandé pourquoi elle me les racontait. Jamais demandé ce qu'elles signifiaient pour elle.

Je ne me suis jamais demandé à quoi ma mère croyait. Quel genre de vie elle vivait à mon âge. Elle me manque si cruellement, en cet instant, que je voudrais me recroqueviller de honte et de regret. Sœur Tabitha s'apprête à ajouter quelque chose, quand on frappe à la porte. Mon cœur s'emballe. Travis, me dis-je. Il est enfin venu me chercher. Mon visage est si proche de celui de Sœur Tabitha que je vois la sueur qui suinte de sa peau. Pendant un instant, je me demande si elle entend ce que je pense, si elle perçoit l'excitation qui me donne des picotements partout. Elle affiche un nouveau sourire presque imperceptible, puis recule. C'est Harry qui entre dans la pièce; j'ai envie de pleurer quand je le vois, avec ses joues rougies par l'air du soir et ses cheveux humides qui commencent à frisotter au-dessus des oreilles.

Je regarde derrière lui, dans le crépuscule, espérant apercevoir Travis, espérant qu'il est là, dehors, qu'il attend dans les coulisses. Je scrute chaque ombre, mais il n'y a rien; le monde est vide. Puis, avec un clic, la porte se ferme.

Dans ses bras, Harry porte un chien noir qui se tortille; l'animal ne doit pas avoir plus d'un an, il n'a pas encore sa taille adulte. Il se jette par terre et court en rond, puis vient frétiller sur mes pieds, en balayant de sa queue ce qui se trouvait sur une table basse, à côté.

– Un cadeau de mariage pour toi, Mary, dit Harry en baissant légèrement la tête, l'air gêné.

Je voudrais sourire. Je voudrais le remercier. Mais dans ma tête, je suis toujours en train de regarder dehors et d'attendre Travis.

Harry tend son bras gauche. Sœur Tabitha le prend et, en laissant du mou entre nous, enroule l'autre bout de la corde trois fois autour de son poignet, exécutant la même série compliquée de nœuds et de vœux qu'avec moi.

En gardant la main au milieu de la corde qui nous lie, Sœur Tabitha récite une vieille prière du Livre sacré. Une fois qu'elle a terminé, elle déclare :

– À présent, vous êtes unis par le Lien.

Puis elle s'approche du lit et tire un long couteau du panier qu'elle a apporté avec elle tout à l'heure. Elle le pose sur la table, à côté du Livre.

– C'est votre dernière chance de renoncer l'un à l'autre. Votre dernière chance de couper les attaches entre vous. Demain, vous prononcerez vos vœux définitifs, les Vœux de Constance Éternelle.

Là-dessus, elle sort de la maison, nous laissant seuls.

Harry se tourne vers moi. Je garde les yeux fixés sur le drôle de chien, qui s'est roulé en boule près du feu et ronge un morceau de petit bois qu'il a tiré d'un tas posé à côté de la cheminée. Harry approche sa main et retire quelque chose de ma joue ; il me le tend pour me le montrer, mais je ne vois pas ce que c'est.

– Un cil, dit-il. Fais un vœu et souffle dessus, ça porte bonheur.

Son air sérieux me rappelle notre enfance. On courait dans les champs, juste après les récoltes, quand on sentait le soleil et le parfum de la vie dans l'air. Je repense à un après-midi où tous les enfants du village jouaient à se courir après d'un bout à l'autre du labyrinthe que nos parents avaient taillé dans le champ de maïs.

On se perdait, on s'empêtrait les uns dans les autres au soleil de cette fin d'après-midi, comme si rien d'autre ne comptait au monde que suivre les méandres d'un chemin qui ne menait nulle part, sinon au milieu d'un champ. Trouver le bout du chemin n'était pas aussi important que l'aventure pour y parvenir.

Cet après-midi-là – je ne devais pas avoir plus de huit ans –, j'ai pris la main de Harry et je l'ai entraîné dans le labyrinthe avec moi. Je nous revois trébucher sur les nombreux chemins, tourner en rond, tomber sur des impasses sans cesser de rire. Je me souviens qu'il s'est mis à pleuvoir ; ça ne nous a pas fait fuir le labyrinthe, et pourtant il pleuvait assez fort pour qu'on puisse étancher notre soif en tirant la langue.

Au détour d'un chemin, on a trouvé une échappée qu'on aurait pu rater facilement ; une petite clairière circulaire accessible par une entrée étroite et tapissée de trèfle moelleux, rien d'autre, comme si on n'avait jamais rien planté sur cette parcelle.

Un endroit où la pluie ne tombait pas et où le soleil brillait encore.

Je me souviens qu'on s'est pris la main, Harry et moi, et qu'on a fait la ronde et tournicoté, hilares, jusqu'à en avoir le tournis. Quand on s'est lâchés, on est tombés par terre.

Au même instant, un arc-en-ciel incroyable est apparu à travers la pluie, au-dessus de notre petite clairière de trèfle. Autour de nous, tout n'était que couleur et lumière. Je me rappelle que Harry s'est tourné vers moi et moi vers lui et qu'il a dit :

– C'est pour nous porter bonheur, Mary. À nous. Pour toujours.

La passion qu'on lisait dans ses yeux à cet âge-là, alors

qu'il n'était encore qu'un petit garçon, est la même que celle que j'ai vue chez Travis. Et que je vois chez Harry maintenant. Je me rends soudain compte que j'étais furieuse contre lui à cause de ce qui m'arrive, comme si c'était mon ennemi et non mon ami de toujours. À présent, je comprends que sa vie est aussi étriquée que la mienne. Qu'on se heurte tous les deux aux mêmes règles et que c'est peut-être injuste que je le rende responsable de notre situation.

Et je craque.

– Je veux partir d'ici.

Ma voix n'est plus qu'un murmure.

Il garde le silence, alors je continue. Maintenant que j'ai commencé, je ne peux pas m'empêcher de continuer à parler, de prononcer les mots qui se sont accumulés dans ma tête comme des nuages noirs avant l'orage, qui ont fait monter la pression, grossi et roulé dans la tourmente.

– Il y a un monde, à l'extérieur. Derrière la clôture. Il y a un autre côté. Ça finit quelque part. Je le sais. Il y a une fille qui est venue ici. Quelqu'un de l'Extérieur. Elle s'appelait Gabrielle et elle arrivait de l'autre côté. Elle est passée ici, et maintenant c'est une Damnée, et je sais que ce sont les Sœurs qui l'ont sacrifiée. C'est la Rapide, celle qui a cet étrange gilet rouge, elle en était la preuve et elles l'ont tuée parce qu'elles ne voulaient pas qu'on sache. Elles n'ont jamais voulu qu'on sache.

Ma tirade me laisse pantelante, et ça me terrifie d'avoir lancé l'idée, d'avoir révélé mes vrais désirs. Ce ne sont pas des pensées convenables – personne de ma connaissance n'a jamais manifesté la volonté de quitter notre village. De troquer l'utopie contre ce qu'il y a peut-être derrière.

– Est-ce que ça te rendrait heureuse, Mary ? me demande Harry d'une voix douce.

Il n'y a aucune critique, aucun jugement dans sa question.

Je le regarde enfin dans les yeux. Il glisse sa main dans la mienne ; la corde blanche pendouille entre nous.

Pendant une fraction de seconde, je lui en veux à mort de ne pas être Travis. Et j'en veux encore plus à Travis de ne jamais être venu me chercher. De m'avoir laissée affronter cette nuit. Mais c'est à moi que j'en veux plus que tout – je m'en veux d'aimer de tout mon être le frère de Harry, de l'aimer tellement qu'il ne reste plus rien pour lui.

Et d'être trop lâche pour lui rendre sa liberté. Pour couper nos attaches avec le couteau.

Il se penche vers moi et je m'aperçois qu'il a la même odeur que Travis. Je suis obligée de fermer les yeux quand il me frôle le front du bout des lèvres. J'étouffe dans la chaleur du feu. Sa bouche s'approche de mon oreille.

– Est-ce que ça te rendrait heureuse de partir d'ici, Mary ?

Il est si tendre, si désireux de me rendre heureuse ; personne ne l'a jamais été comme lui. Mes yeux se gonflent de larmes et cet homme commence à me troubler, comme si c'était son frère qui me murmurait à l'oreille. Comme si mon corps ne faisait pas la différence entre les deux, confondait leurs voix et la sensation de leur souffle sur ma peau.

Je ferme les yeux et je hoche la tête. Terrifiée à l'idée qu'il me répudie à cause de mon désir – qu'il me repousse et m'abandonne chez les Sœurs.

– On se débrouillera pour que tu sois heureuse, Mary. Je te le promets.

Je hoche de nouveau la tête, incapable d'ouvrir la bouche et de parler de peur de laisser éclater les sanglots que j'essaie de retenir au fond de moi.

– Tout ce que je veux, c'est que tu sois heureuse, ma petite Mary, répète-t-il en glissant une mèche de cheveux derrière mon oreille, puis en se baissant pour déposer des baisers à l'endroit où sont passés ses doigts.

J'ouvre les yeux et je regarde mon nouveau chien. Il tressaute dans son sommeil, devant la cheminée, en faisant ses rêves de jeune chiot où il poursuit sans doute quelque chose qu'il n'attrapera jamais. La seule différence entre lui et moi, c'est que demain, il aura oublié qu'il a voulu une chose inaccessible, alors que moi je m'en souviendrai toujours.

Harry continue à m'embrasser dans le cou jusqu'à ce que je sois obligée de fermer les yeux et qu'un gémissement de plaisir s'échappe de mes lèvres.

Sans ouvrir les yeux, je trace la courbe de ses omoplates avec une main. Je me demande si les courbes sont les mêmes dans le dos de Travis. Si ma main trouverait sa place sur son corps comme elle la trouve sur celui de Harry. Tant de fois je me suis repassé les moments où Travis murmurait à mon oreille, où il m'embrassait le long de la mâchoire. Ce soir, craignant de les avoir oubliés, j'essaie de les revivre. Mon trouble me donne le sentiment de trahir Travis.

Mais les images ne viennent pas et je n'arrive pas à retrouver le moindre souvenir de lui. Il n'y a que Harry dans la lumière du feu, avec sa peau tiède et son odeur de terre fraîchement retournée. Et l'écho des paroles de Sœur Tabitha sur « la vie qui m'a été donnée ».

Oui. Cette vie, c'est celle qui m'a été donnée. Pas celle que j'ai choisie.

XIV

Quand la sirène retentit, le lendemain matin, je suis au lit. Le chien que Harry m'a apporté hier soir comme cadeau de mariage, que j'ai baptisé Argos, se met à aboyer comme un fou, tout en essayant de décider s'il doit attaquer le tintamarre ou se cacher dans un coin.

Quelque chose me tire le poignet d'un coup sec, et je me retrouve à moitié étalée par terre.

– Mary, lève-toi ! hurle Harry.

C'est lui qui m'a tirée du lit. Je regarde avec hébétude la corde tendue entre nous. De sa main libre, Harry attrape quelque chose sur la table, mais je n'arrive pas à lâcher cette corde des yeux. J'ai la tête embrumée, pleine d'images d'hier soir : Harry en train de m'embrasser, Sœur Tabitha m'exhortant à être une bonne épouse et à donner des enfants à notre village, Argos et ses rêves de chiot.

– Mary, il faut que tu m'aides, là !

Harry tire brutalement sur la corde, et je la sens mordre mon poignet. Je vois qu'il a les mains qui tremblent. Il fait un pas vers moi, m'empoigne par les épaules et m'entraîne vers la table. Là, il prend le couteau de cérémonie que Sœur Tabitha nous a laissé et le glisse sous la corde de Lien.

La pression sur mon poignet se relâche. Maintenant qu'il est libre, Harry met notre chaumière sens dessus dessous pour rassembler des vêtements et de la nourriture et tout fourrer dans un sac.

Je ramasse l'autre bout de la corde et je le laisse filer entre mes doigts. Les fibres sont encore tièdes à l'endroit où se trouvaient les nœuds qui entouraient le poignet de Harry.

J'ai l'impression que le temps ralentit, se tend comme un fil de laine. La sirène couvre tous les autres bruits ; par la fenêtre qui est à côté de la porte, je vois passer des gens qui courent en jetant des coups d'œil par-dessus leur épaule. Des nappes de brume tourbillonnent autour de leurs pieds, si bien qu'ils ont l'air de flotter, et leurs mouvements sont pratiquement silencieux, noyés par la longue note continue de la sirène d'alarme.

La panique qu'on m'a appris à ressentir ne vient pas. À la place, je marche vers la fenêtre sans prendre la peine de me couvrir, pour regarder mes amis et mes voisins se précipiter vers les plateformes. Malgré tout, une petite partie de mon cerveau, la partie enfouie dans mon inconscient, me presse d'agir. Me presse de m'habiller et de me sauver. De filer avec les autres avant qu'il soit trop tard. Avant que les plateformes soient pleines et que toutes les échelles aient été remontées.

Harry est en train de crier des ordres, derrière moi, mais ses paroles se mélangent avec la sirène et forment un méli-mélo dans ma tête. Distraitement, je me demande si cette sirène va retarder la cérémonie, si Travis aura encore le temps de venir me chercher. Je me demande s'il y a vraiment eu une brèche, ou si c'est juste quelque chose comme ce qu'a fait ma mère, quelqu'un qui s'approche trop de la clôture. Quelqu'un qui prend un risque, qui a perdu la tête, qui va se faire infecter.

Argos gratte le sol, essayant frénétiquement de se creuser une issue pour sortir. Ses griffes crissent et dérapent en vain sur le bois, et je devine sa panique grandissante. Il lève la tête comme pour hurler à la mort, en montrant les dents, et me jette un regard qui me supplie de faire quelque chose.

C'est au moment où je tends enfin la main vers ma jupe que je la vois. Une tache rouge vif aperçue du coin de l'œil alors qu'elle passe comme une fusée devant la fenêtre. Je connais cette couleur. Je connais cette teinte surnaturelle. Je connais cette rapidité.

Les Damnés sont ici, parmi nous. Ce n'est pas un exercice.

Gabrielle est ici.

Je me bagarre avec les boutons de ma jupe et je gagne la porte en passant une chemise par-dessus ma tête. Puis je m'immobilise, les doigts sur le verrou. Et si c'était trop tard ? Mon cœur se met à battre la chamade pendant que l'indécision me tiraille. Et si les plateformes étaient déjà pleines ?

Je me retourne vers Argos, qui essaie de savoir s'il doit me suivre ou non, s'il peut me faire confiance et compter sur moi pour le protéger. Harry ne remarque rien, il court dans toute la maison en ouvrant les placards, cherchant des armes.

Dehors, par la fenêtre, je vois deux enfants qui détalent dans le brouillard en se tenant la main. Ils sont frère et sœur. Je les connais – je les connais depuis leur naissance. Celle de l'aîné, Jacob, c'était il y a six ans. Jacob trébuche et tombe. Il prend entre ses mains son genou qui saigne. La petite sœur fait halte quand elle s'aperçoit que la main qui tenait celle de son grand frère est vide. Elle jette un regard en arrière et voit Jacob par terre, le bras tendu vers elle pour lui demander de l'aide. Elle secoue la tête, les doigts dans la bouche et les yeux écarquillés, et ce mouvement fait tressauter ses boucles blondes.

Soudain, elle se raidit, frappée d'une terreur ancestrale. Je vois une tache humide apparaître sur le devant de sa jupe et la petite fille recule en chancelant. Son regard va et vient entre son frère et une chose qui se trouve derrière lui. Jacob tourne la tête, puis roule sur le dos et se sert de la paume de ses mains pour se traîner sur la terre battue. Le cadre de la fenêtre me bloque la vue et je dois prendre une position inconfortable, le nez collé contre la vitre, pour voir ce qui est là, même si je sais déjà ce que c'est. Une horde de Damnés qui se précipitent en titubant vers le garçon. Ils viennent toujours en horde.

La sœur fait deux pas vers son frère, lui prend le bras et tire de toutes ses forces, mais elle est trop petite, elle n'est pas assez forte pour le traîner. Les Damnés s'approchent. Le garçon résiste à sa sœur ; il repousse ses petites mains avec des tapes et l'envoie vers les plateformes.

Tout s'est déroulé en quelques fractions de seconde. Je m'éloigne de la fenêtre avant que mon cœur se remette à battre, avant de voir le sort de Jacob, que je devine trop bien. Comme la petite fille, je secoue la tête, incrédule.

C'est la panique. Et la panique, ça veut dire que les gens des plateformes vont remonter les échelles trop tôt. Et feront tout ce qu'ils peuvent pour se sauver eux-mêmes en premier.

Argos a la tête basse et les poils du dos hérissés, et je vois qu'un grondement fait vibrer son corps. Tous les chiens de notre village ont une peur instinctive des Damnés et ont été dressés à reconnaître leur odeur. Concentré de tout son être sur la porte de notre chaumière, il nous avertit de ce qui se trouve derrière.

Quelque chose me rentre dedans et m'éloigne de la fenêtre. Harry me fourre le couteau de cérémonie dans la main et me prend par le menton ; les doigts crispés sur ma mâchoire, il me regarde dans les yeux.

Sa poitrine se soulève, de la sueur dégouline sur ses tempes. Et voilà qu'il ouvre la porte, se précipite dehors et revient avant que j'aie eu le temps de me remettre du choc. Avant que j'aie eu le temps de crier ou de le retenir. Alors que je suis encore en train de frotter l'endroit où son pouce s'est enfoncé dans ma peau. Dans ses bras, il y a Jacob, que sa sœur et moi avions abandonné aux Damnés. Harry lâche le garçon sur le lit et reprend sa tâche : rassembler des vivres.

Il me lance un baluchon que je serre d'une main contre ma poitrine, le couteau de cérémonie dans l'autre. Puis il prend deux gourdes à eau sur un crochet, près de la porte, et s'immobilise en me regardant. Je suis toujours plantée contre le mur, là où il m'a poussée.

Il tend une main vers moi. Je la prends. Ses doigts passent sur la corde de Lien blanche que j'ai au poignet et je vois un soupçon de sourire s'ébaucher sur ses lèvres. Il ouvre la bouche et dit quelque chose, mais les hurlements constants de la sirène me rendent sourde.

Je sens la maison frémir quand quelque chose percute la porte. Harry se détourne de moi, saisit Jacob et le jette sur son épaule. Devant la porte, il fait halte et pose la main sur l'encadrement pour toucher la phrase du Livre gravée dans le bois. Je voudrais fermer les yeux, ignorer ce qui se passe. Faire comme si la journée n'avait pas encore commencé, n'allait jamais commencer.

Je soupèse le couteau que j'ai à la main – ma seule arme. Dans mon village, tout le monde apprend à se battre depuis le plus jeune âge en prévision d'un jour comme celui-ci. Le bois du manche est poli et glissant dans ma paume moite. Ce couteau me paraît malcommode et difficile à manier, et le sac de nourriture me déséquilibre.

Mais Harry ne me laisse pas le temps d'arranger ça, de me préparer ; il ouvre la porte à la volée et on est partis.

Bien qu'encombré par l'enfant, l'eau, une hache et son propre sac de nourriture, il est plus rapide que moi et son pas est plus sûr que le mien. La terreur me brouille la vue. Ne sachant pas où se réfugier, Argos s'empêtre dans mes jambes et me fait trébucher.

Notre chaumière est placée en retrait, derrière la Cathédrale, en marge de la principale zone résidentielle du village. Les plateformes sont rares, ici. Déstabilisée par le gros sac que je porte plaqué contre ma poitrine, je cours vers la plus proche. Mais au moment où mes doigts s'apprêtent à se refermer sur les barreaux d'une échelle, elle m'échappe. La rosée matinale a rendu le bois glissant. Je m'immobilise et je regarde les gens qui sont au-dessus de moi : leur plateforme n'est qu'à moitié pleine. L'homme qui remonte l'échelle se contente de hausser les épaules. Pas même un mot d'excuse. De toute façon, je n'aurais rien entendu avec la sirène qui me vrille les tympans sans discontinuer.

À côté de lui, sur la plateforme, des hommes munis d'arcs tirent vers des cibles qui se trouvent quelque part derrière moi. Je sens le souffle d'une flèche qui passe près de ma tête. Je ne sais pas si c'est moi qui étais visée, ou quelque chose derrière moi, et je me refuse à regarder par-dessus mon épaule pour le savoir. La réalité est insupportable, en cet instant, alors je la mets de côté.

Désespérée, je cherche une autre plateforme des yeux et je me précipite dans sa direction. Argos est toujours avec moi. En attrapant ma jupe entre ses dents pour me forcer à m'arrêter, il me fait perdre l'équilibre et tomber à genoux. Quand je relève la tête, je vois Travis devant l'échelle, à moins de dix pas de moi. Il attend son tour de monter, Cass à ses côtés.

Je ne peux pas m'empêcher de crier son nom.

Ça ne sert à rien, bien sûr. La sirène fait trop de bruit, et la panique qui s'y ajoute nous rend sourds. Je hurle de plus belle, en expulsant jusqu'au dernier milligramme d'air de mes poumons pour former ce simple mot; l'effort me fait fermer les yeux. La sirène s'arrête pile à ce moment-là, et le nom de Travis, en sortant de ma bouche, résonne dans le silence revenu.

Autour de nous, le monde se fige. Travis lève la tête et nos regards se croisent. Deux fractions de seconde, puis trois – on pourrait croire qu'on ne fait plus qu'un. Au milieu du néant, on se retrouve pour un bref instant dans une bulle de calme qui n'appartient qu'à nous, et j'arrive presque à imaginer le contact de ses lèvres sur mes poignets.

Puis on me tire par la manche, les hommes se mettent à crier des directives et les gémissements oppressants des Damnés, qui se rapprochent de nous, font voler le silence en éclats. J'attaque brutalement avec mon sac, mais c'était Harry, qui dévie mes coups.

Il me prend le bras et m'éloigne des maisons, des plateformes trop pleines et de Travis pour m'entraîner vers la Cathédrale. J'entends des gens hurler. Panique, douleur, terreur. Ces hurlements s'harmonisent avec les gémissements, avec les cris de la lutte.

Quelque chose me tire les cheveux. Déstabilisée, je tombe sur un genou. Des bras grisâtres se tendent vivement vers moi, alors je roule sur le côté. Et je suis sur le dos, flanquée d'Argos qui aboie frénétiquement, quand une Damnée me tombe dessus. Je tâtonne dans l'herbe, autour de moi, jusqu'à ce que mes mains se referment sur le bois poli de mon couteau. Je fais de grands moulinets et je plante la lame dans l'épaule de la Damnée.

C'est la première fois que je me sers d'une arme contre un Damné. En sentant le métal effilé traverser la chair et se ficher dans de l'os, je lâche un hoquet étranglé. La femme revient à la charge, le bras à moitié coupé ; ses cheveux jaunes crasseux lui tombent par paquets devant la figure. J'essaie de tirer sur le couteau pour le déloger, mais je n'arrive pas à le tenir assez solidement.

L'autre continue ses assauts. Elle a la bouche béante et je vois des trous laissés par des dents manquantes. Je lève les mains pour essayer de la tenir à distance, et elle essaie de me griffer. Sa bouche est si près de ma peau que je sens son ignoble odeur de mort m'imprégner. Je la bourre de coups de pied, je la frappe avec les bras, en vain. Je ferme les yeux et j'attends.

XV

La douleur n'arrive pas. J'ouvre un œil et je m'aperçois que la Damnée a cessé de progresser vers moi. Le long manche du couteau s'est enterré près de ma tête, et empêche tout juste ses dents d'atteindre ma chair. Elle continue à s'agiter et à essayer de mordre, et elle m'égratigne les joues du bout des doigts.

Je retombe sur le dos, avec la Damnée penchée sur moi, et j'essaie de glisser sur le sol pour m'extraire de sous elle. Quand des mains m'empoignent par les épaules, je recommence à me débattre, mais c'est encore Harry. Il me dégage.

D'un coup net, il décapite la Damnée, dont la tête roule par terre. J'essaie de reprendre mon arme, mais elle est trop enfoncée, coincée dans l'os. Je suis obligée de l'abandonner quand Harry me tire par le bras. Mes mains me paraissent trop vides, trop vulnérables.

Je frissonne, les jambes en coton, et des larmes me piquent les yeux quand on se remet à courir. L'air semble lourd à cause de l'odeur de sang, qui me colle au fond de la gorge comme si j'étais en train de le manger et pas seulement de le respirer. Ma poitrine se convulse à chaque souffle et je n'arrive jamais à inspirer assez d'air.

Autour de moi, mes amis et mes voisins tombent sous les coups des Damnés. Certains sont déjà morts et revenus ; ils ont la gorge déchirée à coups de dents, les membres arrachés. Et les Damnés continuent d'affluer de la brume qui nous enveloppe tous.

Ils sont partout. Les gens perchés sur les plateformes s'efforcent de les combattre, de protéger les vivants restés au sol, mais les Damnés arrivent par vagues incessantes et se multiplient au fur et à mesure. Dans le brouillard, tout devient confus et c'est difficile de distinguer les vivants des morts.

Harry se tient à ma gauche, avec Jacob qu'il a de nouveau jeté sur son épaule. Il pointe le doigt vers quelque chose, derrière moi. Je me retourne. À ma droite, il y a la Cathédrale, avec ses murs de pierre épais, solides. Les Damnés qui s'entassent derrière nous n'ont pas encore atteint ce refuge. Des Sœurs et des Gardiens sont déjà postés aux fenêtres de l'étage et tirent une volée de flèches ininterrompue.

J'entends un bruit de marteaux : ceux qui sont à l'intérieur consolident les grandes fenêtres du rez-de-chaussée. On est toujours à une certaine distance quand je vois deux Sœurs arriver par le côté du bâtiment. À elles deux, elles ferment précipitamment les volets résistants qui encadrent chaque fenêtre en progressant vers la grande porte d'entrée, où une autre Sœur agite les mains pour leur faire signe de la rejoindre.

Il semble y avoir un problème avec le dernier volet. Quand on s'approche, je vois qu'elles s'échinent pour l'accrocher. Enfin, une des Sœurs pousse l'autre vers la porte et reste dehors toute seule ; je m'aperçois alors que c'est Sœur Tabitha.

Elle pèse de tout son poids sur le lourd panneau de bois, en s'arc-boutant. Enfin, il bouge et je la vois reculer en titubant quand le volet claque. Elle tire une grosse barre de métal et la place dans les supports, de part et d'autre de la fenêtre, pour la barricader. Sa mission accomplie, elle fonce vers la porte d'entrée et je vois son poing cogner contre le bois.

Harry et moi, on galope vers elle, vers le refuge provisoire que nous offre la Cathédrale. J'essaie de crier à Sœur Tabitha de nous attendre, mais je suis tellement essoufflée que les mots tombent mollement de ma bouche.

Pourtant, elle semble comprendre quand même et, au moment où la porte s'ouvre, elle se retourne. Elle nous regarde approcher, Harry, Jacob, Argos et moi, tandis que des mains essaient de l'entraîner à l'intérieur de la Cathédrale pour la mettre à l'abri.

Mais elle reste sur le seuil. Hésitante.

Tout semble se dérouler au ralenti et, autour de moi, chaque détail me paraît parfaitement net, lumineux. Pendant un moment, j'ai l'impression de flotter, de me voir de l'extérieur. Je ne sens plus la brûlure de mes poumons, les tiraillements dans mes jambes ni la douleur du genou sur lequel je suis tombée tout à l'heure.

Sœur Tabitha a presque un sourire et je vois que les jointures de ses doigts, crispés sur le bord de la porte, ont blanchi. Chacun de mes pas paraît prendre plus de temps que le précédent. À présent, on est assez près pour que je voie les Sœurs qui sont derrière elle la supplier d'entrer, lui crier de fermer la porte. Hurler pour pouvoir se barricader.

Mais elle attend toujours. Elle les retient, garde la porte ouverte. Fait un pas en avant et nous tend une main, comme si elle pouvait nous tirer vers elle plus vite.

Elle ne voit pas la tache rouge qui fonce.

Malgré tout, elle doit se douter qu'il se passe quelque chose de terrible, parce que j'arrête brusquement de courir. Elle doit entendre le bruit des pieds qui courent sur le sol sec, à sa droite. Elle doit voir mon air horrifié.

Gabrielle lui tombe dessus avant qu'elle ait pu tourner la tête. Lui rentre dedans avant qu'elle ait eu le temps d'afficher la moindre expression. Sœur Tabitha essaie de se dégager, de se réfugier dans la Cathédrale tandis que Gabrielle empoigne sa longue tunique noire. Je vois les mains des autres Sœurs émerger de la porte pour la faire reculer. J'entends ses cris de souffrance se muer en hurlements et en gargouillis. J'entends les Sœurs qui sont à l'intérieur, paniquées, vociférer en s'évertuant à fermer la porte, à pousser Sœur Tabitha dehors, loin d'elles.

Elles éveillent l'intérêt de Gabrielle, qui bouscule Sœur Tabitha pour entrer. Elle y arrive presque, elle est presque dans le sanctuaire quand Sœur Tabitha referme les bras autour de son corps mince et l'éloigne de l'ouverture, malgré ses gesticulations et les coups de dents qu'elle lui plante dans la gorge.

La porte de la Cathédrale claque. Sœur Tabitha et Gabrielle continuent de lutter au sol. Le brouillard ondule et tourbillonne autour de leurs corps qui se débattent.

L'envie de gémir me fait suffoquer. Je me plaque une

main sur la bouche, sachant qu'il ne faut pas attirer l'attention sur moi de peur que cette chose qui fut Gabrielle se mette déjà en quête d'une nouvelle proie. Les Damnés n'hésitent jamais à abandonner une victime qu'ils viennent de tuer pour abattre une autre proie vivante. Leur nature leur dicte de tuer et d'infecter avant tout.

À cet instant, tout s'accélère. Je suis prise de vertiges et tout se met à tourner. Les dernières échelles des plateformes ont été remontées ou poussées sur le côté. La Cathédrale est fermée. Il ne reste plus un seul endroit.

À part le chemin, me dis-je soudain. À part le portail par lequel Gabrielle est entrée quand elle est arrivée au village, il y a déjà des semaines. *Avant*, quand elle était en bonne santé.

Je me détourne et je pars en courant à toute allure, Harry sur les talons. J'entends une foule de pieds trop nombreux qui se mettent à notre poursuite. Je suis sûre que Gabrielle est parmi ceux qui nous traquent. Quand on s'approche du portail, la sirène se remet à hurler, alertant les habitants du village de ce que je sais déjà : les plateformes sont pleines, ceux qui sont restés au sol doivent chercher un autre refuge.

Les Damnés qui n'ont pas trouvé le moyen d'entrer poussent sur la clôture, produisant un renflement dans les mailles métalliques. L'odeur de sang frais qui flotte dans l'air les rend fous. J'ai l'impression que mes doigts sont gourds quand je me débats avec le verrou du portail. Puis Harry déboule dans mon dos et se plaque contre moi. J'ai son souffle brûlant et précipité dans l'oreille.

Enfin, le verrou cède et Harry nous pousse de l'autre côté

avec une telle force que je m'écroule sur le chemin. Je me retourne, les paumes à vif, à l'instant où Argos se faufile à notre suite. Le portail claque et Gabrielle se jette dessus, bouche ouverte. Du sang coule de son menton.

Je ferme les yeux et je retiens mon souffle, pendant que la sirène se répercute dans tout mon corps. Pour une fois, je suis contente que ce bruit écrasant prenne le dessus et annihile mes autres sens. Je ne veux plus voir clair, là. Je ne veux plus de sons, de sensations sur ma peau ni d'odeurs.

Mais j'étouffe, je suis obligée de respirer et la puanteur de la mort s'insinue en moi. Je me remets sur mes pieds et je reviens vers le portail par lequel on est passés, en écartant de mon épaule la main de Harry quand il essaie de m'en empêcher. À un peu moins de un mètre – la longueur d'un bras –, je m'arrête. Je me fige face à Gabrielle.

Je regarde la mort dans les yeux.

Tous ses doigts sont cassés ; dans certains, l'os brisé a traversé la peau. Ses bras sont déchiquetés, et pourtant elle se jette sur moi avec une passion qui n'aura de fin que lorsqu'elle ne pourra plus tenir debout. Et même quand son corps se sera vidé de ses forces, elle continuera d'avancer en rampant.

La sirène interrompt de nouveau ses hurlements et le bruit est remplacé par les grincements de la clôture sous les assauts répétés de Gabrielle. Ses dents cassées s'entrechoquent quand elle claque la mâchoire avec un peu trop d'empressement. Mais ses yeux sont toujours lucides – ils ont cette clarté caractéristique des nouveaux Damnés. Et elle me regarde comme si j'étais le seul salut possible pour elle.

C'est là que j'en prends conscience : je suis sur le chemin qu'elle a suivi jusqu'à notre village et c'est elle qui est piégée de l'autre côté du portail, à présent. Je voudrais lui demander qui elle est, d'où elle vient et ce qu'elle me veut. Et ce qui nous attire l'une vers l'autre ici.

Mais là, elle lève la tête comme pour humer l'air, quelque chose qui se trouve à la périphérie de son champ de vision attire son attention et elle repart comme une fusée vers le village. Vers mes amis et mes voisins noyés dans la brume. Vers sa nourriture.

Harry vient m'empoigner, m'entraîner de force sur le chemin. Argos tournicote autour de nous en lançant des aboiements et des grondements aux Damnés qui viennent régulièrement se jeter contre le grillage, des deux côtés. Mais je refuse de bouger, d'aller plus loin. J'entremêle mes doigts au grillage du portail devant lequel se tenait Gabrielle il y a quelques instants encore et je regarde en direction de chez nous dans le brouillard du petit matin.

– C'était elle… je souffle.

Mon corps commence à s'engourdir, comme s'il ne pouvait pas en supporter davantage et mettait la clé sous la porte.

Harry me tire le bras, essaie de m'arracher à la contemplation du carnage visible à travers la brume.

– De quoi tu parles, Mary ?

– De celle dont je t'ai parlé hier soir.

Je me mets à taper sur le portail. Je veux laisser venir les émotions, ressentir le plus de choses possible pour me prouver que je suis toujours en vie.

– Gabrielle. La fille qui est arrivée par le chemin. C'est elle qui a déclenché ça. C'est elle, l'explication…

– Mary, qu'est-ce que tu racontes ?

Il a une voix tendue, prête à se briser d'un instant à l'autre.

J'ai l'impression de me déchirer intérieurement, de tomber en morceaux.

– Tu ne comprends pas ? C'est à cause d'elles ! Les Sœurs. C'est elles qui lui ont fait ça et…

Harry décroche mes doigts du grillage et m'attire contre lui.

– Ça n'a plus d'importance.

Plaquée contre lui, je me débats, pleine de rage et de terreur mêlées ; je ne veux pas qu'on me réconforte.

– Et si les Gardiens avaient participé à… ?

– Ça n'a plus d'importance, je te dis, Mary ! Ce qui est fait est fait, ce n'est pas le moment d'en parler !

Sa voix gronde comme le tonnerre et résonne dans ma poitrine.

Je baisse la tête. Je sais que je ne devrais pas le pousser à bout, mais je ne peux pas me retenir.

– Mais ça prouve…

– Non ! hurle-t-il.

Les narines dilatées, il inspire profondément, ferme les yeux, secoue la tête. Quand il reprend la parole, il parle d'un ton mesuré, se contenant à peine.

– Ça ne prouve rien. Seulement qu'il y a eu une brèche dans la clôture, que notre village est attaqué et que nous ne sommes pas là-bas pour les aider.

En me retournant vers le village, je distingue des silhouettes qui bougent, mais je ne saurais pas dire si ce sont des vivants ou des Damnés. Je ne saurais pas dire si c'est une échauffourée, une bataille ou une guerre. Je crois apercevoir la fulgurante tache rouge, mais je n'en suis pas sûre, c'est peut-être mon esprit qui me joue des tours. Qui me montre ce que je veux voir.

Ensuite, une forme sort du brouillard et vient vers nous. Ce sont deux personnes qui approchent. Je recule d'un pas, en me demandant si ce sont d'autres Damnés. En m'étonnant de me retrouver du côté de la Forêt parce que j'avais trop peur de ce qu'il y a dans mon village.

Leurs traits commencent à se dessiner plus nettement et je reconnais le boitement de Travis.

XVI

Le chemin qui démarre de l'autre côté du portail est assez large pour qu'on y tienne alignés tous les quatre : Harry et moi, Travis et Cass. Par moments, tandis qu'on regarde le brouillard se lever et qu'on prend toute la mesure du chaos qui règne dans notre village, nos épaules se touchent.

Le plus bizarre, avec une invasion de Damnés, c'est que le sol n'est pas jonché de morts ; tous se relèvent et rejoignent les rangs de l'ennemi, ou sont dévorés. On voit toujours plus d'amis et de voisins se faire abattre, puis revenir et abattre à leur tour d'autres amis et voisins.

Je suis entre Harry et Travis. Cass est de l'autre côté de Harry. Derrière nous, Jacob est en boule par terre avec les bras autour des genoux ; on dirait un gâteau roulé. J'entends son corps tressauter pendant qu'il s'efforce de contenir ses sanglots. De temps en temps, Argos s'approche de lui, gémit et lui lèche le visage. Mais Jacob ne s'en rend pas compte et Argos revient glisser son museau dans ma main en geignant.

Je sens Travis bouger, à côté de moi, et le dos de sa main frôle la mienne. Je remue les doigts en réponse et on se prend le petit doigt. Il attire ma main entière dans la sienne et le soulagement me fait chanceler. Par ce simple geste, il me dit qu'il s'en est tiré. Que tout va bien, pour le moment. Je chasse les pensées qui se sont immiscées dans mes rêves, cette nuit : *Travis n'est pas venu me chercher. Il n'en a jamais rien eu à fiche de moi. Il ne voulait pas de moi.*

Son pouce passe sur la veine qui palpite à mon poignet, puis je sens qu'il se raidit. Ses doigts suivent la corde qui est toujours nouée sur moi, même si elle est en piètre état, tout effilochée. La corde qui m'attachait à Harry hier soir.

La main de Travis s'échappe de la mienne, et c'est comme si j'avais perdu un bras ou une jambe dont je sentirais encore la présence fantôme. Je suis effondrée.

Je voudrais me tourner vers Travis, lui parler. Mais je n'arrive pas à faire sortir les mots de ma bouche alors que Harry est à côté. Alors que tout notre village est en train de mourir devant nous.

– Vous pensez qu'on devrait aller les aider ? demande Harry.

Du coin de l'œil, je vois sa main s'ouvrir et se refermer sur la hache qu'il a apportée de notre maison. On entend dans sa voix l'impuissance qu'on ressent tous.

Dans notre petit groupe, personne ne bouge. On reste immobiles, le regard fixe. Incapables de prendre toute la mesure de ce qui se passe. De comprendre que le monde qu'on a toujours connu est en train de disparaître.

C'était sans doute inévitable, et pourtant, aucun d'entre nous n'a jamais cru que ça se produirait. N'a jamais pensé sérieusement que c'était possible. Bien sûr, on a connu des invasions et on a toujours vécu sous la menace des Damnés. Mais des générations se sont succédé depuis le Retour. On survivait. Notre village prouvait que c'était possible de vivre sous la menace constante de la mort.

Et maintenant, c'est fini. Tous les gens qu'on a connus, le seul endroit où l'on ait jamais été, la moindre de nos possessions – tout a disparu.

Bientôt, les morts traversent le village de leur pas traînant et viennent l'un après l'autre devant le portail. Comme si on était les derniers vivants à lorgner. Tandis que la journée avance, on reste plantés là à regarder les Damnés s'amasser de l'autre côté, faire pression sur la clôture. À écouter les cris des survivants qui essaient en vain de les refouler, qui luttent depuis les plateformes pour reconquérir le village.

Je commence à reconnaître ceux qui tirent sur le grillage. Il y a en certains qui sont – qui étaient – mes voisins. Mes amis, mes camarades de classe. D'autres qui étaient leurs parents. Ils ont encore du sang frais qui tache leurs vêtements ou qui goutte de leur bouche.

Je pense aux gens restés sur les plateformes, aux gens en train de se battre contre ces nouveaux Damnés qui viennent de subir leur mutation. Je me demande s'ils se rendent compte qu'en remontant les échelles, dans leur panique, ils n'ont fait qu'aggraver le chaos, qu'augmenter le nombre de victimes que les Damnés allaient transformer. Ils n'ont fait que se créer des ennemis de plus – par centaines.

Au bout d'un moment, Cass ne le supporte plus. Elle se détache de notre groupe, rejoint Jacob qui est toujours par terre, hébété, et l'attire sur ses genoux. J'entends qu'elle lui chante des berceuses, en fredonnant quand elle a oublié les paroles.

D'un certain côté, c'est un léger réconfort d'entendre sa voix. Ça me rappelle qu'il peut y avoir une normalité. Même si tout le reste de notre univers est en train de disparaître.

– J'ai peur que le verrou du portail ne tienne pas, dit Harry quand le soleil commence à décliner, à la fin de la journée. Il n'a pas été conçu pour retenir les Damnés, juste pour fermer le chemin.

Je frémis en regardant le verrou en métal qui est notre seule protection contre la horde affamée. Je jauge la clôture, de tous côtés : ici, le chemin est large, mais il rétrécit à mesure qu'on s'éloigne du village. Les mailles du grillage sont rougies par la rouille et des plantes grimpantes sont enchevêtrées dedans. Comme le chemin était interdit d'accès, les grillages n'ont jamais été entretenus. Je me demande combien de Damnés suffiraient pour les faire tomber en poussant dessus.

– On devrait marcher un peu sur le chemin, dit Travis. S'éloigner assez pour qu'ils se désintéressent de nous et retournent vers le village. Qu'ils arrêtent d'appuyer sur le portail. Peut-être…

Il s'interrompt, puis semble retrouver sa voix.

– Peut-être que pendant la nuit, les autres arriveront à les faire partir. À reprendre le contrôle du village.

Personne ne répond. On dirait qu'il se sent obligé d'ajouter :

– On devrait au moins leur laisser la nuit, voir à quoi ça ressemble demain matin.

Harry acquiesce, la main toujours crispée sur sa hache, les épaules contractées.

Moi, je ne dis rien. Je ne peux pas me fier à mes émotions, à mes picotements dans les bras et les jambes. Je me tourne vers le chemin pour regarder au loin, pendant que les autres restent concentrés sur le portail, et Cass sur Jacob. Je fais quelques pas, à la fois effrayée et surexcitée.

Ici, le chemin est couvert d'une haute végétation et des ronces s'accrochent à ma jupe, alors je dois me bagarrer à chaque pas pour me dégager.

Derrière moi, j'entends Travis et Harry se disputer au sujet de la nourriture et des armes. Et pour savoir si le village sera capable de refouler l'invasion ou si le chemin est notre seul espoir.

Je m'éloigne du village sans faire de bruit. À une distance suffisante pour ne pas allécher les Damnés agglutinés devant le portail. Quand le chemin commence à se resserrer, j'écarte les bras et le bout de mes doigts frôle presque les mailles du grillage. Dans cette partie de la Forêt, il n'y a pas de Damnés. J'entends un oiseau pépier au loin.

Enfin, je prends ma décision : je vais leur accorder une nuit pour voir si le village refoule l'invasion. Mais ensuite, je partirai sur ce chemin. Seule s'il le faut.

♦

Pendant la nuit, il se met à pleuvoir. Suivant le conseil de Travis, notre petit groupe s'est éloigné sur le chemin et, ici, il est trop étroit pour qu'on reste blottis les uns contre les autres afin de lutter contre le froid et l'humidité. Travis et Harry sont assis côte à côte ; c'est Harry qui est le plus près du portail, puisque c'est lui qui a une arme.

Je suis assise à l'autre bout de la file avec Argos, qui a la tête sur mon genou. Je lui gratte les oreilles et je passe la main sur son pelage lisse. Cass est entre les garçons et moi, avec Jacob roulé en boule sur ses genoux. Ses cheveux en bataille se dégagent de sa natte, créant un halo autour de son visage. Jacob s'est assoupi profondément il y a un moment, mais Cass continue à le bercer en fredonnant, autant pour se réconforter elle-même que pour lui.

Travis et Harry sont toujours en train de chuchoter dans l'obscurité. La tête blonde de Travis est penchée vers la tête brune de Harry, pendant qu'ils palabrent tout bas, essayant de décider quoi faire. Sous la pluie, les Damnés perdent la faculté de flairer notre présence : dans l'air gorgé d'eau, notre odeur est diluée. Des deux côtés, certains d'entre eux se sont détachés de la clôture et sont repartis dans la Forêt. Le bruit assourdissant de leurs gémissements s'est estompé, et ce répit est bienvenu, même si, quand le vent tourne, j'entends encore les derniers sursauts de la bataille qui fait rage au village, juste au bout du chemin.

Les Damnés sont un ennemi déterminé qui ne dort jamais. Je sais que les gens du village devraient profiter de la pluie pour attaquer – comme l'odeur de chair humaine s'affaiblit dans l'air saturé d'eau, les Damnés auraient plus de mal à les trouver.

De temps en temps, Harry ou Travis hausse la voix et les Damnés ressortent de la Forêt. À chaque fois, Cass leur siffle de se taire ; à un moment, quand l'un des Damnés passe les doigts à travers le grillage, derrière elle, et fait tomber des pellicules de rouille, elle se met à gémir.

Je voudrais mettre un bras autour de ses épaules, mais

ici, il n'y a pas assez d'espace et, comme elle a Jacob sur les genoux, on est placées d'une façon trop malcommode.

– La Forêt se termine quelque part, Cass, lui dis-je pour tenter de la consoler. Il y a un monde extérieur – il y a autre chose, dehors.

– Et alors ? réplique-t-elle d'une voix tremblante.

– Tu ne veux pas savoir ce qu'il y a de l'autre côté ? Voir l'océan ? Avoir la confirmation qu'il y a autre chose ? Trouver un endroit qui est resté intact dans tout ça ?

Je fais un grand geste en direction d'un Damné décharné qui triture le grillage, mais la nuit est si noire qu'elle ne peut sans doute pas me voir.

– L'océan a toujours été ton rêve à toi, Mary, pas le mien.

Elle s'interrompt un moment et, tout à coup, je sens une main sur ma joue. J'ai un mouvement de recul parce que je ne m'y attendais pas, mais elle ne la retire pas. Sa peau est fraîche et elle a le bout des doigts tout fripé à cause de la pluie.

J'insiste.

– C'est le seul moyen pour qu'on s'en sorte. Pour que Jacob ait une chance de vivre.

– Notre place est au village. Jacob devrait être avec ses parents, dit-elle.

J'ai envie de la secouer, mais je laisse mes doigts dans le pelage du dos d'Argos pour répondre.

– Tu ne vois pas que tout a changé ? Les parents de Jacob n'ont peut-être même pas survécu. Rien ne sera comme avant.

Elle enlève sa main de ma joue pour me la plaquer sur la bouche.

– Je ne veux pas entendre ce genre de choses, dit-elle d'une voix égale, sévère. Si tu crois que le village a été anéanti, ça revient à dire que tous ceux qu'on a connus sont morts. Je ne cesserai pas si facilement d'avoir de l'espoir pour eux. Et toi non plus, tu ne devrais pas.

Sa main se détache de mon visage. Je l'entends réinstaller le garçon plus confortablement sur ses genoux, et j'entends Jacob grogner avant de replonger dans un sommeil sans rêves. La pluie n'est plus qu'une vague bruine, maintenant. Un autre Damné a rejoint le premier derrière la clôture la plus proche de nous, attiré par les gémissements. Il fait trop sombre pour voir quoi que ce soit, mais j'entends leurs ongles gratter le métal. J'entends leur désespoir.

Je me demande à qui étaient ces mains. Lesquelles ont un jour caressé la tête d'un enfant malade, touché les lèvres d'un être aimé, ou se sont jointes pour une prière. Je me demande s'il y a celles de ma mère parmi elles.

– Partir sur ce chemin, ce serait la mort assurée, Mary, reprend Cass. Tu es égoïste de vouloir tous nous sacrifier pour un de tes caprices.

Sa remarque me fait l'effet d'un coup de massue. Pendant un moment, j'imagine de retourner au village pour aider à repousser l'invasion. De regagner notre chaumière avec Harry et de continuer notre vie, de finir la cérémonie, de porter ses enfants au lieu de ceux de Travis.

D'essayer de m'en satisfaire.

– Cass… je chuchote.

De l'eau dégouline sur mon visage et me tombe dans la bouche.

– On est déjà morts. On vit cernés par la mort. Et on

traîne des pieds, dans la vie, comme eux. On ne pourra pas éviter qu'ils viennent envahir notre vie un jour comme ils ont envahi notre village ce matin. On ne fait pas partie du cycle de la vie, Cass.

Elle ne réagit pas. Autrefois, je lui aurais tout raconté à propos de Gabrielle. Je lui aurais confié ma crainte que les Sœurs aient attiré sur nous tous ces ravages. Je lui aurais dit que j'ai la preuve qu'il y a un monde au-delà de la Forêt.

Mais je garde le silence. Je scrute les ténèbres, au bout du chemin qui s'éloigne du village. L'endroit d'où est venue Gabrielle. Je pose la main sur le sol humide en me demandant si Gabrielle a fait halte ici avant d'entrer dans le village. Je me demande ce qui l'a décidée à suivre le chemin et si elle est partie seule, au départ, ou si elle avait des compagnons qui sont morts ou qui l'ont quittée en route.

Je voudrais parler de Gabrielle à Cass pour qu'elle reprenne espoir, comme moi. Mais j'ai peur qu'elle ne fasse qu'exprimer tout haut les inquiétudes qui assombrissent mes pensées : je crains que l'histoire de Gabrielle ne soit pas une raison d'espérer et qu'on ne puisse pas imaginer que tout finira bien.

Je tire sur les nœuds de la corde de Lien à mon poignet. Je la tortille, j'effiloche les extrémités, j'essaie de la détacher. Mais elle tient bon.

Je voudrais savoir pourquoi Travis et Cass n'ont plus la leur. Et s'ils l'ont jamais eue. Le précepte de la Concorde, c'est qu'une fois attachés avec la corde, les mariés ne doivent pas défaire le Lien avant que les vœux définitifs aient été prononcés. Avant d'être unis aux yeux de Dieu

– unis spirituellement, si bien que les liens physiques ne sont plus nécessaires.

Je sais qu'il est logique de penser que, comme Harry et moi, Cass et Travis ont coupé la corde pour pouvoir s'échapper plus facilement après l'invasion. Mais je suis tourmentée par l'idée qu'ils aient pu ne jamais être attachés. Qu'ils aient pu refuser la cérémonie avec Sœur Tabitha, ou que l'un des deux ait coupé la corde pendant la nuit. Ça me tue à petit feu.

Je remonte les genoux contre ma poitrine et je pose le front contre le tissu mouillé de ma jupe, en fermant les yeux. J'ai l'impression que mon cœur va exploser à force de me demander si Travis et Cass ont jamais été unis par le Lien. Si j'ai gâché ma chance d'être avec Travis parce que je ne l'ai pas attendu jusqu'au bout.

Parce que j'ai choisi de m'attacher à Harry. Parce que j'ai renoncé à Travis. À l'amour.

J'ai envie de pleurer et de rire en même temps, mais je me contente de serrer les dents.

J'essaie de ne pas penser au monde extérieur, de ne pas laisser cette notion s'infiltrer dans mes veines. Mais je ne peux pas m'en empêcher. Au moment où je sombre dans le sommeil, quand mes pensées échappent à mon contrôle et commencent à évoluer de leur propre chef, j'entends le bruit de l'océan, autour de moi – le chuintement des feuilles d'une centaine de milliers d'arbres agités par le vent –, et les vagues se brisent sur ma tête. M'entraînent sous l'eau. Me secouent comme un pantin désarticulé.

Je me noie toutes les nuits, et quand je me réveille, le matin, j'ai du mal à respirer.

XVII

À mon réveil, c'est le chaos. Voix qui tonnent, Cass qui crie, Argos qui aboie. Je remue les jambes, j'essaie de me lever et je fais quelques pas titubants avant d'être bloquée par le grillage. Des doigts froids s'insinuent contre ma peau. Je bats en retraite avec un hurlement et je me recroqueville au milieu du chemin étroit.

Cass tient Jacob derrière elle et pointe le doigt vers le village.

– Ils arrivent, dit-elle.

À travers l'épais brouillard, je vois Harry, qui est debout, les jambes écartées, et tient fermement sa hache entre ses mains. Travis est à côté de lui, avec une grosse branche en guise d'arme. Argos est tapi au sol et gronde, prêt à attaquer. Les clôtures qui bordent le chemin se dressent de part et d'autre, beaucoup plus hautes qu'eux, et les rais de lumière de l'aube qui passent à travers les mailles dessinent des croisillons d'ombre sur nous.

On entend des pas traînants s'approcher. Je prends la main de Cass, et elle presse la mienne si fort que je sens mes os râper les uns contre les autres.

– On devrait s'éloigner un peu, on serait à l'abri, dis-je en la tirant par le bras. Du moment que ce n'est pas la Rapide, on peut les semer.

Mais avant qu'on ait pu aller bien loin, j'entends Harry vociférer et voilà qu'il se met à courir, laissant tomber sa hache. Travis le suit en boitant puis, au détour du chemin, je vois deux silhouettes qui viennent vers nous – un homme et une femme.

Harry prend la femme dans ses bras, et c'est là que je reconnais mon frère et son épouse. Je reviens vite vers eux et je m'arrête à quelques mètres de l'endroit où Harry et Travis entourent leur sœur, me barrant l'accès à mon frère.

Jed fait un pas sur le côté et se tourne vers moi.

– Bonjour, Jed, dis-je en m'approchant – comme si c'était moi, l'enfant prodigue, et pas lui.

Je le vois jeter un coup d'œil à la tresse blanche effilochée qui pend encore à mon poignet, puis il scrute mon visage d'un air interrogateur. Pendant un moment, j'ai peur qu'il ne dise rien, puis il ouvre les bras et je serre enfin contre moi ce frère qui était sorti de ma vie pendant si longtemps. On était si proches, autrefois. Il m'a tellement manqué.

Je recule et Jed enveloppe sa femme d'un bras protecteur. Elle resserre un châle humide et sale autour de ses épaules et s'appuie contre mon frère; ses frisettes brunes s'échappent de son foulard.

– Le village, c'est fini, dit-il.

On se serre tous le plus possible sur le chemin étroit. Beth à un bout, blottie contre mon frère, puis Harry et Travis, puis Cass, Jacob et moi à l'autre bout. Les clôtures, de part et d'autre, me donnent un peu l'impression d'être piégée. Je suis obligée de respirer profondément pour rester calme.

– Il y a en trop qui ont muté, continue Jed. Il n'y a plus aucune sécurité au sol.

Il attire Beth contre lui et, de la main, guide sa tête vers son épaule.

– On a tenté notre chance pendant l'averse pour venir vous rejoindre. Ce chemin était notre seul espoir.

En entendant ça, Beth a un frisson contagieux : mes os se glacent à leur tour.

– Mais comment c'est possible ? s'étonne Harry. Les Gardiens sont entraînés pour ça.

La mâchoire de Jed se contracte.

– Les Gardiens sont entraînés à réparer les clôtures, et à repousser une invasion de Damnés lents et maladroits. C'est la Rapide, explique-t-il. Celle qui a cette drôle de tenue rouge. Avec elle, on a été débordés. Elle est arrivée trop vite, elle a tué trop de monde. Ensuite, les morts ont muté, et même s'ils étaient lents, ils étaient trop nombreux. Les Gardiens ont été débordés. Et tout le village avec eux.

– Mais ils sont encore en train de se battre, non ? demande Harry.

Je devine sa frustration. Ses mains se crispent comme si elles cherchaient la hache pour se refermer dessus.

Jed se contente de laisser tomber sa tête sur sa poitrine, et pose un baiser léger sur le front de sa femme quand elle laisse échapper quelques larmes.

Mon corps se vide de son oxygène, mon estomac me brûle quand je comprends que c'est vraiment fini. Que notre village n'existe plus. Les autres semblent tous avoir reçu un poids énorme sur les épaules. Leur dos se voûte. Leurs jambes mollissent.

Une centaine de visages défilent dans ma tête : profs, amis, Sœurs, Gardiens, voisins. Ce sont tous des Damnés. Les parents de Beth, Harry et Travis : morts. Cass n'aura plus jamais droit à un câlin de sa mère. Jacob ne jouera plus jamais avec sa sœur.

Je me rappelle ce que j'ai ressenti quand j'ai perdu d'abord mon père, puis ma mère. Cette douleur terrible. Et je vois sur les visages qui m'entourent que la réalité commence à s'installer, à devenir intelligible pour les autres.

Jacob n'a pas l'air de comprendre, il observe tout le monde avec une mine perplexe.

Autour de nous, les Damnés continuent à gémir, à secouer les clôtures. Harry s'éclaircit la gorge et prend Jed par le bras.

– Tu es sûr ?

Jed dit juste :

– C'est fini. Il n'y a pas de retour en arrière.

Rien d'autre.

Je vois la mâchoire de Harry se contracter. Je connais très bien cette expression, je la connais depuis notre enfance, quand il regardait les autres garçons se bagarrer et jouer aux Gardiens. Je sais qu'il se demande si sa présence au village aurait changé quelque chose – s'il est lâche de s'être échappé par le portail.

– Le chemin est notre seule option, alors, dit Travis.

Il examine chacun de nous brièvement, mais j'ai l'impression que ses yeux s'attardent plus longtemps sur les miens que sur ceux des autres.

On reste tous silencieux. C'est Harry qui finit par prendre la parole :

– On a de la nourriture, Mary et moi en avons apporté du village. Et deux gourdes remplies d'eau. On a pris ça quand on a entendu la sirène, hier matin.

– Mais est-ce que ça va suffire ? lance Cass.

Elle a plaqué la tête de Jacob contre sa poitrine et lui bouche les oreilles pour qu'il n'entende pas notre conversation.

– Il y a de la nourriture et des armes sur le chemin, annonce Jed d'une voix calme, égale.

Harry est le premier à répondre.

– Comment ? Pourquoi y aurait-il... ? Je ne comprends pas.

Jed inspire profondément.

– Les Sœurs. Depuis le début, depuis le Retour, elles ont ordonné aux Gardiens de renforcer les clôtures du chemin. Et d'y mettre des provisions, au cas où il y aurait une invasion. Ce n'était pas imprévisible, que ça puisse arriver. Qu'on puisse être forcés de quitter le village. Les Gardiens se préparaient à cette éventualité.

– Mais je suis un Gardien, moi, et je n'en savais rien.

– Tu es un apprenti, chez les Gardiens, réplique Jed.

Les joues de Harry s'empourprent.

– Mon père était leur chef et il ne m'a rien dit là-dessus !

Harry s'est mis à crier, ce qui énerve les Damnés amassés contre le grillage, de chaque côté, et fait monter le niveau sonore des gémissements.

Il se tourne vers moi, le souffle court.

– Tu faisais partie de la Congrégation, toi ; tu étais au courant de ça ?

Ses yeux lancent des éclairs. Je fais un pas en arrière.

– Les Sœurs avaient des secrets, dis-je. Et manifestement, les Gardiens aussi.

Je ne peux pas les regarder dans les yeux en disant ça. On a tous des secrets.

Harry plonge les mains dans ses cheveux bruns ; ses pommettes paraissent encore plus anguleuses dans la lumière du matin.

– Ils nous empêchaient d'accéder à ce chemin, mais ils y stockaient des provisions ? Est-ce qu'on me l'aurait dit un jour ?

Jed hausse les épaules.

– Qu'est-ce que ça peut faire ?

Harry garde le silence un moment.

– Alors où mène-t-il, ce chemin ? Si tu es au courant pour les réserves, pourquoi tu ne sais pas où il mène ?

– Parce que même si j'ai été choisi comme Gardien, je n'étais pas un membre de la Guilde. Je ne suis même pas sûr que la Guilde soit au courant. Ce sont les Sœurs qui savent les choses. Nous, on ne fait qu'obéir à leurs ordres.

Jed se tourne vers moi.

– C'est là que j'étais le jour où maman a été… infectée. J'étais sur les chemins en train de contrôler les réserves et de m'assurer que les clôtures tenaient encore le coup. C'est pour ça que je n'ai pas pu rentrer avant qu'elle… qu'elle mute.

Je repense à mon premier jour avec les Sœurs. À ce souterrain caché sous la Cathédrale qui menait à une clairière au milieu de la Forêt. Et à la petite cellule où les Sœurs avaient enfermé Gabrielle. Une fois de plus, je me demande ce qu'il y avait derrière les autres portes, si elles aussi cachaient une cellule derrière leur épais battant, ou si certaines dissimulaient d'autres souterrains menant à d'autres chemins. Si, en ce moment même, les Sœurs et les Gardiens enfermés dans la Cathédrale ont trouvé un autre moyen de sortir du village et recommencent tout à zéro.

En nous abandonnant tous derrière eux, nous livrant à une mort certaine.

– Les Sœurs et les Gardiens n'ont plus d'importance. La seule chose qui compte, dit Jed, interrompant mes pensées, c'est qu'on peut survivre, sur ce chemin. Un certain temps, au moins. Mais il faut qu'on se mette en route tout de suite.

Harry fait toujours la tête. Il distribue le peu de sacs de nourriture qu'on a, se baisse pour ramasser sa hache et dit :

– Comme je suis le seul à avoir une arme, je vais passer devant.

Il appelle Argos à ses côtés et ils partent tous les deux à grands pas, avec Cass et Jacob qui les suivent de près. Travis prend la main de Beth et se met en route avec elle. Ils gagnent prudemment le milieu du chemin pour éviter le danger des clôtures, en se soutenant l'un l'autre. Jed et moi, on s'élance en dernier.

On marche en silence toute la matinée, en se frayant un passage parmi les ronces et les branches tombées. À un moment, Jed s'arrête, et je l'imite. Les autres continuent à avancer sur le chemin, qui suit une courbe : bientôt, on ne les voit plus et on se retrouve seuls. Jed paraît nerveux, agité. Il n'arrête pas de danser d'un pied sur l'autre comme s'il n'arrivait pas à trouver une position confortable.

Il finit par parler, à voix basse :

– Mary, je…

Il hésite. Les muscles de sa mâchoire tressautent. Des larmes se mettent à couler sur ses joues et son visage se décompose.

– Je ne sais pas quoi faire, dit-il.

Je n'avais jamais vu mon frère pleurer. Mon cœur s'emballe. Je fais un pas vers lui pour le réconforter, mais il me tient à distance en levant une main.

– Qu'y a-t-il, Jed ? Qu'est-ce qui ne va pas ?

Il se tourne vers la clôture le plus proche de lui, secoue la tête.

– Jed ? j'insiste.

– Elle est infectée. Beth…

Il s'étrangle sur ces mots. Il se frotte le visage d'une main, comme si c'était la seule chose qui l'empêchait de tomber en morceaux.

Je m'éloigne de lui, chancelante. Et dire que pendant tout ce temps, elle était parmi nous. Pendant tout ce temps, et il ne nous a rien dit.

J'éclate avant d'avoir eu le temps de me raviser :

– Il faut que tu la tues !

Je m'apprête à lui présenter des excuses quand il tombe à genoux devant moi. Il saisit ma chemise et me supplie. Je suis trop abasourdie pour ouvrir la bouche.

– Tu ne comprends pas, dit-il. Tu ne sais pas. C'est une petite morsure. Ce n'est rien. Peut-être qu'elle n'est pas malade. Peut-être…

Sa voix s'éteint.

Je m'accroupis pour être face à lui.

– Jed, dis-je en essayant de prendre une voix douce et

apaisante. Tu es un Gardien. Tu sais ce que ça signifie, une morsure. Tu sais ce qu'implique l'infection.

Il acquiesce, mais je ne pense pas que ce que j'ai dit soit vraiment entré dans sa tête.

J'inspire profondément.

– Tu sais qu'il n'y a pas d'espoir.

– Je ne peux pas tuer ma femme ! plaide-t-il d'une voix rauque, égarée, en posant les fesses sur ses talons.

Il frappe le sol et gronde de douleur, réveillant les Damnés qui s'étaient mis en sommeil à proximité. J'entends leurs gémissements quand ils commencent à flairer notre présence. Un premier Damné heurte le grillage, à moins de deux mètres de nous, puis un autre et encore un autre.

J'écoute les grincements qu'ils produisent autour de nous, puis je dis :

– Tu peux toujours la laisser partir. Tu peux la lâcher dans la Forêt.

Jed se met à rire. C'est un rire amer et presque silencieux. Et il me tombe dessus avant que j'aie eu le temps de bouger. Les doigts serrés autour de ma gorge, il me pousse en arrière et me fait reculer, reculer. Mes jambes se prennent dans ma jupe et je tombe contre le grillage. Je sens les mailles en métal rouillé s'enfoncer dans mon dos.

– Je vois, Mary. Ça t'amuse, tout ça, hein ?

Ses cheveux noirs sont en bataille autour de son visage. Il montre les dents.

– Je me suis mis en rogne contre toi parce que tu as laissé notre mère devenir comme eux, alors maintenant que ma femme va se transformer aussi, t'es contente !

Sentant des doigts de Damnés dans mes cheveux, je

décoche des coups de pied contre la clôture et j'essaie de crier, mais Jed me rend incapable d'émettre le moindre son. Je me débats pour me libérer de son emprise. Mes yeux se révulsent et je ne sens plus que l'odeur de mort et de pourriture. Je me décourage. Tout d'un coup, Jed semble se rendre compte de ce qu'il est en train de faire, de ce qu'il a fait, et il baisse les mains.

Je le repousse, je m'écarte de la clôture et je pars en titubant sur le chemin, les mains sur la peau meurtrie de mon cou. Mon souffle vient par à-coups étouffés, des larmes me brûlent les yeux et la rage suscitée par la terreur que je viens d'éprouver me fait trembler des pieds à la tête.

Je n'ai fait que quelques pas quand je l'entends dire :

– Mary, s'il te plaît.

Sa voix a perdu sa note forcenée.

– S'il te plaît. Je suis désolé. Je suis vraiment désolé.

Il sanglote, maintenant. On dirait le petit garçon avec lequel j'ai grandi. Je m'arrête, mais je ne me retourne pas.

– Je ne peux pas la perdre, continue Jed. Si tu avais jamais été amoureuse, tu comprendrais.

Je me retourne d'un bond et je rugis :

– Ne commence pas à m'expliquer ce que c'est que l'amour ! N'essaie jamais de me dire ce que je sais et ce que je ne sais pas sur l'amour. Ta situation n'est pas une question d'amour. Tu es un Gardien. Tuer les Damnés, tu es entraîné pour ça. Tu nous as tous mis en danger en gardant Beth en vie. Tu connais les règles.

Il se passe une main sur la figure. Il est assis au milieu du chemin, les genoux repliés contre lui, avec un bras autour des jambes.

– Notre village ne s'est jamais soucié de l'amour, dit-il, le regard tourné vers la Forêt. Tout ce qui comptait, c'était de renforcer les lignées, de préserver notre communauté et d'éviter les mariages consanguins.

Il fait un geste vague en direction des Damnés qui grattent le grillage.

– Tout ce qui comptait, c'était de survivre à ça.

En repensant à Harry et au fait que les Sœurs ont décrété que je devais l'épouser, je croise les bras.

– Les Sœurs ont tort, dit-il. Ce qui compte, ce n'est pas de survivre. Ça devrait être l'amour. Quand on connaît l'amour… c'est ça qui fait que la vie mérite d'être vécue. Quand on vit avec tous les jours. Qu'on se réveille avec, qu'on s'y réfugie pendant l'orage et après un cauchemar. Quand l'amour te fait oublier la mort qui nous entoure et te comble à un point que tu ne peux pas exprimer.

Il se balance d'avant en arrière et les larmes coulent à flots sur son visage. Autour de nous, les Damnés continuent à gémir.

Je pense à Travis. Au fait qu'il a dit qu'il viendrait me chercher.

– J'ai connu l'amour… je murmure, autant pour moi-même que pour mon frère.

Un coin de sa bouche se soulève dans un demi-sourire.

– Tu ne peux pas avoir connu l'amour.

Je suis sur le point de protester, quand il lève une main pour m'interrompre et ajoute :

– Si tu l'avais connu, tu ne me dirais pas de tuer ma femme comme si c'était un choix facile. Tu saurais qu'on ne renonce pas à l'amour comme ça. Et tu saurais qu'on ne peut pas le tuer. Jamais.

Je fais un pas vers lui, mais je me méfie toujours de cet homme blessé, qui risque de m'agresser à nouveau si je dis un mot de travers. Malgré la peur, j'ai désespérément envie de le consoler. C'est un dilemme insoluble.

– Tu n'as pas le choix, Jed, dis-je. Elle nous met tous en danger.

Mais il n'a pas l'air de m'entendre, de comprendre. Il continue d'un ton suppliant :

– Je voulais juste une journée de plus avec elle. Une journée pour oublier. Pour faire comme s'il n'y avait pas d'infection, pas de Damnés. Une journée pour la graver dans ma mémoire.

– Mais l'infection...

– C'est une petite morsure, Mary. Il lui reste encore au moins deux jours, sinon trois.

Il fait la grimace en prononçant ces mots, et prend une voix impersonnelle.

– Son infection se propage lentement. Si j'ai appris une chose à travers mon expérience de Gardien, c'est la façon dont se déroule la mutation des vivants. Je connais les signes. Je sais quoi guetter.

Il déglutit.

– Elle a encore du temps.

Je me détourne vers la Forêt et mon regard se perd dans le vague. Je ne peux pas imaginer Beth devenir comme eux. Devenir une Damnée.

– S'il te plaît, Mary. Laisse-moi cette journée et cette nuit avec ma femme. Si tu connais l'amour, tu comprends ce que ça signifie pour moi.

Je hoche la tête avant d'avoir conscience de ce que je fais. Il se précipite vers moi et me serre dans ses bras. Mais je pense encore à ce qu'il a dit sur l'amour. Et je continue d'y penser pendant qu'il part en courant sur le chemin pour rejoindre les autres, pour rejoindre sa femme.

Je cache mon visage entre mes mains. Les paroles de Jed me pilonnent le crâne. Je me sens tellement coupable. Déchirée, je me demande si j'ai jamais vraiment aimé Travis, puisque j'ai accepté de renoncer à lui. D'être unie à Harry. Cette trahison pèse lourd sur ma tête.

XVIII

Je reste fidèle à ma promesse : je ne le dis pas aux autres, pour Beth. Malgré tout, je la surveille. Je vérifie que Jed ne la quitte jamais. J'ai beau ne pas avoir d'arme, je suis prête à la tuer, qu'il le soit lui-même ou pas.

Ce soir-là, au moment où le soleil met le feu à la cime des arbres, le chemin s'élargit enfin. C'est un soulagement, après l'angoisse que représentait cette clôture tout le temps si proche, après la peur constante d'aller se cogner contre le grillage et les doigts des Damnés au moindre pas de travers. Un coffre en bois bardé de métal trône au milieu du dégagement. Il est long et large, avec un gros cadenas rouillé qui pend d'un côté. Argos le renifle et tourne autour en remuant la queue, tout excité.

On se rassemble devant et je m'aperçois que des lettres ont été marquées au fer rouge sur le dessus. J'y passe la main pour chasser les feuilles pourries. *XVIII*.

Sur la vitre de sa cellule, Gabrielle avait tracé : *XIV*. Je me tourne vers Jed.

– Que signifient ces lettres ?

Il hausse les épaules.

– Quelle importance ?

– Ce sont les Gardiens qui les ont mises ? j'insiste.

– Non, ce coffre a toujours été là. Ce sont les Sœurs qui nous en ont parlé et nous ont demandé de veiller à ce qu'il y ait toujours des provisions fraîches.

– Et la clé ? demande Harry.

Jed hausse encore les épaules.

– Bizarrement, je n'ai pas pensé à l'apporter.

Je cache mon visage contre mon épaule, réprimant un éclat de rire.

Harry donne un coup de hache sur le cadenas, qu'il fait voler en éclats au troisième essai. À l'intérieur, il y a deux gourdes remplies d'eau, deux sacs de nourriture et deux autres haches à double tranchant. Jed prend l'une et Travis l'autre.

– Pour ce soir, on devrait camper ici, puisqu'il y a de l'espace, suggère Harry.

On accepte tous, soulagés d'être sortis du couloir étroit entre les clôtures. Les hommes arrachent les planches du coffre pour faire un feu pendant que Cass et moi préparons un maigre repas.

On ne dit pas grand-chose en mangeant, ce soir-là. Je regarde les flammes consumer l'inscription qui était gravée dans le bois du coffre et je pense à Gabrielle, à son allure la nuit où je l'ai vue à une fenêtre de la Cathédrale. Avec ses longs cheveux noirs qui encadraient un visage à la fois pâle et sombre, comme la lune lorsqu'elle est juste au-dessus de l'horizon. Avant qu'elle devienne une Damnée. Quand c'était juste une fille comme moi, postée devant une fenêtre verrouillée pour regarder le chemin plein de promesses qui traverse la Forêt, qui laisse espérer un autre monde.

Pendant la nuit, dès que je sombre dans un sommeil agité, avec Argos lové dans mes bras, je rêve que Cass et Jacob essaient de m'attraper à travers le grillage. Sauf que ce ne sont pas des Damnés. Ils sont d'un côté d'un portail fermé à clé et moi de l'autre. J'entends le vacarme des Damnés, mais je ne sais pas si c'est moi ou les deux autres qu'ils viennent chercher.

Cass se met à crier. Je me réveille en sursaut et je découvre qu'elle crie en vrai. Sous ma main, je sens les vibrations causées par le grondement d'Argos. Je me redresse et je me tourne vers Cass, qui hurle toujours, le doigt pointé.

Ma première pensée, c'est que Jed avait tort et que Beth a muté, mais ensuite, j'aperçois du coin de l'œil une tache rouge fugace. Mon cœur cesse de battre. Gabrielle fonce vers nous. Voyant ça, je me mets à suffoquer. Je me prépare au choc, au coup de dents, quand j'entends le grillage cliqueter en arrêtant Gabrielle dans sa course. Trois flèches dépassent de son buste et elle a un bras qui pend selon un angle bizarre, mais ça n'a pas l'air de la stopper ni même de la ralentir.

D'autres Damnés la suivent en titubant et finissent par la rejoindre devant la clôture, en nous réclamant à grands cris.

Travis jette de la terre sur les braises du feu d'hier soir pendant que Harry et Jed se mettent en position, la hache entre les mains. Mais la clôture retient les Damnés ; la seule chose qui nous assaille, c'est leur odeur de chair pourrissante et leurs gémissements désespérés.

On quitte notre petit campement sans un mot et on se remet en file indienne quand le chemin se resserre. On marche vite. Incapables de tenir le rythme, les Damnés lents se retrouvent à la traîne. Mais Gabrielle est toujours là ; elle réapparaît après chaque tournant. Comme Argos, elle court devant nous, en poussant sur le grillage pour voir s'il y a des endroits fragiles et en essayant de passer à travers, puis revient en trottinant.

J'entends Beth gémir :

– Comment est-elle sortie du village ? Comment a-t-elle fait pour nous trouver ?

Jed attire sa femme contre lui. Le chemin est à peine assez large pour qu'ils marchent côte à côte. Il croise mon regard par-dessus la tête de Beth.

– Elle a dû ressortir par la brèche, dit-il.

J'entends Harry observer :

– Ça veut dire qu'il n'y a plus rien d'intéressant pour elle au village. Il doit avoir été totalement anéanti. Si eux n'ont pas pu la tuer...

Il s'arrête là, laissant chacun de nous tirer ses propres conclusions.

À ces mots, Cass, qui est vers l'avant de la file, s'immobilise. Quand je m'approche, elle glisse la main de Jacob dans la mienne puis se laisse dépasser par tout le monde. Je l'entends pleurer, je l'entends hoqueter et respirer à grand-peine. Je voudrais m'arrêter et la prendre dans mes bras, la réconforter, mais je me contente de serrer plus fort la main de Jacob.

– Pourquoi elle est si différente, celle-là ? me demande-t-il de sa petite voix teintée d'un léger chuintement enfantin.

Il désigne Gabrielle dans son gilet rouge vif.

Je secoue la tête en me rappelant que Gabrielle était enfermée dans la Cathédrale avec les Sœurs. Je repense à la dernière fois que je l'ai vue, et au moment où je l'ai cherchée et cherchée sans jamais la trouver. Je repense au souterrain, aux portes qui donnent dessus, à la petite cellule, aux inscriptions à la main dans le Livre sacré. Une fois de plus, je ne peux pas m'empêcher de me demander ce que les Sœurs ont fait à Gabrielle, de me dire que c'est sûrement elles qui ont causé tous ces ravages.

◆

Quand un gros nuage illuminé voile la lumière aveuglante du soleil, qui cogne juste au-dessus de nos têtes, le chemin redevient plus large et on arrive devant un portail qui relie les deux clôtures. Une petite plaque de métal surmonte la barre qui ferme le portail, avec les lettres *XIX* gravées dessus. Pendant un court moment, ça me rappelle les portes de mon village, puisque les Sœurs gravaient des extraits du Livre sacré sur chaque seuil. Je passe la main sur les lettres comme on m'a appris à le faire avec les versets du Livre en entrant dans une pièce.

Mais au lieu de penser à Dieu, comme il se doit, je pense à Gabrielle.

Je me demande quel est le rapport entre les lettres que Gabrielle a tracées sur la vitre, celles qui étaient gravées sur le coffre qu'on a trouvé plus tôt et celles-ci, mais je n'arrive pas à trouver de point commun. Je me tourne vers Gabrielle, qui tambourine toujours sur le grillage avec cette passion insensée que je n'avais encore jamais vue chez les Damnés. Si seulement je pouvais lui poser ces questions, la réconforter, lui dire de se taire et puis lui demander de l'aide...

Tant pis. Je m'apprête à soulever la barre de fer brûlante, quand Cass émet un son étranglé et se détache des autres.

– Qu'est-ce que tu fais ? hurle-t-elle pour se faire entendre par-dessus le vacarme que fait Gabrielle. Tu ne sais pas ce qu'il y a derrière. Ni à quoi sert ce portail. Et s'il y avait des Damnés de l'autre côté ? Tu aurais causé notre mort à tous, Mary.

– On n'a pas le choix.

Et je soulève la barre.

Le portail s'ouvre en crissant à peine. Je suis étonnée qu'il soit si lourd. Je reste devant et je le tiens pour laisser passer les autres, qui se succèdent lentement.

Jed marche avec un bras protecteur sur les épaules de Beth et je remarque qu'elle a déjà les yeux enfoncés dans le crâne, le pas moins assuré, des cheveux ternes qui pendent mollement autour de son visage. J'essaie d'attraper mon frère au passage, de lui dire qu'il doit s'occuper d'elle ce soir. Qu'elle est trop dangereuse. Mais il secoue la tête avant que je puisse ouvrir la bouche et me glisse qu'il maîtrise la situation.

Pendant que Harry et Travis franchissent le portail, je me demande s'ils ont remarqué ces changements chez leur sœur. S'ils savent ce qui l'attend à la fin de la journée. Ce sort inévitable.

Je sais que Jed ne leur a toujours pas dit que Beth est infectée, bien que chaque pas nous rapproche de sa mort.

Une fois que tout le monde est passé, je laisse le portail

se refermer doucement. Quand j'abaisse la barre de fer, je trouve une autre petite plaque métallique de ce côté-ci. Elle porte les lettres *XVIII* – les mêmes que celles qui étaient gravées sur le coffre. Je m'efforce de reconstituer le puzzle, de comprendre ce que signifient ces lettres, mais je n'arrive à aucune conclusion. Je secoue la tête et je frotte mon doigt sur le métal. Ses bords effilés me coupent la chair du pouce.

Je suce le sang en me détournant pour rejoindre les autres. On n'a guère avancé quand le chemin se sépare en trois et qu'on se retrouve face à une décision à prendre. Argos s'engage en trottinant dans chaque embranchement, qu'il flaire avec ardeur avant de revenir s'asseoir à mes pieds, la langue pendante.

– On peut ou bien se séparer, ou bien aller en repérage ou juste en choisir un, dit Harry, les mains sur les hanches, en observant le chemin qui part sur la droite.

Il y a un petit dégagement à l'endroit où les trois chemins se rencontrent. Beth a profité de l'occasion pour s'allonger par terre, roulée en boule sur le flanc, avec son châle serré autour des épaules et la tête posée sur les jambes dépliées de Jed.

Cass s'est assise avec Jacob et tient la main de l'enfant enveloppée dans la sienne pour l'aider à tracer des chiffres dans la terre.

– Le choix est facile, dit-elle sans lever les yeux. On doit prendre le chemin qui nous éloigne d'elle.

Elle pointe le doigt vers Gabrielle, qui se jette contre la clôture avec la même frénésie que la première fois qu'elle nous a retrouvés. C'est à cause d'elle qu'on était obligés de marcher en file indienne sur le chemin étroit, de peur qu'elle puisse atteindre l'un de nous si on avançait côte à côte.

– Cass a raison, intervient Travis. Si on prend le chemin de gauche, elle n'aura aucune chance de nous suivre.

Comme tout le monde est tombé d'accord, Jed aide Beth à se relever et on s'embarque d'un pas lourd dans la branche de gauche, laissant là Gabrielle qui dévore le grillage derrière nous. Ce nouveau chemin nous paraît désert, sans elle, et je m'aperçois qu'il y a une petite part de moi qui regrette sa présence.

Ce chemin étroit nous conduit à deux autres embranchements ; à chaque fois, on choisit au hasard quelle direction prendre. Alors que la lumière change, brouillant les distances, Harry, qui marchait en tête, s'immobilise subitement.

– C'est une impasse, dit-il.

XIX

– Quoi ? hurle Cass.

Il y a une note d'hystérie dans sa voix. Elle contourne Harry pour voir ça par elle-même et se met à tambouriner sur la portion de grillage qui termine le chemin ; elle me fait penser aux Damnés, qui veulent toujours ce qu'il y a de l'autre côté.

Au bout d'un moment, Travis la rejoint et la prend dans ses bras. Il lui dit « chut » et la berce doucement. Harry vient se placer derrière elle et lui pose une main sur l'épaule. À eux deux, ils essaient d'apaiser ses hoquets désespérés. Même Argos trottine vers elle, se plaque contre ses jambes et lui lèche la main. Cass se cramponne à Travis ; je vois ses doigts s'enfoncer dans la chair de son épaule, près du col de sa chemise, et je ne peux pas m'empêcher de regarder ça avec une pointe de jalousie, un petit caillou de possessivité au creux de l'estomac.

– Servi à rien, marmonne Cass. Tout. On a tout perdu. Mon père, ma mère... ma sœur...

Elle peine à respirer, et je vois que Travis et Harry ont les larmes aux yeux.

– Sont plus là, continue-t-elle. Tous morts. Et nous...

Un nouveau hoquet la fait trembler de tout son corps.

– Nous... Le chemin... Oh mon Dieu...

Ses paroles se muent en gémissements. Travis l'attire contre lui et lui caresse les cheveux pour la réconforter.

Le fond de ma gorge me pique et mon estomac se soulève, mais rien ne remonte et personne ne le remarque. Je voudrais arracher Cass à l'étreinte de Travis, mais je me retiens. Je contourne Beth recroquevillée par terre et je fais quelques pas sur le chemin pour prendre de la distance. J'essaie d'inspirer profondément, mais je suis encore toute frissonnante. Je connais leur douleur. Je la comprends, je vis avec les mêmes regrets. Je sais que je devrais éprouver de la compassion, je sais qu'on est tous dans le même pétrin. Mais je n'arrive pas à réprimer la colère, la rage qui monte en moi.

– On devrait rester ici pour la nuit, suggère Jed. Je ne suis pas sûr que Beth puisse aller plus loin aujourd'hui.

J'attends qu'il leur dise pourquoi, comme il l'a promis. Qu'il leur dise qu'elle est infectée. Mais il se contente d'ajouter :

– Elle est tellement malheureuse d'avoir perdu ses parents...

Je fais un geste excédé et je m'éloigne à pas furibonds, mais Jed me rattrape avant que je sois trop loin pour entendre les autres.

– Ça ne sert à rien, me dit-il.

Je ne sais pas s'il parle de Travis, de Harry, de Beth ou du chemin. Je sais seulement que je suis hors de moi, à cause de tout ce qui s'est passé. Ça me fait comme des déflagrations dans tout le corps, cette colère.

Je ne peux pas m'empêcher de rire ; et c'est un rire rauque qui sort de ma gorge.

– Tu veux qu'on parle des choses qui ne servent à rien, Jed ?

J'ai envie de laisser libre cours à ma fureur et c'est lui que j'ai sous la main.

– ... Et le petit secret que tu gardes sur Beth, alors ?

J'ai dit ça très fort, pour que tout le monde m'entende, et comme je l'espérais, Travis et Harry se tournent vers moi quand je mentionne le nom de leur sœur.

J'éprouve soudain un terrible besoin de blesser Travis pendant qu'il tient Cass dans ses bras. Cass qui enserre son poignet entre ses doigts possessifs comme une corde de Lien. Pour le punir d'avoir suscité ce désir effréné chez moi et de ne pas être venu demander ma main avant que je passe la nuit avec Harry. De ne pas être venu avant que tout devienne tellement compliqué, tellement moche.

– Dis-leur, Jed ! je siffle en gardant les yeux rivés sur le regard interrogateur de Travis. Tu m'as promis de le faire. Dis-leur que Beth est déjà morte. Dis-leur que tu refuses de la tuer. Que tu nous mets tous en danger.

Quand je vois la main de Jed venir vers mon visage et que je sens la brûlure de sa gifle, je ne bouge pas. Pas le moindre frémissement. Et je ne porte même pas la main vers ma joue pour apaiser le feu.

Je vois bien que Travis ne comprend toujours pas ce qui se passe. En entendant son nom, Beth se réveille. Quand elle s'aperçoit que tout le monde la regarde, elle se redresse vivement et son châle, en glissant de son épaule, expose la blessure purulente qui était en dessous.

Harry crie comme un animal blessé et tombe à genoux, puis se traîne vers sa sœur. Travis, lui, reste tétanisé, les yeux fixés sur moi, et mes joues s'enflamment. Je m'en veux déjà. Submergée de honte, je me détourne et je pars en courant sur le chemin.

Mais au moins, maintenant, je sais que Travis a aussi mal que moi.

♦

Je vais à l'aventure sur les différents chemins, en laissant des petits tas de cailloux ou de brindilles chaque fois que j'arrive à un croisement pour pouvoir revenir sur mes pas. Si seulement je pouvais trouver quelque chose d'utile à rapporter comme offrande, pour me faire pardonner et prouver qu'on va dans la bonne direction ! Qu'on ne va pas errer dans la Forêt jusqu'à ce qu'on meure de faim ou de déshydratation…

Mais je ne trouve rien, à part ce chemin interminable, plein de ronces et d'herbes hautes. Des plantes grimpantes flétries sont enchevêtrées dans les mailles du grillage ; leurs boutons qui ont peut-être contenu des fleurs un jour pendent mollement, desséchés.

Je finis par me retrouver au premier croisement du chemin. Là, je m'assieds et je scrute la Forêt. C'est calme, ici, les Damnés n'ont pas été réveillés par le bruit de mes pas.

– Gabrielle ? je demande dans le silence.

Au début, ma voix est hésitante, mais ensuite je m'enhardis et je hurle :

– Gabrielle !

Bientôt, j'entends un bruit d'animal qui charge dans les sous-bois, puis son gilet rouge vif apparaît parmi les arbres et elle se jette contre la clôture. Ce n'est pas à son nom qu'elle réagit, mais à mon existence. Elle ne vient pas parce que je l'appelle, mais parce que je lui donne faim, atrocement faim. Parce qu'elle est stupide et vorace et ne connaît rien d'autre que son envie de chair humaine.

Elle paraît un peu ralentie, comme si son corps s'usait à force d'alimenter autant d'énergie. Malgré tout, elle tend vivement les doigts vers moi à travers les mailles du grillage et ses dents râpent le métal au cas où je m'approcherais trop.

J'envisage de glisser un doigt dans sa bouche, de l'autre côté du grillage. De la laisser me dévorer et m'infecter. Pour en finir avec le chemin, et avec ce désir trop douloureux pour rester supportable.

Je pense à ma mère qui est là, quelque part dans la Forêt; je pourrais peut-être la retrouver, si j'étais une Damnée. Je me suis toujours demandé s'il y avait la moindre lueur de reconnaissance chez les Damnés entre eux – s'ils sont des sortes de bêtes sauvages capables de comprendre quelque chose d'aussi vrai et d'aussi profond que l'amour.

Je tends la main vers Gabrielle et j'appuie l'index contre l'ongle de son petit doigt, le seul qui ne soit pas difforme et cassé à force d'essayer d'arracher le grillage.

– Qui es-tu ? je lui demande.

Ses yeux ont été lacérés; ils sont d'un bleu laiteux, maintenant, alors je sais qu'elle ne me voit pas.

Des larmes gouttent sur mes joues, éclaboussent ma chemise. Je lui parle sans cesser de caresser son petit doigt.

– C'est plus facile, de l'autre côté ?

Elle essaie de m'attraper la main, mais la sienne est trop mutilée pour être dotée d'une telle dextérité.

Cette fille est à peine plus grande que moi, elle a le même genre de corpulence. En d'autres temps, on aurait pu nous prendre pour des sœurs, même si son nez, qui était long et droit, est désormais tordu, avec l'os qui transperce l'arête.

– Je suis désolée, lui dis-je.

Je voudrais tellement croire qu'elle m'entend. Qu'elle comprend. Mais elle continue à essayer de griffer, et moi je continue à pleurer à chaudes larmes tandis que le soleil descend dans le ciel.

Au moment où je me détourne pour la quitter, en m'essuyant le nez du revers de la main, quelque chose scintille dans l'herbe, là où les chemins se rejoignent. Je plisse les yeux et je regarde de tous les côtés, mais je ne vois plus rien, alors je gagne l'endroit où la clôture se divise et je tape du pied par terre.

Quand j'entends un minuscule cliquetis, je tombe à genoux et je fouille dans l'herbe avec mes doigts mouillés de larmes jusqu'à ce que je trouve l'objet. Une petite plaque métallique semblable à celles qui étaient accrochées au-dessus des fermetures du portail est fixée aux mailles du bas avec du fil de fer. Celle-ci est à droite après le croisement, à moins de vingt centimètres sur le chemin.

Comme les autres, elle porte une inscription. Je la frotte avec les doigts pour décoller la terre. Je sens les crêtes de chaque lettre : *XXIX*.

Intriguée, j'examine aussi l'autre embranchement du chemin, écartant l'épais tapis d'herbes hautes pour découvrir une autre plaque avec des lettres : *XXIII*.

Je me balance sur les talons et je finis par tomber sur les fesses. Comme sur les portails, il y a des points de repère sur ces chemins – tout ça n'est pas fait au hasard.

Craignant un peu d'avoir des hallucinations ou d'avoir tout inventé, je saute sur mes pieds et je cours jusqu'au croisement suivant, où j'arrive essoufflée. Je me mets à genoux et je fouille dans l'herbe et la terre jusqu'à ce que je trouve deux autres petites plaques de métal – une pour chaque chemin. Celles-là aussi portent des inscriptions similaires : *VII*, *IV*.

Je ferme les yeux et j'essaie de comprendre comment fonctionnent ces lettres. J'essaie de comprendre ce qu'elles me disent. Ce qu'elles ont en commun. Mais mon cœur bat trop fort, mon sang circule tellement vite dans mon corps et je suis tellement excitée que je n'arrive pas à me concentrer.

Je passe et repasse mes doigts tremblants sur les lettres, en repensant à la fenêtre où Gabrielle a écrit son nom. Ce qu'elle a marqué en dessous est encore clair dans ma tête : *XIV*. Toutes ces lettres doivent être une sorte de code, et les plaques métalliques des sortes de balises.

Pourtant, je n'arrive toujours pas à démêler tout ça. Je n'arrive pas à reconstituer le puzzle. Je serre les dents, frustrée, et je remets de la terre sur la plaque que j'examinais. Pour l'enfouir de nouveau dans les broussailles.

Quand le soleil arrive au-dessus des arbres et que ma peau brûlée petit à petit commence à me piquer, je retourne vers notre campement dans l'impasse, en me répétant inlassablement les différents groupes de lettres.

À chaque fois, j'arrive à la même conclusion : il y a un

rapport entre les lettres et Gabrielle. Les lettres vont me mener jusqu'à elle. Vont résoudre le mystère de son identité et peut-être même de l'endroit d'où elle vient.

Gabrielle essayait de me dire quelque chose quand elle a tracé ce message dans la buée formée par son souffle sur la fenêtre. Je n'ai pas le choix, je dois le déchiffrer.

Je réfléchis en me tapotant les lèvres. Je me sens prête à exploser tellement je brûle de parler de cette découverte aux autres. De leur annoncer qu'à présent, on a une vague indication sur la voie à suivre. On a un but.

Je galope sur le chemin et je passe en trombe devant les tas de cailloux qui indiquent la route pour rejoindre les autres, m'arrêtant seulement pour chercher les petites plaques, les balises des chemins. À chaque fois que je sens sous le bout de mes doigts les lettres gravées, je ne peux pas m'empêcher de rire. Et je suis encore secouée d'un rire joyeux quand je trouve Cass au détour du chemin. Elle est assise à quelques mètres du petit Jacob qui dort sur le côté, cramponné à Argos comme on se cramponnerait à un souvenir de la vie avant l'invasion.

– Beth est morte, annonce Cass sans faire l'effort de lever les yeux vers moi. Ils sont en train de lui creuser une tombe. Je ne voulais pas que Jacob les voie la décapiter. Il en a déjà vu beaucoup trop.

Le chagrin me submerge, chassant la joie que me procurait ma découverte. Je ne lui ai pas dit au revoir. Je n'étais pas là.

Tout ce que j'ai réussi à faire, dans ses dernières heures, c'est lui donner de la peine.

– Je devrais aller les aider, dis-je.

J'ai la voix nouée et la gorge douloureuse. Les larmes débordent déjà de mes yeux et s'échappent sur mes joues.

Cass me saisit la cheville au passage.

– Non, dit-elle.

Mes jambes s'effondrent sous moi et je me retrouve recroquevillée à côté d'elle.

– Je suis désolée.

Je suis encore en train de présenter des excuses, comme si c'était les seuls mots que j'ai le droit de prononcer, désormais.

Elle hoche la tête. Son expression est tellement grave, tellement sérieuse... Ce n'est pas la fille que j'ai toujours connue, celle qui n'était que soleil et lumière. Qui était tout le temps heureuse et insouciante. Je souffre de voir la noirceur s'insinuer dans son esprit, prendre possession d'elle.

Je coince la tête entre mes genoux et je mets les mains sur ma nuque. Ça me paraît soudain futile d'avoir trouvé de petites lamelles de métal avec des lettres dessus. J'ai l'impression que le monde a montré ses crocs. Nous a ramenés à la réalité, pour nous rappeler à quel point la vie est injuste. À quel point c'est absurde d'essayer d'exister quand on est cerné par la mort et rien d'autre. La mort incessante et déterminée.

Un nuage voile le soleil, nous plongeant dans le froid et l'obscurité. Le vent forcit légèrement dans les arbres et les feuilles montrent un instant leur face pâle. Un goût de pluie vient se poser sur ma langue et, au loin, j'entends les gémissements assourdis des Damnés en hibernation qui se relèvent pour venir à notre recherche. Qui ont entendu mes pas et senti mon odeur.

Je décide de ne pas parler des inscriptions aux autres. De ne pas leur donner cet espoir. Je ne veux pas risquer de voir Cass craquer une fois de plus, je ne veux pas porter le poids de leurs attentes.

Et si ces lettres n'avaient aucune signification ? Et si le chemin ne menait nulle part ? Même si on élucide le mystère et qu'on espère trouver une issue, on peut échouer. Le fait de savoir que les chemins sont balisés, qu'il faut chercher les lettres de Gabrielle me suffit.

Je me demande si tous les chemins mènent aux Damnés. Si c'est un sort auquel aucun d'entre nous ne pourra échapper – un sort aussi sûr que la mort. Je me demande si j'avais raison, quand j'étais petite : s'il est impossible qu'il existe un endroit comme l'océan, un endroit trop vaste pour avoir été affecté par le Retour.

XX

Après avoir enterré Beth, Harry et Travis reviennent à l'endroit où on est assises, Cass et moi, à regarder sans parler Jacob faire la sieste avec Argos. Ses épaules osseuses qui se soulèvent et retombent nous hypnotisent. Harry annonce que le plan, c'est de revenir sur nos pas pendant qu'il y a encore un peu de lumière et de camper au dernier embranchement, là où le chemin est plus large.

Je les laisse partir sans moi et je retourne dans l'impasse, où je trouve Jed à côté d'un monticule de terre. Je vois le poids de sa douleur dans ses épaules qui s'affaissent, dans ses mains qui pendent mollement sur ses flancs, sans vie.

– C'est celle qui est en rouge qui l'a attrapée, dit Jed, les yeux fixés sur la terre qui recouvre le corps de sa femme. Elle était trop rapide. Trop tout. Beth était...

Il déglutit. Se tait.

– Beth était de nouveau enceinte, dit-il enfin.

Sa voix se brise et j'hésite un instant avant d'aller jusqu'à lui et d'attirer son bras sur mon épaule pour pouvoir porter une partie de son chagrin.

Au début, j'ai peur qu'il me repousse, mais il finit par

s'affaisser sur moi. Sans moi, il ne tiendrait pas debout ; je retrouve enfin le sentiment qu'on est frère et sœur. Les liens tissés dans notre enfance sont trop forts pour se briser.

– Jed...

Je m'interromps et j'inspire profondément. J'ai peur de gâcher ce moment.

– Qu'est-ce qui est arrivé à Beth ? Comment a-t-elle été infectée ?

Un gravillon roule sur le monticule de terre et tombe aux pieds de mon frère. Il me lâche, se baisse pour le ramasser et le frotte entre son pouce et son index.

– On allait vers la Cathédrale, dit-il. On voulait dire à Sœur Tabitha que Beth était enceinte pour qu'elle soit bénie avec les autres mères pendant la cérémonie des Vœux, à la fin.

Je me rappelle ce qui devait se passer ce jour-là, et mes joues prennent feu.

Il se tourne vers la Forêt, les yeux plissés.

– Quand on a entendu la sirène, on s'est mis à l'abri dans une maison. J'essayais de la barricader quand tu es passée devant nous avec Harry. Je t'ai vue courir jusqu'au chemin et j'ai pensé que tu avais trouvé la meilleure solution. Que le chemin était le seul moyen de survivre. Et puis j'étais tellement inquiet pour toi, Mary. Mais Beth...

Ce souvenir lui fait secouer la tête.

– ... Beth ne voulait pas partir sur le chemin. Elle avait trop peur. Elle voulait rejoindre les plateformes. Là-bas, elle était persuadée qu'il n'y aurait pas de danger, puisque c'est ce qu'on nous a toujours dit. Elle ne me comprenait pas quand j'ai essayé de lui expliquer que le chemin était un lieu sûr. Que j'y étais déjà allé avec les Gardiens pour le sécuriser.

Il lève la main, prêt à lancer le gravillon dans la Forêt, mais s'arrête au dernier moment.

– C'est moi qui l'ai forcée à venir. C'est moi qui l'ai traînée jusqu'au chemin quand il s'est mis à pleuvoir. Je me suis dit que si on attendait la nuit… on pourrait peut-être passer devant eux sans qu'ils nous détectent. On venait de sortir de la maison, on n'était qu'à quelques mètres quand la Rapide l'a attrapée. Je pensais que la pluie nous aiderait à les semer. Nous donnerait le temps dont on avait besoin pour s'échapper. Mais avec la Rapide, ce n'était pas pareil. Dans la confusion, avec tout le monde qui criait et se battait… je ne l'ai pas entendue arriver. Je l'ai écartée de Beth. Et, que Dieu me pardonne, je l'ai jetée sur une autre personne vivante dans l'espoir de protéger ma femme.

Je serre mes bras autour de moi en m'imaginant ce que ça a dû être pour Jed. En m'imaginant être responsable de l'infection de la personne que j'aime le plus au monde.

– Mais après ça, on n'a rien pu faire.

Il a une voix calme. Abattue.

– Les gens des plateformes qui étaient près de la maison, des gens qu'on connaît depuis toujours, ont vu Beth se faire attaquer. Et ils se sont mis à tirer des flèches sur elle. Ils ont essayé de la tuer. Alors on n'a pas pu revenir sur nos pas. Et le sang qui coulait de sa morsure attirait les Damnés lents. On est arrivés au portail de justesse.

Il s'efforce de contrôler sa respiration, de contenir ses sanglots, et je n'ai qu'une envie : le serrer contre moi. Effacer sa douleur et son désespoir, comme une mère avec son fils.

Mais je ne le fais pas. Je reste immobile devant la tombe de Beth et je laisse mon regard se perdre dans la Forêt, en me demandant pourquoi on n'est jamais vraiment préparé pour la mort. On vit perpétuellement cerné par elle, tout nous rappelle son existence, on sait que la moindre erreur peut entraîner une infection, et pourtant on n'est pas prêts quand elle arrive. On a encore trop de regrets.

– Je n'avais pas le choix, reprend soudain Jed comme s'il me demandait l'absolution. Je ne pouvais pas la laisser devenir comme eux. Je ne pouvais pas supporter l'idée qu'elle soit dans la Forêt.

– Je sais bien, lui dis-je en pensant à notre mère et au choix qu'elle a fait, au choix que je l'ai laissée faire.

– C'est la chose la plus dure que j'ai jamais faite.

– Je sais bien.

Je me répète, mais je ne vois pas quoi lui dire d'autre.

Jed hoche la tête, me presse l'épaule et part sur le chemin pour rejoindre les autres, qui installent le camp. Je reste en arrière et je pense au mensonge que je viens de lui faire.

Parce que je n'accepte pas la main de Dieu ; je ne crois pas à l'intervention divine ni à la prédestination. Je ne peux pas concevoir que notre voie soit tracée à l'avance et qu'il n'y ait pas de libre arbitre dans la vie. Qu'on n'ait pas le choix.

♦

Le lendemain matin, le soleil suinte autour de nous plus qu'il ne se lève, et notre peau se couvre de sueur dans l'air épais, chargé d'humidité. Même s'il faut qu'on reprenne la route, ce matin, personne n'a esquissé le moindre mouvement pour quitter le dégagement où on a passé la nuit. Cass boit une petite gorgée d'eau à l'une des gourdes et la fait passer. Quand la gourde arrive entre mes mains, elle me paraît vide.

Trois jours sont passés depuis l'invasion. On est en colère, terrorisés, désespérés.

– On devrait rentrer, dit Cass.

À côté de moi, Harry expire comme s'il avait retenu son souffle. Argos est allongé près de moi, la tête sur mon genou, et je sens ses côtes saillantes quand je passe la main sur son flanc. Sa queue bat le sol sans énergie.

– On n'a pas assez d'eau pour continuer à errer comme ça sans but, ajoute Cass. On ne peut pas vivre sans eau et on ne peut pas espérer tenir le coup en se contentant de prier pour qu'il pleuve.

La journée vient à peine de commencer et, déjà, j'ai l'impression que je pourrais tirer de quoi remplir une des gourdes en essorant ma chemise trempée de sueur.

– On pourrait peut-être chercher de l'eau, suggère Travis.

– Ce qu'il faut qu'on fasse, c'est revenir en arrière, réplique Cass.

Elle a débité ces mots à toute vitesse, comme si elle avait déjà répété cette conversation plusieurs fois dans sa tête.

– Cass, chérie, je ne pense pas…

Mon ventre se noue quand j'entends le mot « chérie » dans la bouche de Travis. Je me détourne du groupe et je regarde dans la direction des Damnés rassemblés devant la clôture, en essayant de voir derrière eux dans la Forêt.

Cass lui coupe la parole.

– Je me fiche de ce que tu penses.

Je dois me mordre la lèvre pour me retenir de rire. Je n'ai pas l'habitude de la voir si sévère. Ça me paraît artificiel, bizarre et, tout d'un coup, pour une raison qui m'échappe, extrêmement comique.

– Ce qui m'intéresse, c'est qu'on n'a presque plus d'eau, continue-t-elle.

Elle se lève et lui fourre la gourde vide sous le nez, le forçant à reculer sur ses coudes.

– On va manquer de nourriture d'ici quelques jours. Ce qui m'intéresse, c'est d'éviter de dépérir ici, dans la Forêt, sous prétexte qu'on a trop peur de retourner dans notre village.

Elle tape du pied nerveusement, comme si elle ne pouvait pas contrôler son corps.

– Il n'y a plus rien, dans notre village, intervient Jed d'un ton sans réplique.

– Tu n'en sais rien, proteste Cass.

Sa voix monte dans les aigus, prenant des accents de plus en plus désespérés.

– ... Tu ne peux pas le savoir. Tu sais seulement que les choses allaient mal quand tu es parti. Tu ne peux pas affirmer qu'elles ne se sont pas arrangées. Qu'ils n'ont pas réussi à repousser l'invasion.

Jed ne répond pas. On voit à son expression qu'il s'est replié sur ses pensées, sur ses souvenirs de Beth.

Cass se met à faire les cent pas près de nous.

– Vous ne voyez pas ce qui va se passer, ici ? Comment ça va finir ? On va suivre ces chemins jusqu'à ce qu'on soit trop faibles pour bouger, et puis on va mourir ici.

Elle agite les mains en parlant, et elle est tellement absorbée par sa tirade qu'elle ne voit pas que Jacob a les larmes aux yeux, qu'elle le terrorise.

– À quoi ça sert d'errer à l'aventure comme ça ? hurle-t-elle.

– Il y a quelque chose ici, dis-je enfin.

Elle éclate de rire et me regarde d'un air mauvais.

– Qu'est-ce qu'il y a ici, Mary ? Tu parles de ton océan ?

Elle pose les mains sur ses genoux et se plie en deux pour amener son visage à la hauteur du mien.

– On peut le boire, l'océan, Mary ? Est-ce qu'il va nous sauver quand on sera en train de crever sur ce chemin, ton précieux océan ?

En se redressant, elle annonce :

– Moi, j'y retourne.

Elle nous lance un coup d'œil à la ronde avant d'ajouter :

– Et j'emmène Jacob avec moi.

Elle lui tend la main, mais il gémit et se recroqueville – il a peur de la folie qu'il voit briller dans ses yeux, peur du carnage auquel il a assisté au village.

Cass marche jusqu'à l'endroit où Jacob est assis, lui attrape la main et s'échine à le tirer sur ses pieds, mais il refuse de se lever. Ses gémissements se muent en véritables sanglots qui font tressauter son corps d'enfant, mais Cass ne veut pas le lâcher. Finalement, il se met à crier.

– Aïe, tu me fais mal !

À ce moment-là, Harry s'approche de Cass et l'entraîne à l'écart.

Elle se tourne vers lui d'un bond et l'empoigne par les avant-bras. Je vois que ses doigts s'enfoncent dans la peau de Harry.

– Viens avec moi, lui dit-elle d'un ton presque suppliant.

Elle est haletante, maintenant, tendue et tremblante

comme s'il suffisait de lui souffler dessus pour qu'elle s'embrase.

– Jacob serait notre enfant. À toi et moi. On peut tout changer. On peut arranger les choses, on peut les rétablir comme elles auraient dû être.

Elle parle vite, les mots tombent à la suite les uns des autres comme si elle avait peur de les oublier ou de perdre le courage de les dire.

Parmi nous, personne ne bouge, personne ne respire pendant qu'on regarde Cass perdre les pédales.

– Imagine, Harry, dit-elle.

Sa voix s'est radoucie.

– Ce serait comme avant. Quand Travis était malade et qu'il n'y avait que toi et moi.

Je repense à Cass petite fille. À ses cheveux blond-blanc et à ses yeux innocents. Elle m'écoutait raconter les histoires de ma mère, même si ça ne l'a jamais intéressée. Elle n'a jamais compris la notion de monde d'avant le Retour. Elle vivait toujours dans l'ici et maintenant. Dans le bonheur d'un village constamment protégé contre les Damnés et contre tout ce qui pouvait exister de l'autre côté de la clôture.

Elle se tourne vers nous autres et nous désigne d'un geste vague en disant :

– Et si on était les seuls survivants ? Et si on était tout ce qui reste du monde ? On ne peut pas se permettre de mourir. On ne peut pas être la fin de tout.

Harry nous dévisage l'un après l'autre, les yeux écarquillés, les joues rouges. Son regard s'attarde sur moi en dernier, comme s'il m'adressait un appel à l'aide silencieux. Comme si je savais quoi faire.

– Les chemins sont balisés, dis-je enfin, en regardant mes mains. Au fond, là-bas, là où ils se divisent. Il y a une plaque en métal avec des lettres inscrites dessus. Il y avait des lettres du même genre sur le portail par lequel on est sortis de notre village. Et sur le coffre qu'on a trouvé.

Les yeux de Harry s'agrandissent, puis il se dégage brutalement de l'emprise de Cass, s'agenouille à l'endroit où les chemins se séparent et fouille dans l'herbe haute jusqu'à ce qu'il trouve la petite languette métallique. Il lit les lettres à haute voix :

– *I-V* et *V-I-I*.

Je tripote la corde de Lien défraîchie que j'ai toujours autour du poignet. Je ne veux pas leur parler des lettres que Gabrielle a tracées à mon intention sur la fenêtre. C'est la dernière chose qui nous rattache, elle et moi. Le dernier secret qu'on partage.

– Ces lettres ont forcément un sens, dis-je simplement. Je pense que si on les suit, on arrivera peut-être à y voir un ordre. À comprendre comment elles sont organisées et où elles mènent.

Cass lâche un grondement sourd venu du fond de la gorge.

– Et alors ? On a suivi un de ces chemins et on s'est retrouvés dans une impasse ; il ne menait nulle part. C'est vrai, ce qu'on nous disait quand on était petits : la Forêt de Mains et de Dents n'a pas de fin !

– Et si on nous avait menti ? lance Travis d'une voix calme et mesurée.

Il nous regarde chacun tour à tour.

– De toute évidence, on nous a menti au sujet du chemin.

Les Gardiens ont entreposé des vivres ici alors qu'on nous disait que le chemin était interdit d'accès. Condamné pour toujours. Et si la Forêt se terminait quelque part ?

– Il faut qu'on rentre, répète Cass.

Mais cette fois, elle a les épaules tombantes, les traits fatigués et une voix désincarnée.

– S'il vous plaît, ajoute-t-elle.

Elle répète en se tournant vers Harry :

– S'il vous plaît.

Mais personne n'esquisse le moindre mouvement pour la rejoindre. Finalement, elle tourne les talons et part d'un pas bancal sur le chemin.

Elle ne va pas très loin avant de tomber à genoux et de se mettre à sangloter, lâchant de grandes plaintes qui la secouent tout entière et dont les Damnés qui poussent sur les clôtures autour de nous semblent faire l'écho. Jed finit par se lever et aller la voir. Au début, elle tend une main pour le repousser, mais il ne se laisse pas faire.

Il s'assied à côté d'elle, l'attire sur ses genoux et passe les bras autour de ses épaules. Je me souviens qu'il me tenait comme ça quand on était petits et que je me réveillais d'un cauchemar en gémissant. Je suis obligée de détourner les yeux en voyant la façon dont il berce Cass, car mes yeux me brûlent ; je voudrais tellement retrouver cette époque. Mon seul souci d'alors, c'étaient les monstres de mes cauchemars. Et mon frère était toujours là pour me consoler.

On reste assis, chacun dans son monde.

– Et si elle avait raison ? demande finalement Travis. Et si on était les derniers hommes ? Les seuls survivants ?

Personne ne lui répond.

XXI

Revenir sur nos pas nous prend presque toute la journée, et on ne progresse guère sur le nouveau chemin qu'on a choisi. On décide de s'arrêter tôt pour dresser le camp – tout le monde est épuisé. Le soir, je m'éclipse et je reprends le chemin dans l'autre sens, en direction de notre village, pour retourner là où on a quitté Gabrielle. Une journée seulement s'est écoulée depuis la dernière fois que je l'ai vue, depuis que j'ai trouvé les petites plaques qui balisent les chemins, mais quand je m'approche de la clôture pour scruter la Forêt, je ne la vois pas. Aucune trace de cette étrange tache rouge.

Je m'assieds avec les genoux repliés contre la poitrine et je profite de la solitude. De ce moment de calme trop bref avant que les Damnés sentent mon odeur et viennent marteler les clôtures. C'est rare d'être assis près du grillage sans les Damnés, d'avoir un léger aperçu de ce que la vie a dû être avant le Retour, avant les gémissements perpétuels.

Je sens des picotements, puis j'entends des pas traînants derrière moi. Je me retourne, prête à bondir, mais c'est juste Travis qui arrive en boitant sur le chemin. Il s'assied à côté de moi sans rien dire, la jambe raide, et masse la zone où l'os dépassait.

Je pose la tête sur son épaule et il se tourne pour m'embrasser sur le front. Je suis sûre qu'il voit ça comme un simple geste de tendresse. Pour me faire savoir qu'il est toujours là pour moi. Mais le contact de ses lèvres se répercute dans mon corps et le fait vibrer de partout. Ajoutée au silence, cette sensation efface tout : il n'y a plus que nous ; la mort et la culpabilité n'existent plus.

Je suis au-delà du désir. J'ai besoin de Travis avec une ardeur féroce que je n'ai jamais connue. Sauf avec lui.

Ma jupe bruisse quand je me redresse et pivote sur un genou pour me mettre face à lui. Les yeux écarquillés, il jette un coup d'œil vers le bout du chemin. Je prends son menton entre mes doigts pour ramener de force son regard sur moi.

L'air que j'inspire sent le moisi. J'empoigne Travis par les épaules, je me plaque tout contre lui et j'appuie de plus en plus. Il y a trop de couches de vêtements entre nous. Ça m'énerve, tout ce qui nous sépare, et le fait de ne pas pouvoir le dévorer entièrement, absorber tout son être en une seule fois. Pendant un instant, je comprends l'avidité des Damnés, leur faim de chair d'un être vivant.

Sa main me caresse les cheveux et ses lèvres sont proches, oh ! si proches des miennes. Une foule de souvenirs, de doutes et de peurs m'assaille, mais je les repousse pour être dans l'ici et maintenant.

On se renifle, on suffoque, en manque d'air, en manque l'un de l'autre. Puis sa bouche frôle la mienne. Douce, délicate, comme une feuille qui tombe sur l'eau.

Il me prend les mains, puis je sens une hésitation. Ses doigts passent sur la corde de Lien qui pend toujours de mon poignet.

Il me lâche, ses lèvres se détachent des miennes et des larmes brûlantes coulent sur mes joues. Je ne supporte pas de croiser son regard. De savoir qu'il se pose des questions.

Il s'écarte de moi – et c'est comme s'il arrachait la chair de mes os –, puis se lève. Les yeux brillants, il se détourne et repart de son pas inégal sur le chemin. Je voudrais lui courir après, le plaquer contre le grillage et exiger qu'il me dise pourquoi il n'est pas venu me chercher avant le Lien. Je voudrais lui dire que c'est sa faute, cette corde que j'ai autour du poignet.

Je voudrais lui expliquer que je n'aurais jamais fait ça si j'avais su qu'il viendrait. Je voudrais le supplier de me pardonner d'avoir douté de lui, d'avoir douté du fait qu'il viendrait me demander ma main avant qu'on ait prononcé les Vœux de Constance Éternelle. Je voudrais croire qu'il ne m'aurait jamais laissé épouser son frère, mais que l'invasion a déjoué ses projets.

Mais un mouvement dans la Forêt détourne mon attention – j'aperçois une tache rouge à la périphérie de mon champ de vision. Elle ne court plus, ne marche plus ; elle n'est même plus debout : elle rampe, maintenant. Elle traîne son corps brisé vers moi, en raclant la terre avec ses doigts. La progression de Gabrielle est lente, insupportablement lente. Au point que c'est presque triste de la voir aussi diminuée. Son corps a épuisé ses réserves d'énergie et commence à se délabrer.

Pour autant qu'on sache, les Damnés ne meurent pas, ne

périssent pas, à moins d'être décapités ou réduits en cendres. Ils ne pourrissent pas, ne se décomposent pas, ils ne font que s'autodétruire, sauf quand ils se mettent en sommeil comme des animaux qui hibernent. Alors c'est bizarre de voir Gabrielle dans cet état. Ses bras se tendent vers moi, presque suppliants. Ses gémissements sont de petits sons aigus comme les vagissements étouffés d'un bébé qui cherche du réconfort.

Mais ses yeux n'ont pas changé. Sa faim n'a pas changé.

J'ai quand même mal pour elle. Ça me fait de la peine de voir ce que ses rêves sont devenus. J'essaie de la visualiser à la fenêtre de la Cathédrale et je me demande si elle a jamais connu des complications comme les miennes dans sa vie. S'est-elle jamais sentie déchirée entre le devoir et l'amour ? Est-ce que son existence est plus simple, maintenant qu'elle est tout entière tournée vers un seul besoin, un seul désir ?

Je pense à Travis, à Harry et à ce chemin qui n'en finit pas, et je me rends compte que la mort arrive parfois plus tôt que prévu. Que si on est rarement préparé pour la mort de nos amis, de notre famille et de tous ceux qu'on aime, on n'est jamais préparé pour la sienne. Jamais préparé à faire la paix avec ses regrets.

Je fonce sur le chemin, aveuglée par mes larmes. Quand je retrouve les autres, je marche droit vers Harry et je lui tends mon bras avec la corde usée qui pendouille.

– Coupe-la, lui dis-je. Avec la hache.

Il prend ma main dans la sienne, écarte la tresse de la peau délicate de l'intérieur de mon poignet. La lame de la hache est froide et tranchante, et coupe facilement cette fine cordelette.

Il me tient toujours quand les fragiles lambeaux du Lien tombent mollement par terre. Je le sens tirer légèrement sur mon avant-bras, mais je résiste. Ensuite, il porte mon poignet à sa bouche et embrasse la peau rougie, irritée par la corde. Ce n'est pas sur moi, mais sur son frère qu'il a les yeux fixés quand il me relâche, avec un petit sourire possessif.

♦

On a l'impression qu'on n'arrivera jamais au bout. Le matin, on lèche la rosée sur les feuilles. Aux heures les plus chaudes de la journée, on essaie de trouver de l'ombre et on dort pour conserver de l'énergie. Malgré tout, on dépérit lentement. Nos pas sont devenus légers, léthargiques. Le boitement de Travis est plus prononcé, comme s'il ne lui restait assez d'énergie que pour traîner sa jambe derrière lui. Argos trottine dans notre dos, il ne bondit plus devant nous pour explorer, le simple effort d'être en vie le laisse pantelant.

Un après-midi, deux jours après l'enterrement de Beth et cinq jours après l'invasion, un orage s'annonce et l'excitation nous donne presque le tournis. Mais c'est juste de la bruine. Il en tombe assez pour rendre nos vêtements et notre langue humides, mais c'est loin d'être suffisant pour remplir nos gourdes.

On est à peine vivants. Chaque pas semble nous rapprocher des Damnés qui avancent à côté de nous, de l'autre côté du grillage ; on est comme leur reflet. Il y a des jours où je me demande ce qui nous différencie, à vrai dire.

Pendant que le temps passe, je sens le poids de la

responsabilité sur mes épaules. La question de Travis résonne dans ma tête : *Sommes-nous les seuls survivants ?* Et dans ce cas, est-ce que je nous ai tués en insistant pour qu'on continue à s'enfoncer dans la Forêt ? Si on était retournés au village, est-ce que ça aurait changé la donne dans la bataille contre les Damnés ? Est-ce qu'on aurait dû faire demi-tour ? Prendre une autre branche du chemin ?

Est-ce que j'aurais causé la chute de l'humanité ?

◆

Dix jours après l'invasion, alors que le soleil du matin dissipe le brouillard, on arrive à un nouvel embranchement. Cette fois-ci, au lieu de tomber sur deux chemins divergents, on débouche sur une clairière carrée avec un portail sur chaque côté. Cass s'écroule, tire Jacob à elle et lui offre ses dernières rations – la nourriture qu'elle n'a pas mangée, mais gardée pour lui.

Elle ferme les yeux et pose sa joue anguleuse sur la tête de Jacob pendant qu'il glisse un petit morceau de viande séchée dans sa bouche.

J'ai perdu le compte du nombre de carrefours qu'on a passés sur le chemin. Au début, j'essayais de tout garder en mémoire, comme une carte. De me rappeler quels chemins étaient balisés par quelles lettres. Pendant qu'on marchait, je passais mes journées à essayer de reconstituer le puzzle, de trouver la logique.

Plus tard, j'ai commencé à oublier, les images de chaque chemin et de chaque plaque de métal que j'avais préservées dans ma tête se sont brouillées puis estompées, si bien que parfois, j'étais persuadée que les lettres se répétaient. Qu'on finirait par tomber sur des chemins qu'on avait déjà empruntés, comme dans un vrai labyrinthe.

Je suis prête à abandonner. À admettre la défaite. À leur parler des lettres de Gabrielle et à les supplier de me pardonner de nous avoir amenés ici, quand Harry lit les lettres des plaques accrochées aux portails comme il l'a fait à chaque carrefour qu'on a trouvé.

– *X-X-X-I*, dit-il avant de se traîner jusqu'à la suivante. *X-I-X*. Et la dernière, c'est : *X-I-V*.

Je redresse vivement la tête. Dans ma poitrine, mon cœur s'emballe comme si je venais de remonter à la surface pour respirer après être restée trop longtemps sous l'eau. Je me précipite vers le dernier portail, contre lequel Harry est appuyé, et je regarde le chemin, en collant le nez contre le grillage rouillé.

Je passe la main sur la plaque de métal, puis je laisse courir mes doigts sur les lettres : *XIV*. Dans ma tête, je laisse courir mes doigts sur une vitre de la Cathédrale, suivant la voie que Gabrielle a tracée pour moi : *XIV*.

Ce sont ses lettres. Voilà son chemin.

– On devrait se reposer avant d'aller plus loin, dit Harry – mais déjà, je soulève la barre et je pousse le portail.

J'entends les autres protester, derrière moi, mais mon sang rugit à mes oreilles. Je ne peux pas les attendre. Je ne peux pas me reposer.

Je m'engage sur le chemin en trébuchant; mes jambes sont encore faibles, mais ma tête les fait avancer. J'entends les autres derrière moi, j'entends Cass hurler qu'elle ne veut pas continuer. Qu'elle veut qu'on la laisse tranquille.

Mais je n'attends pas.

Le soleil de l'après-midi est en train de descendre dans le ciel quand je tombe à genoux malgré moi, haletante – mon corps proteste, endolori, à bout de forces. Les autres me rattrapent enfin. Ils sont essoufflés.

– C'est forcément ici, leur dis-je.

Et c'est là que je vois le village entre les arbres.

XXII

Il n'y a pas d'habitants. Pas de fumée qui s'élève des maisons. Les plateformes élaborées, dans les arbres, sont vides ; les échelles traînent par terre, leurs barreaux enfouis dans les mauvaises herbes. Ici, le monde est silencieux. Immobile. Stérile.

Pendant tout le temps qu'on a passé à marcher sur le chemin, les gémissements des Damnés étaient constants. Quand un son est aussi permanent, l'esprit est obligé de remiser à l'arrière-plan ce rappel incessant de la mort. Alors les gémissements finissent par ne plus être qu'un bourdonnement, un fond sonore qui rythme la vie.

C'est peut-être pour ça qu'aucun d'entre nous ne remarque le moment où ce bourdonnement change de teneur, s'intensifie, s'entoure d'harmonies. Où le son se met à résonner autour de nous et à se rapprocher jusqu'à nous assaillir de toutes parts.

Ignorant tout ça, on part chacun de son côté, fascinés par ce lieu nouveau, quoique désert.

– De la nourriture ! s'écrie Jacob d'un ton teinté d'extase.

Il se détache des mains amaigries de Cass et court vers la maison la plus proche. Cass l'appelle faiblement, d'une voix que la déshydratation a rendue rocailleuse, et s'élance à sa suite en chancelant.

Personne ne l'arrête ; le reste d'entre nous continue à s'aventurer plus loin dans le village. Bien que désert, il paraît mieux établi que le nôtre. Ici, les rues sont larges et disposées en quadrillage. Les bâtiments sont plus grands, plus robustes. Il y a une rue consacrée au commerce : des panneaux indiquant les marchandises qu'on trouve à l'intérieur sont suspendus au-dessus de chaque porte, secoués par le vent.

On emprunte ce qui semble être la rue principale. Harry et Jed obliquent vers un bâtiment entouré d'armes, nous laissant seuls, Travis et moi, pour contempler les alentours avec ébahissement.

En levant les yeux, j'étudie les plateformes surélevées qui peuvent servir de refuge en cas de brèche dans la clôture, comme dans notre village. Contrairement à celles de chez nous, ces plateformes sont équipées de constructions : maisons, ponts pour passer de l'une à l'autre, systèmes de cordes et de poulies. On a l'impression que le village du sol a son double dans les arbres. C'est comme un reflet dans un seau d'eau.

Je reste là, la tête penchée en arrière, émerveillée. La lumière du soleil qui passe à travers le feuillage encore vert me mouchette le visage, et le calme m'envahit. Je ferme les yeux et j'écoute les bruissements de l'air dans les branches, les cordes à nœuds qui se cognent contre les troncs et la porte d'une maison voisine qui vient battre doucement contre un mur, ballottée par la brise.

J'ai beau concentrer tous mes sens sur le monde qui m'entoure, je ne remarque pas que les gémissements vont crescendo.

Jusqu'au moment où j'entends quelqu'un hurler. Et mon frère vociférer :

– Sauvez-vous !

Jusqu'au moment où je sens la main de Travis m'attraper par le bras, tandis qu'un bruit de verre qui se brise retentit près de ma tête.

Ils sortent par les portes et débarquent au soleil en titubant. Les Damnés qui sont restés si longtemps en hibernation dans ce village, en attendant qu'une fournée de chair fraîche arrive. Ils écartent les clôtures croulantes, cassent les vitres poussiéreuses et passent par les fenêtres. Tout pour parvenir jusqu'à nous.

Je m'élance vers la plateforme la plus proche, mais Travis me retient.

– L'échelle, dit-il en m'enfonçant ses doigts dans le bras. Ma jambe. Je ne peux pas.

Au début, je ne comprends pas. Travis me tire vers le portail et le chemin. Vers le monde connu, le monde sans danger, sans Damnés. Vers l'endroit d'où on vient.

Je dégage mon bras. Pour moi, c'est impensable de retourner sur ce chemin. De renoncer à ce village, d'arrêter de chercher la fin de la Forêt, l'océan. Je sais qu'une fois sur le chemin, on sera piégés ; les Damnés bloqueront le portail pendant des jours, des semaines. On ne pourra plus jamais revenir.

– On n'arrivera pas jusque-là, dis-je à Travis.

Et j'ai raison. On s'est déjà trop avancés dans le village,

et les Damnés qui se trouvent entre nous et la clôture sont trop nombreux pour qu'on puisse leur échapper.

– Allez, Argos !

Le chien est recroquevillé à mes pieds, les oreilles couchées en arrière, et un petit grondement vrombit contre mes jambes. Il me regarde une seconde, et son hésitation est palpable. Puis je le pousse avec le genou, et son dressage reprend le dessus : il court de bâtiment en bâtiment. Et bat en retraite en grondant quand il flaire l'odeur de mort des Damnés.

Cette fois, c'est moi qui entraîne Travis à ma suite. Sa démarche est heurtée à cause de sa jambe raide. Il me ralentit, mais il n'est pas question de l'abandonner.

J'entends Jed et Harry pousser des cris paniqués, mais je ne prends pas le temps de les localiser. Je suppose qu'ils cherchent un refuge, eux aussi – pourvu que ce soit dans le monde inhabité qui est perché dans les arbres !

Devant chaque porte, Argos aboie et fait demi-tour. Les Damnés surgissent en masse de chaque maison, de chaque recoin caché du village, et je commence à avoir peur qu'on ne trouve jamais d'abri sûr. Que ce village ne soit rien d'autre qu'un essaim de Damnés en hibernation.

On s'éloigne des magasins du centre-ville pour se rapprocher des maisons d'habitation. Des Damnés surgissent des prés environnants, attirés par notre odeur, et nous suivent à la trace.

Travis trébuche et sa main s'échappe de la mienne. Je me retourne : un petit garçon vient vers nous. Ses vêtements sont en lambeaux et ses bras pendent mollement sur ses flancs. Je suis fascinée par ses yeux insondables, d'un bleu laiteux qui se détache contre sa peau pâle et sa tignasse rousse. Des taches de rousseur mouchettent son nez, ses joues et le bout de ses oreilles.

On croirait presque qu'il est vivant, qu'il vient de se réveiller d'une sieste et découvre que son univers a été déserté, transformé. Sans m'en rendre compte, je lui tends la main comme pour le faire venir à moi. Pour lui dire que tout va bien, que c'était juste un cauchemar et que ça va passer, qu'il va faire des rêves plus agréables.

Il est presque dans mes bras, la tête tournée vers ma main, sa bouche ouverte exposant ses dents, quand un pied botté passe devant mes yeux, percute la tête de l'enfant et l'envoie valser en arrière.

C'est Travis, et il se tient la jambe du côté blessé. Il m'empoigne et m'éloigne du petit garçon, attendant qu'on soit en sécurité pour laisser éclater son indignation.

Je ne peux pas résister à la tentation de jeter un coup d'œil par-dessus mon épaule pour voir le garçon. Il a du mal à tenir debout. Des taches de sang se mêlent aux taches de rousseur, sur son visage, et son nez est désormais concave, enfoncé dans son crâne par le coup de pied.

Mais il continue à venir vers moi, imperturbablement. Les yeux rivés sur moi.

Argos me mordille les talons et les mollets avec insistance. Il se sert de son corps pour me pousser, pour nous guider, Travis et moi, vers une grande maison de deux étages qui domine le bout de la rue.

À présent, les Damnés sont assez près pour nous toucher. Quand on arrive devant la porte de la maison, on doit écarter la foule qui tend les mains vers nous, la bouche béante. Ils se penchent vers nous et je sens leur odeur de mort. Enfin, on est à l'intérieur, Travis pousse la porte et on entend un clic.

Le calme de la maison m'aiguillonne et je passe à l'action. Je cours vers les fenêtres, je ferme les volets à toute vitesse et je prends les épaisses barres de bois posées contre le mur pour les renforcer. Dès qu'on a sécurisé le rez-de-chaussée, je fonce à l'étage et je me retrouve devant un long couloir bordé de portes fermées, de part et d'autre.

Quand Argos file flairer l'interstice sous chaque porte, ses griffes cliquettent sur le plancher. Ici, on manque d'air et ça sent le moisi. Devant la dernière porte, Argos se met à trembler et un long grondement bas le secoue tout entier.

Je pose une main sur le battant et je colle l'oreille contre le bois. J'entends un petit battement répété. Comme le bruit que ferait un chat enfermé dans une armoire ; il bat au même rythme que mon cœur. Je sais bien que je devrais attendre Travis, mais je ravale ma peur au fond de ma gorge et j'entrouvre la porte, prête à la refermer immédiatement pour refouler des mains de Damnés.

Mais il n'y a rien, à part le battement qui continue, plus fort maintenant qu'il n'y a plus de barrière entre nous.

Je laisse la porte finir de s'ouvrir et la luminosité de la pièce me surprend. Une grande fenêtre laisse entrer des rais de lumière qui hachurent une moquette délavée. Un petit lit avec un édredon en patchwork composé de bleus et de jaunes est poussé contre un mur. Au-dessus est accroché un tableau représentant un arbre aux feuilles vert vif.

Je me retourne pour regarder derrière la porte, puis je vois d'où vient le battement. Un berceau blanc garni de dentelle blanche est blotti dans un coin. Je n'ai pas envie d'en savoir plus, mais quelque chose me force à m'approcher, à regarder dedans.

À l'intérieur, il y a un enfant – un bébé qui a rejeté ses couvertures depuis longtemps. Il a la peau grisâtre et sa bouche est ouverte dans un cri perpétuel, quoique muet. Il n'est pas assez grand pour pouvoir se retourner, s'asseoir, escalader les montants. Alors il reste allongé là, à taper contre le bout du berceau avec ses jambes grassouillettes, appelant éternellement sa mère. Pour qu'elle lui donne à manger.

Pour qu'elle lui donne de la chair fraîche.

Il a les yeux fermés, mais je sais que c'est un Damné. Je le vois au fait qu'il n'y a pas de sang qui circule dans son corps, que la zone molle sur le haut de son crâne ne palpite plus. Je le vois à sa peau flasque. À son odeur.

Et parce qu'un enfant vivant n'aurait pas survécu aussi longtemps dans ce village. Il tend un pied nu en l'air et je vois les marques de la morsure, le bracelet que dessine autour de sa cheville la blessure qui a fait de lui ce qu'il est.

Je me redresse et je le regarde avec des yeux ronds. Je n'avais jamais vu de bébé damné. Je devrais éprouver de la pitié. Quelque chose en moi – une sorte d'instinct maternel à l'état latent – devrait m'attirer vers cet enfant sans défense. Je devrais vouloir changer ses vêtements souillés et m'occuper de lui.

Mes jambes se mettent à trembler d'épuisement et, autour de moi, tout bascule, alors je dois me cramponner aux barreaux du berceau pour rester debout. Argos va et vient sur le seuil en gémissant et en montrant les dents, le poil hérissé. L'odeur de mort qui empeste cette pièce submerge mes sens et envahit ma tête ; Argos n'aime pas me voir si près du danger que représente un Damné.

Et cet enfant est toujours là, avec sa bouche ouverte dans un cri silencieux et ses coups de pied frénétiques. Son besoin évident.

J'en ai tellement marre du besoin. Le besoin de survivre, de manger, le besoin de sécurité, de réconfort. Tout ce que je veux, c'est dormir. C'est du silence. Je veux la paix.

Je repense au choix que ma mère a fait en rejoignant mon père dans la Forêt. Avant, je croyais qu'elle s'était fait infecter par erreur, dans un élan de passion en voyant mon père derrière la clôture. Mais maintenant, je n'en suis plus si sûre. Maintenant, je me demande si elle n'a pas tout simplement renoncé, si la lutte pour la survie et l'espoir n'a pas fini par lui paraître trop difficile.

Cette prise de conscience me fait l'effet d'une fournaise qui se déchaîne en moi. Je suis en feu jusqu'au bout des doigts et j'enrage. J'enrage contre ma mère, contre moi-même, contre notre existence qui a toujours été entravée à cause des Damnés.

J'inspire profondément, puis je sors une couverture du panier qui est à côté du berceau et je l'étale par terre. Je prends délicatement le bébé dans les bras, en lui soutenant bien la tête, et pendant un bref instant, il me regarde comme s'il était en bonne santé, comme si j'étais sa mère. Je sens des larmes rouler sur mes joues.

Cet enfant pourrait être celui de mon frère. Ou de ma mère. Il pourrait être l'enfant que j'aurais eu avec Travis.

Il avait un papa. Quelqu'un qui le portait dans ses bras comme je le fais maintenant.

Je m'agenouille devant la couverture et je pose le bébé au milieu. Mes larmes font des taches sombres sur la laine en tombant dessus. En fredonnant, je replie soigneusement les coins pour emmailloter le bébé et je le serre contre moi pour essayer de lui donner un peu de réconfort.

Quand on était encore dans notre village, je me plaisais à imaginer les enfants que je pourrais avoir avec Travis. Ils auraient eu mes cheveux bruns et ses yeux verts, ils auraient été costauds et en bonne santé. Ils n'auraient rien eu de commun avec cet enfant. Pourtant, ce que je sens, ce poids qui pèse lourd dans mes bras, c'est exactement comme je l'avais imaginé.

Je passe les doigts sur son front et sur l'arête de son nez. Cass m'a appris à faire ça avec sa petite sœur, ce truc pour endormir les bébés. Mais cet enfant-là ne dormira jamais, ne rêvera jamais, n'aimera jamais.

Je suis toute tremblante quand j'entends Travis arriver en boitant dans le couloir.

– Les autres ont réussi à grimper sur les plateformes, ils sont en sécurité, dit-il en entrant dans la pièce.

Il s'immobilise en me voyant, en voyant ce que j'ai dans les bras. Son visage se contracte, horrifié, quand il comprend la situation.

– Mary… dit-il en me tendant la main, en me faisant signe de sortir dans le couloir.

Il a la voix tendue, même s'il essaie de paraître doux, apaisant. Je sens son hésitation, et je pourrais presque l'entendre me crier de reprendre mes esprits.

Mais je serre l'enfant dans mes bras, je continue à le bercer en fredonnant pendant qu'il pousse ses vagissements silencieux.

– Mary, répète Travis.

Cette fois, c'est une supplication. Il vient vers moi pour me prendre le bébé des bras.

Mais je ne lui laisse pas le temps de me rejoindre. Je gagne la fenêtre en plaquant le corps souple du bébé contre moi, puis je le cale au creux de mon bras pendant que, de ma main libre, je soulève le battant de la fenêtre à guillotine. Une bouffée d'air frais me fouette le visage et lave la pièce de sa puanteur de mort. Je me penche au-dehors et je laisse le soleil me réchauffer la peau, faire évaporer mes larmes.

Puis je lâche le nouveau-né.

Il tombe dans la masse de Damnés, en dessous. Je ne le vois ni ne l'entends heurter le sol. J'espère que sa tête fragile n'a pas survécu à cette chute du haut du premier étage et qu'il est enfin totalement mort. En tout cas, même si la créature a survécu, elle ne représente plus de menace pour nous.

Un grand frisson me parcourt des pieds à la tête.

Travis vient derrière moi et passe les bras autour de mes épaules. Il tremble.

Je pose une main sur sa joue. Je sens les pulsations énergiques de son cœur qui bat sous sa peau. Sa chaleur.

– On est en sécurité, maintenant, lui dis-je.

– Raconte-moi une histoire, Mary, me chuchote-t-il à l'oreille.

Son souffle est tendre, humide, vivant. Il m'attire vers le petit lit placé contre le mur opposé.

– Je ne suis pas sûre de m'en rappeler une seule.

Je pleure toujours. Il s'assied et m'attire près de lui.

– Parle-moi de l'océan, insiste-t-il.

Sa main se pose sur la mienne et il amène mes doigts vers sa bouche. Ses lèvres se ferment sur la pulpe de mon pouce. Je me souviens de la nuit où il est arrivé à la Cathédrale et où je lui ai donné de la neige, je me souviens du contact de sa bouche brûlante contre mes doigts glacés. Je me souviens de l'impression que mon corps se dégelait pour la première fois. De la sensation d'être vraiment vivante. Je me laisse aller, délivrée de la tension, de la peur et du chagrin des derniers jours, et je m'effondre contre son corps musclé.

Je m'autorise à reprendre espoir.

– J'ai peur qu'il n'existe pas.

Ma voix se brise.

Il se glisse de l'autre côté du lit et m'allonge près de lui, blottie contre lui. Je sens son souffle chaud dans ma nuque, ses lèvres frémissantes sur ma peau. Ses bras me tiennent bien serrée, les mains entremêlées aux siennes, et son pouce caresse l'intérieur de mon poignet.

Je m'autorise à oublier le monde dans lequel on vit. J'oublie notre village et ce nouveau village et la Congrégation et le chemin et la Forêt. Je ne pense pas aux Damnés ni à mon frère ni à ma meilleure amie, ni au Lien qui m'attache à Harry.

Seuls dans une maison qui existait peut-être avant le Retour et qui pourrait exister après, on vit un moment normal, un moment délivré de la mort, la lutte pour la survie et la peur.

Pendant ces quelques instants, rien que ces quelques instants, je veux penser à la vie, à nous et à rien d'autre.

XXIII

Manifestement, les fondateurs de ce village avaient bien saisi la nature de la menace qui planait de l'autre côté des clôtures. Tandis que les plateformes de notre village étaient petites et équipées de maigres réserves, celles d'ici constituent pratiquement un village à part entière. Des maisons presque aussi grandes que celle où j'ai grandi ont été bâties au creux des plus grosses branches, et les plateformes sont reliées par des ponts en corde. Même si on ne peut pas communiquer à travers la distance qui sépare notre maison de leur plateforme, hormis par gestes, il est clair que les autres vont bien et qu'ils sont heureux dans leurs cabanes perchées.

Nous aussi, bien que notre petit refuge soit cerné par des Damnés tenaces, il semble bien qu'on soit en sécurité dans notre maison, avec ses volets robustes renforcés par des barres qui bouchent toutes les fenêtres d'en bas. Pendant que les Damnés se pressent inlassablement contre les murs et les portes, on reste blottis à l'intérieur, bien protégés, en attendant le jour où leur insistance aura raison de nos fortifications.

On a l'impression que cette maison a été conçue en vue de ce genre de siège, alors je me demande pourquoi notre village à nous était si mal préparé. Pourquoi ce village est si différent du mien. Pourquoi leurs maisons sont tellement plus spacieuses et plus élaborées.

Au rez-de-chaussée, une immense pièce unique sert de cuisine, de salle à manger et de salon. Un grand poêle à bois trône au milieu, et une cheminée pour faire la cuisine, presque assez vaste pour que j'y tienne debout, occupe pratiquement tout un mur.

Dans le coin salle à manger, il y a une longue table bordée de bancs – avec assez de places assises pour nourrir une famille nombreuse et plein de voisins. Un mur couvert d'armes longe un côté de la partie salon. Il y a des lances, des haches à long manche et d'autres armes que je n'avais encore jamais vues ; toutes ont une lame acérée. Il y a aussi des arbalètes et des coffres remplis de flèches. Et à une place d'honneur, au-dessus de la cheminée, on a accroché deux épées rutilantes avec la lame incurvée et la poignée décorée de gravures raffinées.

À l'arrière de la maison, une pièce bien ordonnée remplie de nourriture est cachée derrière l'escalier. Trois ou quatre rangées de bocaux de fruits et légumes en conserve s'alignent sur de larges étagères. Des herbes séchées et de la viande pendent du plafond, et de grands tonneaux de farine de blé et de maïs sont placés le long des murs.

Dans ce garde-manger, il semble y avoir de quoi nous maintenir en vie tous les deux pendant des années et des années. Je n'avais jamais vu autant de nourriture et je me demande si même la Cathédrale avait de telles réserves.

La petite porte du garde-manger donne sur une cour minuscule entourée de hauts murs de brique. Quelques pots sont disposés autour, attendant qu'on y plante quelque chose. Au milieu, il y a une pompe qui apporte de l'eau fraîche pour la maison et le jardin. Il reste juste assez d'espace dégagé, au sol, pour qu'Argos puisse passer ses après-midi à dormir au soleil.

On voit bien que les propriétaires d'origine de cette maison s'attendaient à ça, s'attendaient à l'inévitable invasion qui allait les couper du monde. Qui allait les enfermer sur une île au milieu d'une mer de Damnés.

À l'étage, il y a quatre pièces : trois chambres plus celle du bébé, dont on a fermé la porte le premier jour et qu'on n'a pas rouverte depuis. Comme la vieille cabane que j'habitais dans notre village, cette superbe maison est équipée d'une échelle boulonnée au mur, au bout du couloir de l'étage. J'y grimpe et je pousse la trappe. Elle donne sur un vaste grenier qui s'étend sur toute la longueur de la maison.

Ici encore, il y a de la nourriture entassée contre les murs et des armes rangées en tas bien nets. À un bout de la pièce, je vois des coffres que je ne prends pas la peine d'examiner. À l'autre bout, il y a une petite porte blanche. Je tire le verrou et je me bagarre contre la porte. Enfin, avec un frémissement qui m'envoie des vibrations dans les bras, elle s'ouvre à la volée.

Dehors, je tombe sur un petit balcon avec une épaisse balustrade sur la gauche et sur la droite, mais rien en face. En sortant au soleil, mue par l'habitude de passer la main sur l'extrait du Livre sacré qui est toujours gravé à cet endroit, je caresse le mur à droite de la porte.

Mais ici, le bois est nu et lisse. Rien n'est inscrit dedans, rien ne rappelle Dieu ou Sa parole. Je repense à toutes les autres portes que j'ai franchies ici et je me rends compte qu'elles aussi, elles étaient vierges.

Je me demande pourquoi la Congrégation de ce village n'a pas forcé les gens à graver des versets du Livre sacré, puis je me rends compte qu'il n'y a pas de prie-Dieu dans cette maison. Pas de tapisseries avec Ses prières sur les murs. Il n'y a aucun objet de Dieu. Je suis stupéfaite : comment est-il possible qu'on ait autorisé une telle hérésie dans une de ces maisons ? Une telle liberté ?

J'en conclus provisoirement que les Sœurs de ce village ne le contrôlaient peut-être pas d'une manière aussi stricte. Voire pas du tout.

Je m'accoude à la balustrade du balcon et je regarde la foule de Damnés, un étage plus bas. Je m'aperçois qu'aucun d'entre eux ne porte la tenue de la Congrégation, aucun d'entre eux ne porte une tunique. Je jette un coup d'œil aux bâtiments des alentours : il n'y en a aucun qui soit affublé des divins ornements. Pour autant que je puisse voir, il n'y a pas de Cathédrale.

J'attrape le tournis à force d'essayer de comprendre ce nouveau village. D'essayer de savoir si c'était un lieu d'où Dieu était absent, ou juste la Congrégation. Et s'il est possible de continuer à croire en Dieu sans la Congrégation.

Étourdie, je m'assieds, avec les pieds qui pendent au-dessus du rebord du balcon et qui se balancent dans les airs, ce qui me donne encore plus le vertige. Je n'ai jamais connu la vie sans les Sœurs, sans leur présence et leur surveillance constantes. Il ne m'est jamais venu à l'esprit que Dieu puisse être distinct de la Congrégation, que les deux choses n'aient pas toujours été intimement mêlées au point que l'une ne puisse pas exister sans l'autre.

Cette idée me fait un tel choc que j'en ai le souffle coupé.

Quelque chose scintille dans un coin de mon champ de vision, m'arrachant à mes révélations, et je reconnais Harry au bord de sa plateforme dans les arbres, à une petite distance. Le monde qui m'entoure redevient net et je me lève, mettant une main en visière devant mes yeux pour masquer le soleil et retrouver mes repères.

Je remarque un arbre énorme couché en travers de la route en terre, devant la maison, entre la plateforme de Harry et mon balcon. De toute évidence, c'était l'un des piliers de l'ensemble de cabanes perchées. Il y a des cordes accrochées aux planches, à mes pieds. Elles pendent du bord du balcon, à l'endroit où il n'y a pas de balustrade, et traînent par terre ; les Damnés marchent dessus.

On dirait qu'un pont en corde enjambait le fossé qui nous sépare. Cette maison, notre maison, était probablement le point d'ancrage de toute la structure. Et maintenant, que ce soit pour une raison naturelle ou non, on a été détachés, envoyés à la dérive.

Je me demande s'il y a une solution quelconque pour qu'on rejoigne les autres de l'autre côté, Travis et moi, ou pour qu'eux parviennent jusqu'ici – s'il y a un moyen de réparer le pont que l'arbre a cassé en tombant. À cette idée, mon cœur manque cesser de battre ; je ne suis pas disposée à renoncer si tôt à ma solitude avec Travis.

Harry me fait signe et je lui réponds de même. On reste

plantés là à se regarder un moment. Enfin, je me rends compte que je suis en train de me frotter le poignet à l'endroit où les cordes de Lien m'irritaient, et où des croûtes parsèment encore ma peau.

Il essaie de me dire quelque chose, mais je ne comprends pas, avec la distance et les gémissements incessants des Damnés. Je hausse les épaules et je porte la main à l'oreille. Il hurle de nouveau, les doigts en cornet autour de la bouche, et de nouveau je secoue la tête. Il agite la main, signe qu'il abandonne, comme si ce qu'il avait à dire n'était pas important.

Au bout d'un moment, il regagne sa cabane perchée où Cass, Jed et Jacob l'attendent. Je vois déjà un nuage de fumée qui s'élève de la cheminée et je me demande si eux aussi, ils se sont créé leur petite vie à eux. S'ils arrivent à être heureux dans leur nouveau chez-eux, comme Travis et moi.

Je retourne dans le grenier en faisant courir mes mains sur le mur lisse, près de la porte. Les habitudes ont la vie dure et l'absence n'empêche pas mes doigts de chercher.

♦

À mesure que les jours passent, on se retrouve dans un autre monde, Travis et moi. On passe la majeure partie de notre temps à l'étage, où l'on peut laisser les fenêtres ouvertes pour faire entrer l'air et la lumière. Une fois de plus, les gémissements des Damnés s'intègrent à notre quotidien et ce bruit permanent n'est plus qu'un bourdonnement relégué dans un coin de notre esprit.

Ce n'est que rarement, quand je monte regarder mon frère, mon promis et ma meilleure amie sur leur plateforme, que je me demande s'ils vivent comme moi, dans une tranquillité domestique démentant la menace qui est devant notre porte.

À un moment, je me sens prête à demander à Travis pourquoi il n'est pas venu me chercher, au village. Je suis assise en face de lui, à la table, il y a un silence dans la conversation et je brûle de connaître la réponse, de savoir quelle vie j'aurais eue sans l'invasion. Je rassemble mes pensées, la douleur de l'attente ravivée dans ma gorge. Mais là, il me sourit et me prend la main ; ses paumes rugueuses me râpent la peau, et je me rends compte que ça n'a plus d'importance. Parce qu'on est ensemble, maintenant. Et je ne veux pas gâcher l'harmonie qu'on a trouvée.

Chacun adopte un rythme bien à lui. Argos passe ses journées à faire la sieste dans divers endroits. Travis veille à ce que notre maison reste barricadée, et moi à ce qu'on ait le ventre plein. Le monde extérieur s'arrête à notre porte et ça inclut nos engagements envers d'autres personnes. Ici, dans notre maison, il n'y a que nous et notre vie ensemble, et pendant un temps, c'est le bonheur absolu.

Jusqu'au jour où, en quittant le balcon sur le toit, je me retrouve devant les coffres entassés à l'autre bout du grenier. Pour la première fois, ils m'attirent. Je passe la main sur le bois poli, et une odeur de cèdre me monte à la tête.

Je sais bien que c'est impossible qu'il y ait quelqu'un derrière moi, puisque Travis ne peut pas monter l'échelle qui mène ici, mais je me retourne quand même pour vérifier que personne ne m'observe. Puis je soulève délicatement le fermoir de l'un des coffres posés sur le dessus de la pile.

Il est rempli de vêtements. Je souris, ravie d'avoir trouvé quelque chose pour me distraire cet après-midi. Une par une, je sors des robes sophistiquées, garnies de perles et de broderies, qui ont été pliées et rangées avec soin. Elles sont toutes de couleurs différentes – il y a des couleurs vives, d'autres plus discrètes, et même certaines teintes que je n'avais encore jamais vues. Le tissu est souple et vaporeux ; une jolie résille raide est cousue sous la jupe pour lui donner plus de volume, plus de souplesse et de mouvement.

Je les tiens contre moi l'une après l'autre en me demandant quel effet ça peut faire de porter quelque chose d'aussi beau. Enfin, je ne résiste plus à la tentation de les essayer. Au début, sentir cette matière inconnue contre ma peau nue produit un effet grisant.

Mais bientôt, je commence à me demander qui a porté ces robes autrefois et pour quelle occasion. Voilà des jours et des jours que je vis dans cette maison et que je m'interdis d'imaginer ses anciens occupants. Depuis que j'ai lâché le bébé par la fenêtre, je ne me suis pas autorisée à faire des conjectures sur les enfants qui ont mangé à la table d'en bas, les hommes qui ont forgé les armes, les femmes qui ont mis tous ces fruits et légumes en conserve, se préparant méticuleusement pour un siège qu'ils n'ont pas eu à endurer, parce qu'ils n'ont pas vécu assez longtemps.

Maintenant que je porte les vêtements de cette femme, je suis assaillie par ses souvenirs. Je sais qu'elle était plus grande que moi, parce que ses robes touchent mes orteils nus et traînent sur le sol poussiéreux. Je sais qu'elle avait plus de poitrine que moi, peut-être suite à ses grossesses. Je sais que ses bras étaient plus flasques que les miens, parce que mes poignets sont noyés dans ses manches.

Mais je ne sais pas à quoi elle rêvait en tourbillonnant dans cette robe. Ni quel homme a posé sa main tiède dans le creux de ses reins, la faisant frémir et battre des cils.

Il faut que je le sache. Soudain prise de vertiges, je retourne en courant sur le balcon, sans retirer la robe, je me mets à genoux et je parcours des yeux les Damnés qui sont en dessous. J'examine les bras de chaque femme, sa taille, ses cheveux, ses poignets.

Laquelle d'entre elles a passé la tête dans cette robe ? Laquelle a lissé le tissu avec les mains ? Laquelle a eu le bébé, élevé les enfants, dormi dans le lit que j'occupe à présent ?

Les Damnés sont presque impossibles à différencier, avec leur faim éternelle, leur obstination, leur peau flasque et leurs yeux vides d'expression.

Aucune des femmes que je vois en contrebas ne semble être la bonne. Je cours à l'échelle, je redescends dans la chambre et je regarde par chaque fenêtre. Mais c'est impossible. Elles sont trop entassées ; elles s'escaladent les unes les autres et soulèvent la poussière dans leur frénésie pour atteindre cette maison, pour accéder à Travis et moi.

Sans même prendre la peine de soulever le bas de ma robe trop longue, je me précipite au rez-de-chaussée et je prends une des lances, ce qui fait sursauter Travis. Je n'entends pas ce qu'il dit quand je remonte l'escalier en trombe, avec la lance dont le long manche se cogne contre les murs du couloir. Sa pointe acérée, rouillée traîne derrière moi et racle le plancher éraflé tandis que je retourne en courant à la fenêtre. Je me penche par-dessus le rebord, ce qui tire sur les coutures de la robe, et je tends la lance le plus loin possible. Elle est juste assez longue pour me permettre d'atteindre la foule depuis la fenêtre de l'étage ; je sépare les Damnés, essayant de mieux examiner le visage de chaque femme.

C'est comme une faim insatiable, une soif impossible à étancher : j'ai besoin de savoir qui a vécu dans cette maison, à qui j'ai pris sa vie. C'est laquelle, l'épouse et mère ? Je suis presque persuadée que je reconnaîtrai rien qu'en voyant ses yeux celle qui tape sur sa propre maison, qui cherche à retrouver son ancienne vie. La vie que je lui ai volée.

Déchaînée, je donne de petits coups de lance vers les Damnés, les yeux brouillés de larmes, quand Travis finit par entrer dans la pièce avec sa démarche claudicante. Après les efforts que ça lui a coûtés de monter l'escalier, il est essoufflé.

Il pose une main sur mon épaule, mais je me dégage d'un mouvement brusque. Je tape aveuglément dans chaque corps en hurlant :

– Laquelle ? C'est laquelle d'entre vous ?

Finalement, il m'arrache la lance des mains et m'éloigne de la fenêtre. Mais cette fois, mon cerveau est passé à d'autres possibilités, d'autres théories.

– Peut-être qu'elle s'est échappée, lui dis-je. Peut-être qu'elle n'a pas pu rentrer dans la maison, mais qu'elle a réussi à aller jusqu'au portail. Peut-être qu'elle a fait comme Gabrielle.

Je porte les mains à mes joues ; pendant un bref instant, je vois tout avec précision. Peut-être qu'elle s'est sauvée, peut-être qu'ils sont tous quelque part dehors, seuls, en train de chercher. Peut-être que c'est mon destin de les retrouver, de me souvenir d'eux, de les aider à avancer. Je me mets à faire les cent pas, le cerveau en panne.

– Je peux arriver jusqu'au portail, dis-je dans un souffle, tout excitée. Je peux la retrouver.

– Qui ? me demande Travis d'une voix forte, avec fermeté, en me prenant par les deux épaules. Qui est-ce que tu cherches ?

– Elle, lui dis-je en me désignant moi-même – ou plutôt la robe que je porte.

– Qu'est-ce que tu racontes, Mary ? Tu dis n'importe quoi.

En me tenant, il m'empêche de continuer à faire les cent pas, mais je tape du pied sur le plancher. J'ai tellement besoin de bouger, d'agir pour satisfaire ma lubie que mes orteils martèlent le bois.

– Tu ne comprends pas ? En ce moment même, quelqu'un est peut-être dans notre village, dans une de nos maisons. Il pourrait trouver mes vêtements et penser que je suis comme eux, que je suis une Damnée, alors que c'est faux. Je suis ici, mais il ne le saura jamais.

J'arrache mes épaules à son emprise et je recommence à aller et venir. Je fourre une main dans mes cheveux et j'agite l'autre en réfléchissant, en essayant de mettre de l'ordre dans les pensées qui tourbillonnent dans ma tête.

Qui sommes-nous, sinon les histoires qu'on transmet ? Que se passe-t-il quand il ne reste plus personne pour raconter ces histoires ? Et pour les écouter ? Qui saura que j'ai existé ? Et si on est les seuls survivants... qui connaîtra nos histoires ? Et qu'adviendra-t-il des histoires de tous les autres ? Qui s'en souviendra, de celles-là ?

– Il n'y a personne dans notre village, Mary, dit Travis. Quant à la femme qui habitait ici, qu'est-ce que ça peut faire ? Elle n'y est plus. Si elle s'en est tirée vivante, elle n'a pas pris notre chemin.

Je claque des doigts.

– Tu as raison !

Soudain, tout est clair dans ma tête.

– Elle a dû aller plus loin. Elle a dû prendre l'autre chemin, elle a dû s'éloigner davantage en partant d'ici.

Travis secoue la tête.

– Mary.

Il reprend mon bras pour m'empêcher de marcher de long en large.

– Dis-moi pourquoi c'est tellement important, tout d'un coup ?

Mes pieds s'immobilisent et je le regarde dans les yeux. Ses yeux calmes, d'une beauté impossible.

– Parce que personne ne saura jamais rien sur elle. Et ça veut dire que personne ne saura jamais rien sur moi.

Ma voix n'est plus qu'un murmure.

– Quand des gens viendront dans notre village, qui saura que j'ai existé ?

– Moi, je le sais, Mary.

Il met une main sur ma joue, fait courir un doigt le long de ma mâchoire, et je suis forcée de fermer les yeux pour éviter qu'il voie dans mon expression les mots qui retentissent dans ma tête mais que je ne peux pas prononcer tout haut. Que *ça ne suffit pas*.

Qu'il ne suffit pas, même si ça me terrifie.

Les larmes me brûlent la gorge quand il m'attire contre sa poitrine.

– Je sais que tu existes, Mary, répète-t-il – et les vibrations de sa voix font trembler mon corps.

Les lèvres sur mon oreille, il ajoute comme s'il avait lu dans mes pensées :

– Est-ce que la vie avec moi ne te suffit pas, Mary ?

Je me sens vide quand je hoche la tête, parce que je ne supporte pas l'idée de lui dire la vérité. Même s'il devine ce que je pense, s'il me prouve à quel point il me connaît bien. Même s'il connaît déjà ma réponse. Parce que j'espère toujours qu'il pourra combler le vide et le manque, et que demain matin, je pourrai me réveiller dans ses bras avec le sentiment que ça me suffit.

XXIV

J'ai pris l'habitude de passer presque tout mon temps sur le balcon du deuxième étage, où Travis ne peut pas me rejoindre à cause de sa jambe. Je ne sais pas ce qu'il fait toute la journée pendant que je suis assise au bord des planches de bois, avec les jambes qui pendent dans le vide au-dessus des Damnés.

L'été a été chaud et sec et, tous les après-midi, j'attends la pluie qui n'arrive jamais.

Je me suis remise à porter mes vêtements à moi. J'ai soigneusement replié et remballé dans le coffre toutes les robes de la dame de la maison, et j'ai bien refermé le couvercle. Quand je traverse le grenier pour atteindre mon perchoir, j'essaie d'éviter de regarder ces coffres empilés contre le mur, mais j'y jette toujours un coup d'œil. Je me demande toujours quels autres trésors sont cachés à l'intérieur.

J'ai promis à Travis, même si c'était une promesse silencieuse, que je ne prendrai plus ce genre de risques. Que je ne ferai rien qui puisse mettre notre couple en danger. Que j'essaierai d'être heureuse de notre petite vie. Mais je ne peux pas m'empêcher d'être curieuse. Je ne peux pas m'empêcher de me demander ce que je pourrais trouver d'autre dans ces coffres.

Alors un après-midi, quand je ne supporte plus l'ennui, je monte discrètement au grenier et je me mets à éplucher leur contenu. Les robes, je les mets de côté – je m'arrête juste un instant pour tâter la douceur du tissu, le brillant de certains boutons. Il y a d'autres vêtements – d'épaisses parkas d'hiver, des gilets du même genre que celui de Gabrielle, mais dans des couleurs plus ternes. Je passe les doigts dessus, puis je me force à les reposer quand je commence à penser à ceux qui les ont portés.

Il ne faut pas que je pense aux habitants de ce village et à leurs histoires perdues.

Au fond d'un des coffres, je trouve une pile de livres à la reliure en cuir craquelé. Je les soulève délicatement et des lamelles de cuir se détachent quand je les extrais de leur cachette. J'ouvre le premier et je passe les doigts sur la page. Elle présente une photo de bébé aux bordures jaunies.

Je n'ai vu qu'une seule photo dans ma vie, celle qui a disparu dans l'incendie de mon village il y a tant d'années. Ça me fait le même choc, que l'image ressemble tant à la réalité. Qu'elle ait capturé un moment unique dans la vie, un moment figé pour l'éternité. Pour que des étrangers comme moi puissent l'examiner, la tête pleine de questions.

Je tourne soigneusement la page, découvrant d'autres photos.

Une petite pièce avec la lumière du matin qui entre par la fenêtre. Un jeune homme mal rasé est affalé sur le lit et approche tendrement la main du bébé de la photo d'avant, endormi dans les couvertures.

Une enfant assise à une table, hilare et barbouillée de nourriture.

Une enfant qui commence à marcher à pas hésitants, la main sur une table, pendant qu'un homme sans visage, derrière elle, tend les mains pour la rattraper si elle tombe.

Et puis il y a des photos prises dehors. Une enfant sur une balançoire. Une jeune femme placée sur le côté la regarde s'envoler haut dans les airs. Une enfant avec des couettes, les joues gonflées, prête à souffler sur un gâteau hérissé de petites bougies fines.

Fascinée, je tourne les pages de plus en plus vite et je vois cette enfant grandir.

Enfin, j'arrive à une photo d'une jeune fille avec de longs cheveux noirs qui lui tombent sur les épaules, tout mouillés. Sa mère se tient derrière elle et l'enlace. Autour d'elles, les vagues sont immobilisées pour l'éternité. L'écume du sommet a été capturée avant de retomber.

C'est l'océan. Exactement comme sur la photo de ma multi-arrière-grand-mère quand elle était petite. J'en ai le souffle coupé, parce que la petite fille de la photo me ressemble trait pour trait. Et que la mère ressemble à ma mère.

Des larmes chassent l'air de ma gorge et je frissonne. Même si je vois que cette petite fille ne pourrait pas être moi : ses membres sont trop longs, trop dégingandés, la mère est plus petite et plus ronde que la mienne. Mais pendant un moment, pendant la fraction de seconde avant que mon cerveau discerne ces minuscules différences, je m'imagine dans l'océan avec ma mère.

Je feuillette le reste du livre, mais les pages restantes sont vides. C'était la dernière photo. Une fille que je n'ai jamais rencontrée. Qui a vécu avant le Retour. Qui a connu l'océan, où elle était en sécurité avec sa mère.

Soudain, le toit du grenier me paraît trop proche. Cette maison ne me suffit plus. Je sais que je ne me ferai jamais à cette solitude. Je me rends compte que je rêve toujours de l'océan et que ça ne me suffit pas de rester tranquille dans cette vie, à l'abri.

Cette prise de conscience me fait mal physiquement. Je secoue la tête, essayant de me convaincre que c'est faux. Que je suis heureuse ici, avec Travis. Que c'est ce que j'ai toujours voulu : la sécurité et l'amour.

L'espace devient trop confiné autour de moi, l'air m'écrase et m'enfonce. Je gagne la porte en titubant et je sors sur le balcon, d'où on peut voir les autres sur leur plateforme. Je mets vite la main devant mes yeux, parce que la lumière est presque aveuglante.

Je passe le reste de l'après-midi à observer les autres dans leur quotidien. Parfois, l'un d'eux s'immobilise pour me faire signe, et je réponds de même, mais le plus souvent, ils vivent leur vie comme si je n'étais pas là à regarder sans rien faire.

Leur maison dans les arbres est plus élémentaire que celle qu'on occupe, Travis et moi ; ses murs sont faits de rondins grossiers, et il n'y a pas de vitres aux fenêtres. Elle s'étale sur plusieurs branches, alors il est difficile de dire où s'arrête l'arbre et où commence la maison. Un grand balcon entoure le tout, avec des plateformes et des galeries en bois qui s'étendent jusqu'aux arbres voisins, jusqu'à d'autres maisons et d'autres plateformes constituant tout un réseau au-dessus du village. Je pense qu'ils ont plein de provisions, parce que je les ai vus manger et rire.

Et ils ont beau avoir plein d'espace si jamais ils veulent se disperser, j'ai l'impression qu'ils préfèrent rester ensemble. Vivre tous sous le même toit.

Une famille heureuse. Comme la famille des photos.

Harry et Jed ont sorti une table de la maison, un jour. Maintenant, ils prennent leurs repas dehors. Je les regarde lancer la tête en arrière, hilares. Je regarde la main de Harry, qui s'est mise à rôder vers la taille de Cass. Il passe plus de temps avec Jacob, comme si c'était son fils.

Même si je n'entends rien de leur univers par-dessus le vacarme des Damnés, il semble beaucoup plus lumineux, plus animé et plus complet que le mien. Il fait paraître ma maison silencieuse et vide.

Ce n'est pas qu'on ne parle pas, Travis et moi, parce qu'on parle. Mais on dirait que les mots sont devenus inutiles entre nous. D'un seul coup d'œil, on sait ce que l'autre désire. Alors notre monde semble avoir sombré dans le silence.

On essaie l'un et l'autre de déterminer le meilleur moyen de sortir de cette maison, de cette vie. On se demande comment rejoindre les autres et fuir ce village. J'ai des fourmis dans les pieds rien qu'à m'imaginer marcher sur le chemin, chercher le portail suivant, le village suivant, l'océan. Et me mettre à la recherche de la femme qui a vécu dans cette maison pour lui dire qu'il y a encore quelqu'un qui se souvient d'elle.

Que sa vie a un sens.

♦

Un jour, en fin de matinée, je sors sur le balcon – les planches sont déjà brûlantes sous le soleil d'été – et je vois Harry qui se tient au bout de sa plateforme, à l'endroit le plus proche de moi. Il agite la main pour me saluer et je le salue à mon tour, puis il tourne les doigts en rond comme pour me dire quelque chose.

Je hausse les épaules pour montrer que je ne le comprends pas. Il trace un nouveau cercle avec la main entière, cette fois, mais je suis toujours perdue. Il continue le même mouvement pendant un moment, puis il abandonne, les mains sur les hanches. Enfin, il me tourne le dos et regarde par-dessus son épaule. Je fais pareil, sans le lâcher des yeux pendant que je me retourne.

Il secoue la tête et je vois ses épaules tressauter : il rit. Finalement, il me fait signe de partir et s'en va rejoindre les autres. Je m'assieds à ma place habituelle, les pieds ballants, j'ouvre un pot de confiture de figues et je me fais une tartine avec du pain frais.

Je bats des pieds, laissant l'air gonfler ma jupe, et j'étudie la distance entre notre maison et la clôture. La distance entre mon balcon et la plateforme de Harry. La foule compacte de Damnés entre nous. Et je cherche des moyens d'évasion. Tandis que les jours passent, le désir de continuer à chercher l'océan continue à me démanger.

J'essaie de ne pas penser au livre plein de photos caché dans un coffre du grenier. Je n'en ai pas parlé à Travis, de peur qu'il pense que ça va provoquer la même scène que la robe verte. Qu'il me croie obsédée par les gens qui étaient là avant nous, et par leurs histoires.

Je me demande si la fille de la photo savait ce qui allait se passer. Savait que le monde allait changer de manière aussi radicale. D'un côté, j'ai envie de croire que la photo a été prise après le Retour, que la mère et la fille sont toujours saines et sauves, au milieu des vagues de l'océan.

Mais il n'y a pas de peur dans leurs yeux. Et personne ne vit sans cette peur depuis le Retour. La peur de la mort qui essaie perpétuellement de vous attraper. Qui est toujours en train de vous réclamer, de vous supplier.

Pour me changer les idées, j'explore le village des yeux. En essayant d'imaginer comment ce serait de me balader dans ses rues, comment c'était quand il était plein de vie. Notre maison domine le bout de cette rue, bordée de petites habitations en bois proprettes. Non loin, je vois les magasins que j'ai remarqués le premier jour et les enseignes intactes annonçant les marchandises à vendre – vêtements, nourriture, services – qui se balancent dans le vent. C'est un spectacle étrange, parce que dans notre village, les Sœurs fournissent tout ; il n'y a pas besoin de commerce.

J'ai beau chercher et chercher, je ne trouve toujours aucune référence à Dieu gravée sur les bâtiments. Je ne vois que des Damnés qui sortent par vagues des maisons et des magasins, en traînant les pieds. Cette scène surréaliste dépasse l'entendement, alors je me détourne et je reporte mon attention sur Harry, Jed, Cass et Jacob.

Quand le soleil arrive assez haut pour que je l'aie dans la figure, je commence à avoir soif, alors je me lève et je tourne les talons pour rentrer. C'est là que je la vois : une flèche est fichée dans ma porte. Un petit bout de papier enroulé autour de la hampe est serré avec une ficelle.

Je le détache de la flèche avec mes doigts tout collants de

confiture et je le déroule. Je reconnais immédiatement les petites lettres obliques de l'écriture de Harry. *Un contact, enfin*, dit le petit mot. Je ne peux pas m'empêcher de glousser. Puis d'éclater de rire pour de bon quand je vois les autres flèches qui hérissent toute la maison. Tout juste hors de ma portée, elles ont toutes un bout de papier attaché autour de la hampe. Il y en a au moins dix.

Ensuite, en regardant par-dessus la balustrade du balcon, je vois que quelques Damnés tournicotent dans la poussière avec des flèches qui sortent de diverses parties de leur corps, munies chacune de leur petit mot. Je suis tellement secouée de rire, à présent, que je dois poser les mains sur les genoux. C'est libérateur.

Je me retourne pour chercher Harry des yeux. Il est au bout de sa plateforme et me salue d'un geste, comme toujours, avec un grand sourire. Maintenant, je comprends ses signes de tout à l'heure, quand il essayait de m'encourager à me retourner et à regarder derrière moi. Je me remets à glousser.

Malgré la distance, je vois qu'il est fier de lui. Fier d'avoir enfin trouvé un moyen de communication, même s'il a quelques petits inconvénients.

Je réponds à son salut et je plaque le message contre ma poitrine. Je me demande ce que disait celui de la première flèche – si Harry a écrit des missives plus longues qui se sont raccourcies avec chaque flèche qui ratait sa cible. Je me demande combien de Damnés, en dessous, se baladent avec des plans d'évasion.

C'est mon tour d'écrire, alors je retourne dans la maison, je descends l'échelle puis l'escalier et je cours dans la cuisine. Je trouve Travis dans le garde-manger, en train de compter les bocaux et de prendre des notes dans un registre. En agitant le bout de papier sous son nez, je m'écrie :

– On est entrés en contact !

Il fronce les sourcils sans comprendre ; peut-être que je suis trop excitée pour être très claire. Mais mon sourire a l'air contagieux : Travis sourit à son tour et me prend le petit mot des mains pour le lire.

– Ça vient de Harry, dis-je. Il l'a attaché à une flèche qu'il a envoyée sur la maison. Il y a eu quelques ratés... Pas mal de ratés, même. Je viens de découvrir que j'étais fiancée au plus mauvais tireur du village !

Je ne prends pas conscience de ce que j'ai dit avant que le mot soit sorti de ma bouche : *fiancée*. Chaque lettre du mot semble flotter dans l'air comme de la graisse qui monte dans l'eau. Comme une promesse qui reste en suspens. Nos regards se croisent et je crois lire du chagrin dans le sien. Je viens de lui rappeler que même si on vit dans une bulle ici, lui et moi, j'ai un passé commun avec Harry. Des attaches.

– Travis...

Je ne sais plus trop quels mots je peux prononcer pour le rassurer, pour arranger les choses.

– Qu'est-ce que tu vas répondre ? demande-t-il, comblant le silence.

Il me tend le petit mot et se remet à compter les bocaux.

– Je ne sais pas.

C'est vrai. D'un côté, j'ai envie de tout lui raconter. Je me souviens de notre amitié quand on était petits, de notre nuit de Lien, du fait qu'on était proches, avant. Je me souviens qu'on a failli devenir mari et femme avant l'invasion.

Je suis surprise de me sentir si seule, tout à coup.

Et c'est terrifiant de penser ça devant Travis. Travis qui me donne des palpitations et des picotements dans les doigts quand je pense à lui. Travis dont le souffle règle le mien pendant qu'on dort ; dont le cœur rythme ma vie.

Je laisse tomber le petit mot, qui glisse sur le parquet avec un soupir. Travis se retourne, prêt à le ramasser, mais je l'arrête quand il est à demi agenouillé. Je le rejoins par terre et je le regarde dans les yeux. Je trace les contours de son visage avec les doigts, essayant de me rappeler ce que j'ai ressenti, la première fois que j'ai eu autant de liberté avec ce garçon.

Aussitôt, je sens que je lui fais de l'effet. Je le devine au bruit de sa respiration, qui devient étranglée, à sa bouche qui s'entrouvre. Je le devine à la façon dont il bat des cils : à présent, il me voit à travers un voile de désir.

Il attire mon visage vers le sien, frôle mes lèvres des siennes, puis couche ma tête sur son épaule. Il m'enveloppe entre ses bras et je comprends à quel point il a besoin de moi. Je me blottis contre lui et je le laisse entortiller ses doigts dans mes cheveux.

Et je ferme les yeux, parce que je me sens toujours seule et perdue, au fond. Je ne sais pas quel avenir on peut espérer dans tout ça, quel bonheur on peut tirer de ces journées. Je ne sais pas quel avenir tout notre petit groupe peut espérer, si on est les derniers hommes. Si on a le lourd devoir de continuer, de recréer le monde.

Ça m'oppresse de me sentir responsable. Responsable de Travis, d'Argos, des promesses que j'ai déjà faites à Harry et qui nous lient toujours, d'une certaine façon, même si la cérémonie finale n'a pas eu lieu. Ajouté à la panique devant la possibilité d'échouer, tout ça m'écrase la poitrine.

Je m'échappe des bras de Travis sans me retourner, pour ne pas voir les questions que je lirais dans ses yeux, je le sais. Il ne fait rien pour me retenir.

Je cours d'un bout à l'autre de la maison en quête de papier et j'en porte une petite pile dans une des chambres de l'étage, les doigts tremblants.

En contemplant la page blanche, je suis assaillie aussitôt par une foule de mots, mais je n'en trouve aucun qui corresponde à ce que je veux dire. Qui puisse exprimer le trouble qui m'agite. Alors je commence par écrire tout ce que j'ai jamais voulu dire à Harry. Et à Travis. À Jed, à Cass. À ma mère, mon père, à mon avenir. J'écris tout, couvrant page après page de pattes de mouches griffonnées à la va-vite sans me soucier des bavures.

Quand j'ai fini, j'emporte ma liasse de papier fin dans le grenier et je l'attache avec du fil que j'ai trouvé dans un panier à couture.

Puis je sors sur le balcon et je vise. Pendant notre enfance, dans notre village, on apprend tous le maniement des armes, notamment d'une arbalète. Alors je ne suis pas dépaysée quand je passe un doigt sur la hampe d'une flèche avant de la mettre en place. Mais je me demande comment le papier et le fil vont affecter la trajectoire, et si j'atteindrai quand même ma cible.

Avec un grand claquement, la corde revient à sa place, envoyant la flèche dans les airs. Je la regarde redescendre avant de se ficher dans le crâne d'une Damnée, qui tombe et ne se relève pas.

Je prends une autre flèche équipée d'une autre lettre et je l'envoie à son tour. Flèche après flèche, page après page, je plante toute mon histoire dans les crânes des Damnés qui nous cernent, et toujours ils continuent à venir. Aiguillonnés par la faim, ils se fichent de marcher sur les corps des membres vraiment morts de leur légion.

À la fin, quand j'ai envoyé toutes mes flèches sauf une, j'ai abattu près de vingt Damnés. Mais ça ne fait aucune différence. Ça ne les calme pas. Tu parles d'un exploit.

Je décoche la dernière flèche, enveloppée dans le dernier message. Elle s'envole tout droit et se fiche aux pieds de Harry, qui a observé ma petite partie de chasse depuis le bout de la plateforme.

Il se baisse et cueille la feuille sur la hampe, en laissant la flèche là où elle est. Il déroule la lettre et la lit. Je lui dis qu'on va bien et je lui demande s'ils tiennent le coup. Ensuite, je lui demande s'ils ont réfléchi à un moyen de s'échapper.

J'attends sa réponse.

XXV

– Ils commencent à passer à travers, me dit Travis quand je reviens dans la maison.

Il est installé devant la grande table vide dans la pièce principale, les yeux sur la porte. Argos est assis à côté de lui et Travis lui chatouille distraitement les oreilles. On entend tous les deux les grattements des Damnés sur le bois. Ça ne s'arrête jamais.

– Je croyais que tu avais dit que ça tiendrait !

J'essaie de ne pas prendre un ton accusateur, mais je ne peux pas m'empêcher de me sentir un peu trahie. Comme si Travis avait promis de me protéger et qu'il renonçait, à présent.

– On savait tous les deux que ça ne durerait pas, dit-il – et je songe qu'il ne parle peut-être pas seulement de la porte et de nos protections.

– Comment tu sais qu'ils passent à travers ? je demande d'une voix douce en m'approchant de la porte.

Je pose une main sur les planches qui me séparent du monde extérieur. Elles paraissent résistantes au toucher, mais je sens la pression sur chaque fibre, l'agression constante que le bois endure.

– Je l'entends. À la façon dont le bois grogne sous leur poids. Quand je suis tout seul ici, je n'entends que ça.

Devant cette accusation, je baisse la tête.

– Je cherchais une solution pour qu'on s'échappe, dis-je. Mais je n'ai pas réussi à trouver un plan qui puisse marcher.

– Ah !

Voilà tout ce qu'il répond.

Je fais courir un doigt le long d'une large fissure dans le bois.

– Pour faire arriver l'un de nous de l'autre côté. Mais le plus gros problème, c'est pas ça. C'est...

J'hésite une seconde de trop.

– C'est ma jambe, termine-t-il.

Je hoche la tête.

– Et le chien, j'ajoute.

Travis souffle ; c'est presque un rire, mais ça ressemble plus à un soupir, et il tapote la tête d'Argos. En réaction, le chien s'appuie contre la jambe de Travis, en fermant les yeux de plaisir. Fidèle compagnon.

Je me mets face à eux, les mains dans le dos, et je m'appuie contre la porte.

– Je ne t'abandonnerai pas, dis-je.

– Je sais.

– Tu n'as pas l'air de me croire.

– Je sais. Mais je te crois.

– On va trouver un moyen de s'en sortir.

Je m'apprête à le rejoindre et à lui prendre les mains – j'ai besoin qu'il me croie –, quand il dit :

– Et après ? Qu'est-ce qui va se passer, ensuite ?

Je débite à toute vitesse :

– Ensuite, on trouvera un moyen de sortir de ce village et on pourra reprendre le chemin pour rejoindre le monde extérieur. Comme on l'a toujours dit…

– Comme tu l'as toujours dit, me coupe Travis.

Il évite mon regard.

Je déglutis. Une fois de plus, je me sens vide. Mon cœur palpite dans ma poitrine ; ma respiration devient superficielle. Je me laisse retomber contre la porte.

– Travis, je ne comprends pas. On parle de ça depuis le jour où on s'est retrouvés sur la colline. Depuis ton séjour à la Cathédrale, quand je t'ai parlé de l'océan et…

Je désigne sa jambe d'un geste et il met la main là où se trouve sa blessure.

– Parce que j'espérais que ça te rendrait heureuse, dit-il. Sur cette colline, quand on s'est enfin embrassés, tu comptais plus que tout pour moi. Plus que le village ou l'amitié de mon frère, plus que ma fiancée.

Ce mot le fait grimacer comme s'il avait un goût amer sur sa langue.

– Tu comptes toujours plus que tout, chuchote-t-il. Je risquerais tout pour toi.

Il pose les coudes sur la table et se prend la tête dans les mains ; ses doigts s'enfoncent dans ses cheveux. À côté de lui, Argos gémit, troublé par le ton de son maître, et par l'atmosphère soudain électrique.

– Alors pourquoi tu n'es pas venu me chercher ? je demande.

Ma voix est presque inaudible. Je serre les poings,

bouillonnant de colère et de honte parce qu'il n'est jamais venu me chercher.

Il se tait longtemps. Puis il demande :

– Est-ce que tu sais comment je me suis cassé la jambe, au moins ?

Je secoue la tête. Il ne m'a jamais raconté l'histoire et je ne lui ai jamais posé la question, estimant qu'il m'en parlerait le moment venu.

Il continue sans décoller la tête de ses mains.

– C'est arrivé à cause de la tour. La vieille tour de guet qui est sur la colline, au village. J'y montais pour observer la Forêt, de l'autre côté de la clôture, en me demandant ce qu'il y avait d'autre dans le monde. Je trouvais bizarre qu'il ne reste que notre petit village dans un monde qui avait été immense. Comment était-il possible qu'il ne reste que nous ? Comment était-il possible que ce soit à nous que Dieu ait confié l'avenir de l'espèce humaine ?

Il lève les yeux vers moi.

– On n'est pas Noé, on n'est pas Moïse. On n'est pas des prophètes. Pourquoi nous ?

« Ensuite, j'ai commencé à me demander pourquoi les Sœurs auraient voulu nous faire croire qu'il ne restait que nous. Que la clôture marquait le bout du monde. Je montais dans cette tour et je préparais mon évasion.

Son regard se perd dans le vague, comme s'il s'imaginait de retour au village, en haut de cette tour. Comme s'il voyait la vue d'autrefois, sentait le vent lui caresser le bout des oreilles.

– Tu sais que quand on était petits, Cass me répétait tes

histoires ? Elle en riait. Pas méchamment, c'est juste qu'elle avait tendance à rire de tout, avant...

Il désigne d'un geste notre monde d'aujourd'hui.

Je secoue la tête.

– Je croyais que Cass n'aimait pas mes histoires. Et ne s'en souvenait jamais.

– Oh, si ! Quand tu lui avais raconté de nouvelles histoires, je la suppliais de me les répéter.

Je chuchote :

– Pourquoi tu ne me le demandais pas à moi ?

– Parce que tu étais la fiancée de Harry, répond-il.

– Je ne l'ai pas toujours été.

– Si, toujours. À ses yeux, toujours, ajoute-t-il d'un ton radouci.

Je me mets à faire les cent pas devant la porte, agrandissant progressivement mon parcours jusqu'à arpenter toute la pièce.

– Pourquoi tu t'intéressais à mes histoires ? je demande enfin.

– Parce que tu le savais aussi. Tu étais au courant, pour le monde du dehors. Le monde qui est de l'autre côté des clôtures.

– Et alors ?

– Alors j'avais besoin d'y croire. J'avais besoin de...

Il hausse les épaules.

– ... de cette foi.

– Je ne comprends toujours pas.

Il tape sur la table, nous faisant sursauter tous les deux, Argos et moi.

– Je suis monté dans la tour, ce jour-là, pour dire au

revoir à la Forêt. Pour renoncer à ces rêves et accepter la vie que j'avais choisie. Pour oublier le monde qui est de l'autre côté des clôtures. Pour t'oublier, toi.

Je me fige.

– Qu'est-ce qui s'est passé ?

– C'était gelé. J'ai été imprudent. Je pensais à toi, à tes histoires sur l'océan, au fait que tu y as toujours cru si fort.

Il laisse une main retomber sur la tête d'Argos. Et il ne lève pas les yeux vers moi quand il ajoute :

– J'ai glissé.

Je tombe lourdement sur une chaise.

– Je ne le savais pas.

Il secoue la tête, sans détacher les yeux d'Argos.

– Au début, quand je me suis cassé la jambe, la douleur me faisait délirer et je croyais que c'était la punition que Dieu m'avait envoyée pour en vouloir plus. Pour ne pas me contenter des choix que j'avais faits. Pour oser imaginer une vie en dehors de la Forêt.

Il lève la tête et plante ses yeux dans les miens.

– J'étais prêt à renoncer à tout ça, à ce moment-là. À suivre Sa voie, quelle qu'elle soit. Mais ensuite, tu es entrée dans ma chambre, nuit après nuit, et tu m'as parlé de l'océan, tu m'as aidé à supporter la douleur, et je ne savais plus quoi penser. Je ne savais pas si Dieu m'envoyait une tentation ou s'Il me montrait la voie.

Il se passe les mains sur le visage.

– Il faut que tu comprennes que Harry a toujours été amoureux de toi. Il ferait n'importe quoi pour toi.

– Je ne suis pas sûre que ça suffise.

Le coin de sa bouche tressaute comme s'il était sur le point de sourire.

– Je ne suis pas sûr qu'aucun de nous deux puisse jamais te suffire, Mary.

Je sais qu'il espère que je vais le détromper, parce qu'il retient son souffle en attendant que je le reprenne.

Mais je regarde de nouveau la porte, les fibres de bois qui se détachent, les fissures ; elle se soulève sous le poids des Damnés, qui n'arrêteront jamais de pousser, d'essayer de s'introduire dans notre monde. Ils n'arrêteront pas tant qu'on ne sera pas morts aussi.

Un frisson me parcourt des pieds à la tête et je me tapote la cuisse pour qu'Argos vienne me voir, vienne me réconforter. Mais il ne s'éloigne pas d'un pouce de Travis. Il pose la tête sur ses genoux en me fixant de ses grands yeux bruns.

Je ne me souviens que de l'attente. L'attente à chaque souffle, chaque battement de cœur, quand je croyais qu'il viendrait me chercher.

– Je voudrais bien le savoir, Travis. Je voudrais comprendre.

– Je sais, dit-il.

Et c'est vrai. Il me connaît mieux que moi-même.

À ce moment-là, je m'interroge au sujet de ma mère. Ma mère dont l'enfance a été bercée par des histoires sur l'océan et qui me les a transmises ensuite, mais n'est jamais partie à sa recherche elle-même. Elle croyait à ces histoires. Je me rappelle la passion avec laquelle elle les transmettait, le tremblement de sa voix quand elle parlait du temps d'avant le Retour. La manière dont elle serrait contre elle cette photo de notre ancêtre dans les vagues.

Je ne lui ai jamais demandé pourquoi elle n'était pas partie. Pourquoi elle ne se mettait pas en quête de l'océan. Pourquoi elle ne faisait que transmettre ces histoires sans nous dire quoi faire de ces souvenirs insensés, à part les transmettre à notre tour.

Aujourd'hui, je me demande si c'est à cause de nous qu'elle n'est pas partie. À cause de Jed et moi. Mais au fond, je sais que ce n'est pas ça. Elle n'est pas partie en quête de l'océan à cause de mon père. Parce qu'il lui suffisait. Il lui apportait assez pour qu'elle reste blottie derrière le grillage toute sa vie.

Jusqu'au jour où il s'est retrouvé de l'autre côté. C'est seulement alors qu'elle a quitté le village, qu'elle a pris ce risque. Pour l'homme qu'elle aimait, elle était prête à errer dans la Forêt, affamée pour l'éternité.

Mais pas pour l'océan. Pas pour elle-même.

– Qu'est-ce qu'on fait, maintenant ? je chuchote.

J'ai peur de la réponse. La maison frémit sous la pression des Damnés, dehors. Je retourne à la porte et je m'appuie dessus. Comme si mon poids pouvait les retenir.

– On trouve un moyen de sortir, dit-il. On reprend la route.

Je hoche la tête. Pendant un moment, on garde le silence. On se regarde, mais on ne se voit pas vraiment. On est chacun plongé dans ses pensées, dans son monde à soi.

– Tu penses qu'ils savent qu'on existe, dehors ? je demande enfin.

Quand je vois la confusion qui se peint sur son visage, j'ajoute :

– Je ne parle pas de Harry et des autres. Je parle des gens

du dehors. De l'autre côté de la clôture. Au bout du chemin.

Je tends la main vers les fenêtres barrées par des volets.

Travis hausse les épaules.

– Je crois que je n'ai jamais considéré la question sous cet angle. J'ai passé tellement de temps dans cette tour à essayer de trouver un moyen de sortir du village que je n'ai jamais imaginé qu'il puisse y avoir des gens qui essaient d'y entrer.

Les mains dans le dos, je tapote la porte avec les doigts pendant que je pèse sa réponse.

– Tu penses que Gabrielle nous cherchait ? Tu penses qu'elle savait qu'on était là ? Ou bien est-ce qu'elle n'a fait que suivre le chemin au hasard, comme nous ?

– Je ne sais pas. Elle s'est probablement juste échappée de ce village-ci quand il a été envahi, tout comme on s'est échappés du nôtre.

Je penche la tête en arrière pour l'appuyer contre la porte et je regarde le plafond. Je repense à la nuit où j'ai trouvé les empreintes de Gabrielle dans la neige.

– Au début, j'ai supposé qu'elle avait quitté son village par choix, qu'elle avait eu le courage qui me manquait. Quand j'étais dans la Cathédrale et que c'était silencieux, la nuit, je rêvais de faire comme elle. De sortir discrètement par la fenêtre et de m'aventurer sur le chemin jusqu'à ce que je trouve son village à elle.

Je m'aperçois que j'ai les larmes aux yeux et je suis un peu gênée quand elles roulent sur mes joues.

– Tout le monde allait m'accueillir à bras ouverts. Je leur poserais des questions sur l'océan et ils m'y emmèneraient.

Je serais débarrassée des Sœurs et des Damnés et de toutes ces règles, de cette tripotée de serments, de promesses et de vœux.

Je le visualise encore si clairement dans ma tête – je sens leurs bras autour de moi. Je sens le goût de sel qui flotte dans l'air.

– J'allais m'échapper, je chuchote. Mais ensuite, quand on est arrivés ici, j'ai compris.

Retrouvant mon amertume, je me cogne la tête contre la porte.

– J'ai compris qu'elle était partie parce que son village à elle avait été envahi. Ce n'était pas une héroïne ou une exploratrice. Elle était comme moi – forcée de partir de chez elle, effrayée, acculée à cette solution.

Je me mords la lèvre, puis j'ajoute :

– Alors je me demande si je serais partie, s'il n'y avait pas eu cette brèche dans la clôture. Peut-être que je serais restée au village toute ma vie à t'attendre.

Travis m'observe sans bouger. J'attends qu'il proteste, qu'il me dise que j'ai tort. Et là, j'entends un bruit bizarre. Travis l'entend aussi ; on tourne tous les deux la tête pour essayer de comprendre d'où ça vient.

Il y a un crissement qui devient si aigu que je ne l'entends plus... puis un craquement sec et un bruit de bois qui vole en éclats. Argos se met à aboyer et je sens la porte trembler sous mes mains.

Travis se précipite à mes côtés et m'entraîne vers l'escalier. Argos nous tourne autour, nous pousse à avancer. Il est tout le temps dans notre dos pour nous protéger. On a monté la moitié des marches quand un énorme craquement retentit, si fort que je porte les mains à mes oreilles. J'entends le crépitement des griffes d'Argos qui se précipite à l'étage.

Les gémissements résonnent derrière nous, répercutés par les murs de la maison. On entend d'autres craquements et d'autres bruits de bois qui se brise, et des meubles qui grincent sur le plancher.

Puis les Damnés nous tombent dessus.

XXVI

Je pousse Travis en haut des dernières marches et je regarde en bas : ça grouille de Damnés. La planche qui servait à renforcer la porte a volé en éclats, la moitié est en miettes et ils s'infiltrent par le trou comme du sang qui gicle d'une blessure.

Mille pensées me passent par la tête. Comment les arrêter. Comment les combattre. Où aller. Où se cacher. Comment survivre. La jambe de Travis, Argos, l'échelle, le grenier.

Travis fonce clopin-clopant dans le couloir. Sa démarche s'alourdit quand il essaie de courir malgré sa jambe blessée.

– Des draps ! lui dis-je. Prends des draps !

Sans discuter, il oblique vers une des chambres. Je fonce dans une autre et j'arrache le matelas du lit. Il est lourd et encombrant. Je perds de longues minutes à le manœuvrer pour le faire passer par la porte. Une fois revenue dans le couloir, je le pousse dans l'escalier, où il forme un obstacle qui bloque l'avancée des Damnés vers notre position.

Mais ils trouvent un moyen de passer outre. En s'amassant contre le matelas, ils exercent tant de pression qu'ils finissent par déborder. Leurs corps gourds s'empilent dans l'escalier jusqu'à ce qu'ils atteignent l'étage et se remettent à notre poursuite.

Je m'élance dans le couloir pour rejoindre Travis et je lui prends les draps des mains. J'en enroule un autour d'Argos, qui continue à grogner, gémir et frissonner. Sans prendre la peine de le consoler, je rassemble les extrémités du drap et je les noue pour piéger Argos, qui n'est plus qu'un tas frémissant de dents et de griffes.

Je jette le paquet sur mon épaule et je me précipite en haut de l'échelle pour monter au grenier, où je lâche le chien par terre. Il se dégage, le poil hérissé, et recule dans un coin, les yeux écarquillés et les oreilles basses.

Je regarde en bas. Travis est au pied de l'échelle. J'ai l'impression que le temps se resserre, se concentre sur cet instant ; tout ce qui m'indique qu'il ne s'est pas arrêté, ce sont les battements de mon cœur. J'entends les Damnés qui débordent de l'autre côté du matelas et s'avancent dans le couloir. Se faufilent lentement vers Travis, vers l'échelle.

Il a une main sur un barreau, qu'il tient mollement entre ses doigts. D'un coup d'œil par-dessus son épaule, il regarde les Damnés qui fondent sur lui.

Je m'apprête à passer les jambes dans le vide pour redescendre l'aider, mais il secoue la tête une fois, dans un non énergique.

Ne sachant que faire d'autre, je me précipite vers les rangées d'armes accrochées au mur et je m'empare d'une hache à long manche avec une lame à double tranchant bien aiguisée. Je la traîne jusqu'à la trappe et je la laisse pendre vers Travis.

Il lève la tête vers moi. Sa main n'est plus sur le barreau. J'avais oublié qu'il avait les yeux aussi verts. Que le bord de ses iris était cerné de marron clair. Qu'il avait une cicatrice cachée sous le sourcil gauche.

Que d'un seul regard, il me donne la sensation d'être régénérée.

Avant qu'il puisse m'en empêcher, je saute par la trappe, sans m'embêter avec l'échelle. J'atterris à côté de lui avec un bruit sourd et le choc me fait tomber sur un genou.

J'arrache la hache des mains de Travis et je me tourne face aux Damnés en criant :

– Tu as intérêt à trouver un moyen d'arriver en haut de cette échelle, et vite !

Sentant qu'il s'apprête à protester, je fonce dans le couloir en serrant le manche de la hache à deux mains.

Je n'ai jamais tué un être humain de ma vie. Tirer des flèches depuis le balcon sur les Damnés qui sont en dessous, c'est une chose. Mais sentir le tranchant d'une lame traverser la chair, c'en est une autre. Parce que même quand on sait que les Damnés ne sont plus des êtres humains vivants, il y a toujours une partie du cerveau qui se rebelle contre la vérité. Qui assure que la femme, l'homme, l'enfant qui vient vers vous doit toujours avoir un semblant d'humanité.

Surtout pour les Damnés qui ont muté récemment. Qui n'ont pas perdu des membres ou de la chair avec le temps qu'ils ont passé dans la Forêt. Qui ne se sont pas cassé des doigts en essayant de passer à travers les clôtures et les portes. Voir marcher vers vous une femme enceinte dont le corps a encore sa rondeur et sa fermeté, dont les yeux ont encore leur lucidité, et garder conscience qu'elle est morte et qu'il faut quand même la tuer, ça demande un effort de volonté invraisemblable.

Pourtant, je frappe. De toutes mes forces. Je trace des zigzags dans le couloir avec la hache, coupant des têtes, décapitant ces êtres pour mettre fin à leur terrible existence. Je ne me rendais même pas compte que je hurlais avant de devoir avaler des goulées d'air. La hache se plante dans le mur. Je la dégage et je me remets à frapper. Du sang gicle de la lame. Je frappe encore et encore, fauchant les Damnés qui emplissent le couloir.

La hache se plante dans l'autre mur du couloir et, au moment où je tire de nouveau sur le manche trempé de sang, quelque chose détourne mon attention.

Une fille de mon âge apparaît en haut de l'escalier. Elle porte un gilet rouge vif, comme celui qu'avait Gabrielle. Ma main se relâche; je me déconcentre et je perds mon élan.

Et j'hésite une seconde de trop.

Quelque chose tire sur mon pied. Je recule, chancelante, en décochant des ruades. La hache me glisse des mains. Sans ce point d'appui, je perds l'équilibre.

Je tombe.

Une main m'empoigne la cheville.

Je hurle, je donne des coups de pied et je commence à me traîner vers l'autre bout du couloir. D'autres mains se posent sur mes pieds, sur mes jambes. Et tirent par à-coups acharnés. Les Damnés continuent d'arriver à flots en haut de l'escalier et de venir vers moi de leur démarche titubante. En trébuchant imperturbablement sur les cadavres de ceux que j'ai tués, qui sont vraiment morts.

Je ne vois rien d'autre que cette vague de Damnés qui

se dresse au-dessus de moi et j'ai l'impression d'être à leur merci. Impuissante. Sur le point d'être précipitée dans les tourbillons de leur désir. À cet instant, je me demande si je vais avoir mal. S'il restera quelque chose de moi qui pourra muter. Et si l'envie de chair humaine sera comme mon envie d'océan.

Je voudrais fermer les yeux et attendre que ça vienne. Attendre que la mort m'emporte, me balaie, me noie dans la mer de Damnés. Mais au moment où je sens mille piqûres d'abeilles qui me lancent dans les jambes, j'entends mon nom. Je refuse de regarder l'endroit d'où vient la douleur, je ne veux pas voir les dents de Damné qui sont peut-être en train de me transpercer, de propager l'infection dans tout mon corps. Je me contente de lever la tête et je vois Travis sur l'échelle, la bouche ouverte dans un cri, les yeux écarquillés.

Il avance une main vers moi et je me tends vers lui, cherchant désespérément à sentir le bout de ses doigts, quand je vois du mouvement dans le grenier. Avant de comprendre, je suis engloutie dans une boule de poils et de dents. J'entends des griffes qui se plantent dans le bois, puis un grondement féroce qui résonne dans le couloir quand Argos attaque les Damnés à mes pieds.

Tout entier dans l'action, il arrache la chair des Damnés à coups de dents et les met en pièces.

Soudain libre, je me précipite vers l'échelle et ma main touche celle de Travis. Il n'a fait que la moitié du chemin. Je monte les barreaux deux par deux jusqu'à ce que j'arrive juste en dessous de lui. Puis, avec la force que donne le fait d'avoir affronté la mort et d'y avoir survécu, je me jette contre lui de tout mon poids et je le catapulte dans le grenier.

En dessous de moi, j'entends toujours Argos affronter les Damnés. Les gémissements s'intensifient à mesure que leur nombre se multiplie. J'entends un aboiement plaintif et, quand je regarde en bas, je vois Argos battre en retraite vers moi. Sans réfléchir, je me glisse en bas de l'échelle et je l'empoigne par la peau du cou. Il devient aussitôt inerte, comme s'il savait que je risque de le lâcher s'il se débat. Et on arrive dans le grenier sains et saufs tous les deux.

Travis claque la lourde trappe, puis pousse vite les gros verrous. Argos, couvert de sang et tout tremblant, se met à me lécher les jambes et Travis doit le pousser pour pouvoir venir jusqu'à moi.

Il s'agenouille devant moi et je m'assieds avec les genoux pliés, les mains posées par terre derrière moi. J'ai peur d'affronter son regard. Alors on se contente de regarder mes pieds et mes jambes, qui sont couverts de sang, et ma jupe en lambeaux.

– Tu as été mordue ?

À ces mots, sa voix se brise. Il essaie de trouver les blessures en tâtant frénétiquement ma peau.

– Je ne sais pas.

– Tu as été mordue ? me crie-t-il.

Je hurle à mon tour :

– Je ne sais pas !

Il s'interrompt, sans cesser de regarder tout ce sang, dont une partie goutte par terre.

Il prend mes mollets entre ses mains, les doigts enroulés autour du muscle, et ferme les yeux, comme s'il pouvait sentir si l'infection des Damnés est en train de ronger mon organisme. En train de me tuer.

– Je t'aime, Mary, dit-il.

Et c'est là que je laisse venir les larmes. Les grands sanglots de terreur et de douleur qui me secouent tout entière, si bien que je ne peux plus rien faire d'autre que me cramponner à Travis pour m'arrimer sur place.

Il m'attire à lui et je me blottis contre lui en pleurant. Les joues mouillées et le corps secoué de sanglots, je sombre dans le néant pendant que ses doigts passent dans mes cheveux.

Dans mes rêves, je sens des mains me tirer dessus de tous les côtés, arracher la chair qui se détache de mes os, et partout où je regarde, c'est ma mère qui cherche à m'attraper.

XXVII

– Mary.

Quelqu'un me tire sur le bras. Je me réveille en sursaut. J'ai toujours mon rêve à l'esprit.

– Mary, on n'a pas le temps de dormir, là.

J'ouvre péniblement les yeux. Travis est accroupi à côté de moi. Je me sens lourde et j'ai mal partout. Soudain, ça me revient. Parfaitement réveillée, je relève ma jupe sur mes jambes.

Elles sont enveloppées dans de fines bandes de tissu, dont certaines sont émaillées de taches rouges trahissant les blessures qui sont en dessous.

– Il y avait des traces de morsures ?

Cette question m'a échappé.

Il se lève et marche vers les coffres, qui sont ouverts, avec leur contenu répandu sur le plancher. Tous les beaux vêtements que j'ai essayés ont été mis en tas sur le côté, et certains ont été déchirés pour faire mes bandages.

– Je n'ai pas réussi à le savoir, dit-il en se passant une main dans les cheveux.

Il semble chercher quelque chose.

J'observe son dos, et la manière dont les muscles de sa mâchoire se contractent quand je vois son visage de profil. Est-ce que je le saurais, si j'avais été mordue ? Je me passe la langue sur les dents en me demandant quel goût a la mort. En me demandant quel effet ça fait, la faim éternelle.

Avec des doigts tremblants, je tripote les bandages et je soulève les bords. Ils restent collés à ma peau, puis cèdent en me piquant très fort. Travis a raison : c'est impossible de dire si ces blessures sont des morsures.

Mais en me réveillant tout à fait, je sais. Je sais qu'à chaque battement, mon cœur n'est pas en train de pousser l'infection plus loin dans mon corps, me tuant un peu plus à chaque souffle. Je sais que ces blessures ont été infligées par des ongles et des os cassés, pas par des dents.

Je sais que je vais bien. Que j'ai survécu à mon plongeon dans une mer de Damnés.

Travis se met à genoux et fouille dans les vêtements entassés à côté des coffres, inspectant chaque pièce avant d'en jeter certaines sur son épaule et d'autres dans un coin sombre. De temps en temps, Argos s'intéresse aux bouts de tissu rejetés qui retombent mollement sur le plancher : il court après en grondant pour les déchirer avec ses puissantes mâchoires.

Sous moi, je sens les vibrations produites par les Damnés qui s'entassent dans le couloir; on dirait presque des pulsations cardiaques. Ils vont continuer à venir jusqu'à ce qu'ils soient assez nombreux pour atteindre le plafond, atteindre la trappe en se mettant debout les uns sur les autres. À cette idée, je me passe les mains sur les jambes.

J'entends un bruit sourd quand le livre de photos tombe

sur le plancher. Travis retourne le contenu des coffres et jette tout ce qui lui paraît inutile.

– Qu'est-ce qui se passe, Travis ? Qu'est-ce que tu fais ? je lui demande.

Je me traîne vers les livres. Il y a des photos éparpillées partout ; le cheminement de la petite fille à travers la vie n'est plus qu'un tas désordonné. Il lance un autre livre, un que je n'avais pas encore vu, qui crache du papier en dérapant sur le plancher. Des pages jaunies retombent autour de nous en voletant. J'en attrape une qui porte les mots *USA Today* imprimés en grosses lettres capitales sur le haut. Travis m'interrompt avant que j'aie eu une chance d'en lire plus.

– Il faut qu'on trouve un moyen de sortir d'ici, Mary. On n'a pas beaucoup de temps.

Je me tourne vers la porte qui donne sur le balcon. Elle est toujours fermée.

– Tu as parlé à Harry ?

– Juste pour lui dire qu'on est toujours en vie.

Je vois que la peur entame sa patience.

Je me lève et je marche jusqu'à la porte. Quand je l'ouvre, je vois qu'elle est couverte de flèches. Le vent s'engouffre dans le grenier et les papiers s'envolent. Je regarde l'endroit où se tiennent Harry et Jed, de l'autre côté du vide ; ils m'adressent des signes frénétiques. Ils ont vu que notre maison a été envahie. Ils ont tout vu et ils se demandaient ce qu'on était devenus, Travis et moi.

Une flèche passe en sifflant près de ma tête pour finir dans le grenier. J'entends un cri de douleur et Travis déboule de la pénombre de l'intérieur, la main sur le bras. Du sang coule entre ses doigts.

Il jette un regard furibond à Harry, de l'autre côté du gouffre, qui a toujours l'arbalète à la main. Harry hausse les épaules, l'air penaud.

– Dommage qu'Argos soit ici, dit Travis en grinçant des dents. Je me sentirais plus en sécurité si c'était lui qui maniait l'arbalète.

J'essaie d'écarter sa main pour examiner la blessure.

– C'est juste une égratignure, dit-il en me repoussant d'un geste.

Il retourne trier les vêtements et je ne peux pas m'empêcher de sourire quand il déchire une bande de tissu d'une robe rose à froufrous et se l'enroule autour du bras pour étancher le sang.

Je décroche la flèche du plancher et je déroule le message. *Qu'est-ce qu'on fait, maintenant ?* demande-t-il d'une écriture tremblante. Je ne sais pas quoi répondre, alors je jette la flèche et je rejoins Travis près des coffres. Je m'agenouille à côté de lui et je lui pose une main sur l'épaule.

Assis sur ses talons, il se redresse et frotte sa cuisse, qui semble lui faire mal. Quand il lève la tête pour me regarder dans les yeux, je vois le poids de son angoisse.

– On va s'en sortir, lui dis-je pour le rassurer.

Mais on sait tous les deux que ce n'est pas certain. Que ce grenier sera peut-être notre tombe.

Argos lâche un aboiement plaintif quand une autre flèche fuse dans le grenier et se fiche dans le plancher.

– Je devrais fermer la porte tant que Harry essaiera d'envoyer ses messages, dit-il.

– Ils sont inquiets. Ils veulent nous aider.

Travis décroche la flèche du sol et la jette dans un coin sombre sans prendre la peine de lire le message.

– On n'a pas le temps de s'occuper d'eux. On doit trouver un moyen de sortir d'ici.

Là-dessus, il se laisse retomber contre le tas de coffres et, en le voyant de profil, je remarque la tension qu'il essayait de me cacher.

– Mary.

Il regarde ses poings serrés, dont les jointures ont blanchi.

– Tu sais ce qui se passe ? Je veux dire…

Je vois sa gorge se contracter : il déglutit.

– Est-ce que tu le sens ?

Cette question le terrifie. Elle reste en suspens dans l'air comme une mauvaise odeur.

– Je ne suis pas infectée, je lui réponds d'un ton ferme, sûre de moi.

Il n'a pas l'air convaincu.

– Tu ne penses pas que je le saurais, si j'avais été infectée ? Tu ne penses pas que les Infectés sentent la mort qui leur ronge les veines ?

Il réfléchit à ce que j'ai dit, puis semble l'admettre.

– Tu me le dirais, si tu l'étais ? demande-t-il en me regardant enfin.

Je m'apprête à lui répondre que oui, bien sûr, mais je ne peux pas.

– Pas avant d'être proche de la fin.

Parce que je ne supporte pas l'idée de lui briser le cœur avant d'y être obligée.

Il ouvre la bouche pour protester, puis la referme et observe les vêtements éparpillés sur le sol, autour de lui. Les coups des Damnés font vibrer le plancher, sous nos pieds, et son visage se contracte dans une expression de terreur et de détermination mêlées.

– Oublions-les, me dit-il – et je ne sais pas s'il parle des Damnés ou des autres, dehors, sur les plateformes. Aide-moi à déchirer ces draps et ces vêtements et à les nouer ensemble. À les tresser s'ils ne sont pas assez solides. On va fabriquer une corde avec.

J'acquiesce et je me place près d'un tas de linge. Je déchire les draps et je les attache avec des nœuds solides. La première robe que je ramasse, c'est la verte que j'ai mise il y a de nombreuses semaines ; pendant que je la mets en pièces, je m'empêche de penser à celle qui la portait. Le tissu se déchire en protestant.

Travis retourne sur le balcon et tire sur les grosses cordes qui faisaient partie d'un pont et qui, désormais, pendent inutilement par terre. Avec le pied de sa jambe valide, il chasse les lattes de bois à mesure qu'il remonte la corde pour en faire un rouleau grossier.

– Est-ce qu'elle arrivera jusqu'à eux ? je lance.

– On va se débrouiller pour qu'elle y arrive, d'une manière ou d'une autre, répond-il sans détourner les yeux de sa tâche.

Il noue si vite les différents bouts de corde pour en faire une seule que ses doigts forment une tache floue.

Je sens le plancher frémir sous mes pieds et je sais qu'Argos l'a senti aussi, parce qu'il a la queue entre les pattes et qu'un grondement sourd sort de sa gorge. Il vient appuyer son corps tiède contre mes jambes, s'interposant entre la trappe et moi. Comme de l'eau qui coule dans un seau, les Damnés remplissent l'espace en dessous de nous. Je me demande combien de temps il nous reste avant qu'ils arrivent à forcer la trappe et à débouler ici ; aiguillonnée par cette idée, j'accomplis ma tâche avec encore plus de diligence.

Une fois que j'ai déchiré chaque robe et attaché tous les morceaux ensemble, je me lève, je m'étire en grimaçant à cause de mes jambes douloureuses, et je rejoins Travis sur le balcon. Je lui demande ce que je peux faire d'autre, et il me répond par un grognement.

Je reste plantée là à le regarder, en me tordant les mains. Je me sens inutile. Le vent qui souffle autour de nous s'engouffre dans le grenier, décollant les papiers du sol pour les laisser retomber mollement vers les Damnés, en bas.

J'essaie de les rattraper au vol, de les sauver, mais le papier s'émiette dans ma main et tombe en poussière. Une page atterrit sur mon pied ; je la ramasse délicatement. Les bords sont irréguliers, comme si c'était un bout de papier arraché à une page plus grande. En haut, ça dit *The New York Times* en grosses lettres. Et en dessous, en lettres énormes aussi : *ÉTATS DU CENTRE RAVAGÉS PAR L'INFECTION. ÉVACUATION DES HABITANTS VERS LE NORD*. C'est accompagné d'une photo d'une immense horde de Damnés vue du dessus, comme si elle avait été prise par un oiseau.

J'approche la photo pour essayer de mieux voir les détails dans le grain. Je n'ai jamais vu autant de Damnés de ma vie. L'air déterminé, ils forment une cohorte aussi large que longue.

Je recule en titubant dans le grenier, effarée, et j'éparpille les autres pages sur le plancher en quête d'autres photos. Les mots imprimés en grand, à l'encre noire, me crient depuis toutes les pages : *GOUVERNEMENT DÉPLACÉ VERS UN LIEU TENU SECRET; MINISTÈRE DE LA SANTÉ INCAPABLE DE DÉTERMINER LA CAUSE DE L'INFECTION; DÉFAITE DU DERNIER POSTE DE RÉSISTANCE, DANS LES ROCHEUSES; FOYERS D'ÉPIDÉMIE DANS LE MONDE ENTIER; ZONES NETTOYÉES AUJOURD'HUI MENACÉES PAR LES INFECTÉS, EN PROGRESSION FULGURANTE.*

Les doigts tremblants, je ramasse une page qui annonce : *LA VILLE DE NEW YORK EN ÉTAT DE SIÈGE* et je vois sur une photo des bâtiments d'une hauteur inimaginable. Ils sont gigantesques et s'amassent les uns contre les autres, à perte de vue. Rien qu'à les regarder, j'ai le tournis – et je repense aux histoires que ma mère me racontait sur ces tours d'autrefois qui s'élevaient jusqu'au ciel.

Mais je ne pensais pas à des constructions pareilles, je n'aurais jamais imaginé quelque chose de tel !

Je déglutis, le souffle coupé, quand je comprends ce que signifie cette photo. Elle prouve que ma mère avait raison. Que les histoires qu'elle m'a transmises sont vraies.

Qu'il y a un océan. Et qu'il doit être immense.

Je saute sur mes pieds et je cours rejoindre Travis sur le balcon.

– Il faut que tu voies ça ! lui dis-je en le tirant par la manche.

Il me regarde d'un air lointain et profondément concentré, avec son pli entre les yeux.

– Tu es prête ?

Il passe devant moi pour entrer dans le grenier. Je le suis en brandissant le papier racorni.

– Travis, regarde cette photo. Regarde ce qu'elle veut dire.

Il semble toujours ailleurs ; manifestement, il ne comprend pas ce que je lui dis. Un grand coup sourd fait craquer les lattes sous nos pieds et le plancher s'incline au point de me faire tituber, les mains en avant pour me rattraper.

La page s'effrite entre nos mains quand Travis tend les bras vers moi pour me redresser.

– Il faut qu'on se dépêche, Mary ! hurle-t-il en prenant la corde de fortune que j'ai tressée et en l'emportant sur le balcon.

Mon cœur se met à tambouriner, accompagnant le concert des Damnés qui grouillent en dessous de nous. Maintenant que ma photo est fichue, je tombe à genoux et je trie les pages restantes en quête d'autres preuves. Il faut que je revoie ces bâtiments. Mais tout tombe en miettes dès que j'y touche, se disloque, se réduit à néant.

Des larmes de frustration me brouillent la vue. Je ne vois même plus les mots ni les photos, je ne fais que chercher aveuglément quelque chose à garder en souvenir. Pour ne pas oublier. Puis mes doigts passent sur quelque chose de lisse, de plus résistant. C'est une photo d'un vaste ensemble de bâtiments d'une hauteur invraisemblable, comme sur celle que j'ai détruite il y a quelques instants. Je n'aurais jamais pu croire qu'il existait autant de bâtiments dans le monde, encore moins dans un seul lieu.

La photo est entourée d'une marge jaune vif avec les mots *New York City* en lettres arrondies.

Avec un sourire, je me lève et mon pied heurte un petit livre qui file sur le plancher du grenier et s'immobilise près de la porte. Je le ramasse. Comparé au Livre sacré, il est minuscule, à peine plus grand que la photo de New York et pas plus épais que mon pouce. Je glisse la photo à l'intérieur du livre et je le fourre dans ma chemise, à l'abri. Sur le balcon, Travis a attaché un bout de ma corde de fortune à la corde plus épaisse, et l'autre bout à une flèche. Il encoche la flèche, vise, retient son souffle et tire.

La flèche s'élève dans les airs, avec sa longue queue de tissu aux couleurs vives qui traîne derrière elle, avant d'aller se planter dans le bord de la plateforme, aux pieds de Harry.

– Joli coup, dis-je.

Les coins de la bouche de Travis remontent et il me fait un clin d'œil.

– C'est l'un des nombreux domaines où je suis meilleur que mon frère.

Je glisse ma main dans la sienne ; une bouffée de chaleur monte de mon cou et gagne mes joues, et on regarde Harry détacher la corde de la flèche puis commencer à la ramener vers lui. Travis tient notre extémité de la corde avec sa main libre pour éviter qu'elle pende et s'emmêle parmi les Damnés.

Enfin, on arrive au bout de mes bandelettes tressées et la grosse corde s'avance au-dessus du gouffre qui nous sépare. Je la regarde enjamber le trou en tremblant de peur, et je n'arrête pas de comparer mentalement la longueur de corde qui reste sur le balcon et l'espace qu'il reste à parcourir.

Je pourrais pleurer de soulagement quand Harry attrape la grosse corde et l'enroule autour d'une branche solide de leur arbre. Travis tend la corde de son côté et l'attache à une poutre, dans le grenier. Le plancher tremble si violemment sous nos pieds que je suis obligée de m'accrocher à Travis pour ne pas perdre l'équilibre.

Je ressors vite et je jette un coup d'œil à l'intérieur ; la trappe est prête à céder. Argos court autour en aboyant et en grondant. On n'a plus beaucoup de temps.

XXVIII

Sans perdre un instant, Travis se précipite dans le grenier. J'entends du fracas quand il retourne un grand tonneau qui était plein de farine pour le vider. Un nuage de poudre le dérobe à ma vue. Entièrement couvert d'une fine couche de poussière blanche, il apporte le tonneau sur le balcon. Je voudrais pouvoir rire de sa blancheur fantomatique, mais sa peau a la couleur de la mort.

La couleur des Damnés.

Je pose une main sur la sienne et je la serre. Il essaie de me sourire.

Pendant que je convaincs Argos de sauter dans le tonneau, Travis prend un reste de corde pour fabriquer un harnais qu'il place autour et qu'il fixe à la corde tendue au-dessus du vide pour que le tonneau puisse riper de notre balcon à leur plateforme. Argos gémit, donne des coups de griffes sur les parois, et c'est tout juste si j'arrive à l'empêcher de sauter dehors.

– Il faut que tu y ailles avec lui, me dit Travis.

– Et toi ?

– S'il te plaît, Mary, ne discute pas. Fais-le pour moi, je t'en prie.

Des gouttes de sueur commencent à perler dans la poussière de farine, sur son visage, et je vois à quel point ses muscles sont tendus. À quel point il a peur. Alors je hoche la tête et je grimpe dans le tonneau, en serrant contre ma poitrine Argos qui se tortille.

– Baisse-toi ! me crie Travis.

Je rentre la tête dans le tonneau, et aussitôt, j'entends un gros son creux. Je décolle les yeux de quelques millimètres au-dessus du rebord et je vois une flèche qui dépasse du tonneau, à l'endroit où ma tête se trouvait deux secondes avant. Argos aboie bruyamment, comme s'il était vexé que Harry ait si mal visé. La corde que j'ai tressée est attachée à la flèche. Travis me la fourre dans la main. L'autre bout est tendu vers la plateforme.

– Tiens-toi bien, dit Travis.

Il pousse le tonneau hors du balcon et, avant que j'aie eu le temps de hurler, de protester ou de l'embrasser pour lui dire au revoir, voilà qu'on se balance dans le vide. Je suis obligée de me bagarrer avec Argos, qui se débat contre moi, gémit et gratte. Quand Harry commence à donner des coups secs sur la corde tressée pour nous faire traverser le fossé, je manque lâcher prise.

Dès qu'on arrive de l'autre côté, Harry m'aide à sortir du tonneau et Argos se met à courir autour de nous, en projetant des nuages de farine à chaque pas. Je suis encore en train de tousser, secouée par de grands frissons, quand j'entends Cass s'étrangler d'horreur en regardant la maison d'où je viens.

Je me retourne. Travis est suspendu à la corde, et s'y cramponne maladroitement.

Il enroule péniblement sa jambe blessée autour de la corde pour s'arrimer plus solidement, puis il glisse et ses deux jambes se décrochent, si bien qu'il ne se tient plus qu'avec les bras.

Ensuite, ses doigts lâchent prise et il retombe sur le balcon. Il s'essuie les mains sur son pantalon, dégageant des nuages de farine.

– Il faut qu'on renvoie le tonneau, dis-je.

– On n'a pas le temps, réplique Jed.

J'entends d'ici, au bord de notre plateforme, l'insistance des Damnés qui tambourinent contre les murs de notre ancien refuge. Travis jette un coup d'œil par-dessus son épaule, et je vois qu'il devient livide et se met à trembler de tout son corps.

Ma gorge se noue quand il tend une main vers la corde et enroule les doigts autour pour la seconde fois.

Harry me prend par les épaules, comme pour me réconforter ou me protéger ou m'aider à tenir debout. Je voudrais me libérer de cette diversion inutile, qui me détourne de ma mission : concentrer toute mon attention sur Travis au cas où je pourrais l'aider à traverser par ma seule volonté.

Il trébuche et le voilà qui pend dans le vide, avec les jambes qui s'agitent. Derrière lui, les Damnés déboulent par la porte du grenier et se dirigent vers le balcon en se bousculant. Travis se mord la lèvre et j'ai l'impression qu'on retient le même souffle.

Parmi les Damnés, une jeune femme aux cheveux roux orangé tend la main vers Travis, qui pendouille comme un appât. En essayant de l'atteindre, elle tombe du balcon et ses mains dérapent le long de ses jambes, puis se referment sur ses pieds. Tout d'un coup, Travis ne tient plus la corde que d'une seule main.

La Damnée se hisse et son visage est de plus en plus près du pied de Travis. Je vois déjà des gouttelettes de sang là où elle lui enfonce ses ongles déchiquetés dans la chair. Sa bouche se rapproche. Travis a les doigts qui glissent ; certains ont déjà lâché prise.

Comme secouée par une décharge électrique, j'esquisse un mouvement vers la corde. Je voudrais hurler, mais le cri reste coincé dans ma gorge et m'étrangle. Du sang commence à goutter sur les mains de la Damnée, qui se mettent à glisser, alors elle redouble ses efforts.

Un autre Damné tombe du balcon en bondissant vers Travis et entraîne dans sa chute la femme qui était suspendue à son pied. Débarrassé de ce poids, Travis se balance vers l'avant et passe les deux jambes autour de la corde. Il penche un peu la tête en arrière et je sais que la horde de Damnés qu'il voit devant ses yeux est à peine à plus d'un mètre.

« Avance ! » voudrais-je hurler, mais je garde le silence. Je sens que Jed et Harry crient la même chose dans leur tête.

Une main après l'autre, Travis progresse vers nous. Dans le concert de gémissements assourdissants, la corde s'affaisse sous son poids, le rapprochant de la horde de Damnés amassée en dessous.

Je comprends que le tonneau qui nous a amenés ici, Argos et moi, était trop lourd. On a dû desserrer les nœuds ou user les fibres de la corde.

À cet instant, le monde devient trop lumineux ; c'est la lumière d'un jour mourant et le soleil me brûle les yeux tandis que je regarde Travis se tirer à la force du poignet vers notre plateforme.

La corde descend encore sous son poids, et tout d'un coup, on entend un nouveau bruit. Un craquement, et la vieille corde commence à se désintégrer.

Je m'avance, mais Harry me retient.

– On ne peut rien faire, dit-il – mais je le repousse d'un coup d'épaule.

Je me jette à plat ventre sur la plateforme et je rampe vers le vide, m'approchant autant que je l'ose.

– Travis ! j'appelle. Il faut que tu te dépêches, Travis.

Il secoue la tête, les mains tétanisées. Un des Damnés sort du grenier en titubant, débarque sur le balcon et se jette sur lui. En tombant, il heurte la corde et la fait tressauter, produisant de nouveaux craquements.

La corde s'affaisse encore plus. Elle est atrocement bas. Les Damnés qui sont en dessous de Travis sont déchaînés, maintenant. Ils se tendent vers lui et leurs doigts semblent se rapprocher à chaque instant.

– Travis, écoute-moi.

Il secoue de nouveau la tête. L'envie de pleurer me fait une boule dans la gorge et les mots y restent coincés.

– La corde est en train de céder, me dit Jed à voix basse pour que Travis ne puisse pas l'entendre. Il n'y arrivera pas.

– Tu ne devrais pas regarder ça, Mary.

C'est Harry. Il parle tout bas, murmurant avec douceur en venant se planter au-dessus de moi.

– Non, je ne l'abandonnerai pas !

Je me lève et je prends la corde entre mes mains comme si je pouvais le tirer jusqu'à nous, le soulever pour l'éloigner de la horde qui est en dessous.

La corde frémit sous mes doigts ; les vibrations causées par les muscles tressautants de Travis se répercutent dans chaque fibre. Je voudrais fermer les yeux et me tirer jusqu'à lui, je voudrais être à ses côtés et le ramener moi-même.

Mais je sais que ça ne servirait à rien d'aller le chercher. La corde céderait sous notre poids combiné et on mourrait tous les deux.

Je le regarde. Il tremble comme un appât jeté à l'eau.

– Travis.

Ma voix évoque un grondement et on entend bien que je n'admettrai aucune discussion.

– Travis, tu vas m'écouter ! Oublie les Damnés, oublie la corde. Oublie tout sauf ma voix. Ferme les yeux et concentre-toi sur ma voix.

Il ne fait pas ce que je lui dis, alors je tape sur la corde et je rugis :

– Allez !

Je n'ai jamais crié aussi fort de ma vie.

Il ferme aussitôt les yeux.

– Maintenant, tends la main vers moi et attrape la corde.

Ses mains se remettent à bouger lentement. D'abord de manière infinitésimale, puis avec plus d'assurance.

Tandis qu'il déplace son autre main vers nous, je l'encourage :

– Oui, c'est bien, continue.

Dérangée par ses mouvements, la corde se met à osciller, et je sens qu'elle s'affaisse un peu sous mes doigts, puis encore un peu lorsque d'autres fibres se détachent.

– Plus vite, Travis. Avance un peu plus vite.

Il transpire, maintenant, mais il hoche la tête et continue à progresser.

En dessous de lui, les Damnés deviennent surexcités quand du sang coule de son genou, descend le long de mollet et goutte de sa cheville. Les gémissements nous font l'effet d'une force physique qui fonce sur nous, mais Travis s'approche toujours.

Derrière moi, je sens la tension de Harry et de Jed, qui encouragent Travis tout bas de peur de le déconcentrer en laissant éclater leur espoir.

– Aidez-le ! leur dis-je.

Comme un seul homme, ils viennent à l'endroit où la corde rejoint la plateforme, et ils sont là quand Travis arrive à notre portée.

Enfin, Travis est de notre côté du gouffre, sain et sauf, et je me sens tellement légère que je m'écroule.

XXIX

Quand je reviens à moi, il fait noir. Je suis dans un lit, toute seule, et j'étouffe presque sous toutes les couvertures entassées sur moi. Je commence à me débattre pour me dégager quand je sens des doigts me caresser la joue. Apaisée par cette sensation familière, je ferme les yeux.

– Tu t'en es sorti… je murmure en levant la main pour la poser sur la sienne.

Le soulagement me donne l'impression de m'enfoncer dans le lit.

Et puis ça me revient.

– Ta jambe !

J'essaie péniblement de me redresser.

Il pousse sur mon épaule, d'une main légère mais insistante, pour me renvoyer dans mon nid de couvertures bien chaud. Mais je résiste et je reste assise.

– C'est rien, m'assure-t-il. Quelques égratignures.

Il lâche un ricanement amer.

– Elle avait des ongles, des ongles pointus.

Dans la faible lumière, je le regarde chasser ce souvenir

de son esprit en secouant la tête. Il a les traits un peu tirés, le regard teinté d'une touche de désespoir.

– Mais tu t'en es sorti, dis-je encore une fois.

– Oui.

Pendant un moment, on se tait. On écoute le monde qui se réveille. Les gémissements des Damnés, en dessous.

Enfin, je demande :

– On va tenir combien de temps, ici ?

Il hausse les épaules, les mains inertes sur ses genoux.

– Ils parlent d'utiliser le système dont on s'est servis pour venir ici pour rejoindre un autre chemin. Pour quitter le village et s'échapper de ces plateformes.

Il s'interrompt, se lève, regarde par la fenêtre.

– Mais il faut quelqu'un de l'autre côté pour que ça marche.

Il se remet face à moi.

– Il faudra que l'un d'entre nous aille dans la Forêt. Et soit là-bas pour attacher la corde.

– Mais comment ? Comment pourrait-il aller là-bas ? C'est trop loin de la clôture, ils sont trop nombreux...

Le reste de la phrase reste en suspens dans l'air entre nous. Travis n'acquiesce pas, ne dit rien, mais décolle une chaise du mur et la tire à côté du lit, en traînant les pieds sur les planches de la plateforme. Il s'assied, croise les jambes. Je remarque qu'il a une bande de tissu enroulée autour de la cheville gauche et qu'il tire distraitement dessus.

– Quand ? je demande. Quand vont-ils essayer ?

Il évite toujours mon regard. Ses yeux semblent errer dans la pièce, se poser partout sauf sur moi.

– L'idée, pour l'instant, c'est d'attendre l'hiver. En espérant que ce sera un hiver glacial qui va ralentir ou immobiliser les Damnés. Jed et Harry ont fait l'inventaire des réserves. Du moment qu'il pleut assez pour remplir les tonneaux d'eau, on devrait pouvoir tenir jusque-là.

– Des mois, dis-je dans un souffle.

– Oui, ce serait une longue attente.

Il tire de nouveau sur la bande qui entoure sa cheville, comme si elle était trop serrée. Je pose une main sur la sienne. Les muscles de son bras frissonnent à ce contact.

– Je me demande ce que ça signifie pour nous deux, dis-je.

Il ne répond pas. Sa peau paraît froide sous la mienne, vide. Il ne me regarde toujours pas. Je m'éloigne et je remonte les couvertures jusqu'à mes épaules.

Quelque chose ne tourne pas rond entre Travis et moi. Quelque chose a changé, mais je ne sais pas encore ce que c'est.

– Dis-moi, je chuchote.

Craignant le pire.

Il s'agite sur sa chaise et je le vois grimacer en reposant son pied bandé par terre. Il se lève, marche jusqu'à la fenêtre puis revient vers la chaise.

– Hier, la seule idée que j'avais en tête, c'était de te sauver. De nous sauver.

Il marque un temps d'arrêt et semble essayer de trouver quoi dire, comment mettre en ordre et formuler ses pensées.

– C'était seulement hier ? je demande.

Il sourit, et l'atmosphère se détend pendant quelques instants. Puis il continue :

– Mary, quand je t'ai vue dans ce couloir avec cette masse de Damnés qui te tombaient dessus…

Il secoue la tête comme pour chasser ce souvenir.

– À ce moment-là, j'aurais voulu mourir. Changer de place avec toi pour que tu survives, pour que tu t'en sortes.

Il empoigne le dossier de la chaise et les jointures de ses doigts blanchissent.

– Et là, j'ai compris quelque chose, Mary.

Il relâche son emprise, tambourine sur le bois avec les doigts. Et retourne à la fenêtre, comme s'il cherchait à gagner du temps. Je remonte mes genoux contre ma poitrine et j'essaie de me préparer à entendre ce qu'il va me dire, quoi que ce soit.

– Je n'ai pas été honnête avec toi, avoue-t-il enfin.

Ma peau me picote ; tous mes sens s'aiguisent. J'entends sa respiration, l'air qui entre dans ses poumons, son cœur qui bat dans sa poitrine. Je sens toujours sa peur.

– J'aurais dû te dire plus tôt ce que Gabrielle m'a raconté. À propos de l'océan.

Il me regarde enfin, avec des yeux peinés, suppliants. J'ai l'impression que tout ce qui nous entoure a disparu, qu'il ne reste plus que lui et moi dans cette minuscule pièce perchée dans les arbres.

– Comment ça ?

Ma voix me paraît toute fluette. Mon cœur me martèle frénétiquement la poitrine.

– Je croyais qu'elle ne t'avait rien dit. Que vous ne vous étiez pas parlé.

Il tape d'un doigt sur le bois qui encadre la fenêtre ouverte. Une brise matinale lui ébouriffe les cheveux, tourne dans la pièce puis s'échappe. Il ferme les yeux, comme pour savourer la sensation de fraîcheur sur sa peau de reclus.

– Gabrielle est allée au bord de l'océan, dit-il enfin.

J'inspire vivement; j'ai l'impression que le monde bascule.

– Quand ? je lâche dans un souffle. Comment ?

Dans le silence qui suit, je me dis que si elle y est allée, il ne peut pas être loin. Ça prouve qu'il existe et que je peux y aller aussi.

J'arrache les couvertures et je me prends les jambes dedans, ce qui rouvre les fragiles cicatrices de l'attaque d'hier et me fait grimacer. Je trébuche, mais Travis ne fait pas le moindre geste pour me rattraper. Quand je retrouve l'équilibre, je me précipite vers lui, à la fenêtre, et je lui prends les bras.

– Tu sais ce que ça veut dire, non ? lui dis-je.

Je me sens toute légère. Je n'ai pas été aussi heureuse depuis la mort de ma mère.

– Ça veut dire qu'on peut y aller. Si elle a réussi, on peut y aller aussi.

Je me mets à faire les cent pas, les veines remplies d'une énergie bouillonnante.

– Elle t'a dit à quelle distance il est ? Elle t'a dit comment y aller ?

J'arrête d'aller et venir et je vais me planter devant Travis, le torse à un cheveu du sien.

– Elle t'a dit comment c'était ? Elle t'a parlé des vagues ? De l'odeur ?

Travis me saisit les bras et les croise sur ma poitrine. Il me décolle presque du sol en bois grossier de la plateforme.

– Elle m'a dit que c'était dangereux, Mary !

Je vois que sa poitrine se soulève, que sa respiration s'est accélérée, qu'il a le visage rouge et la mâchoire contractée. Il me secoue un peu.

– Elle m'a dit que c'était dangereux, répète-t-il d'une voix radoucie.

Comme s'il fallait me le redire encore et encore pour me le faire comprendre.

Je sens la confusion se peindre sur mon visage.

– Comment ça, dangereux ?

Je me dégage de son emprise et je croise les bras.

– Elle m'a dit qu'il y a des Damnés qui sortent de l'eau et que les plages sont toujours infestées. Qu'il n'y a aucun moyen de barrer l'océan par une clôture – aucun moyen de se protéger. Elle a dit qu'il y a des pirates qui ravagent les côtes et que personne n'est en sécurité là-bas.

Je voudrais protester, décréter qu'il se trompe. Mais je me contente de regarder dehors, par la fenêtre, le feuillage des arbres qui ondule dans la Forêt. Le seul océan que j'ai jamais connu.

– Ça ne peut pas être vrai, je murmure.

– Si. Tu sais bien que c'est vrai. L'océan dont ta mère te parlait, c'était avant le Retour. Tout a changé depuis. Tout.

– Mais l'océan est trop grand pour changer ! Trop vaste, trop profond. Je ne vois pas comment le Retour aurait pu l'affecter aussi.

Il attend un moment avant de répondre :

– Rien dans ce monde n'est assez vaste ou assez profond pour résister aux Damnés.

Il me regarde dans les yeux, passe un doigt sur ma mâchoire.

– Même pas nous.

Je suis presque prête à le croire, mais je secoue la tête. La colère me prend.

– Tu te trompes, Travis. Tu te trompes.

Je serre les poings et je lui frappe la poitrine.

– Je ne sais pas pourquoi tu me racontes ces histoires, mais tu te trompes.

Il prend mes mains entre les siennes, enveloppe mes poings dans ses doigts.

– Elle m'a dit que si je te laissais aller au bord de l'océan, je ne te reverrais plus jamais.

– Dans ce cas, elle aussi, elle se trompait ! je hurle.

Je me détache de lui et je recule vers la porte pour briser le contact entre nous.

– Si c'est la vérité, ce que tu me dis, pourquoi tu ne m'en as pas parlé avant ? Pourquoi tu m'as laissée espérer, si c'était pour m'arracher tous mes espoirs maintenant ?

– Parce que je pensais pouvoir te protéger. Parce que j'espérais suffire.

Je secoue la tête avec énergie.

– Non. Je croyais que tu voulais voir l'océan, toi aussi. Je croyais que c'était notre rêve à tous les deux. Je croyais...

Je déglutis et j'inspire profondément.

– Je croyais que tu allais venir me chercher.

Sans me regarder, il fait signe que non. J'ai l'impression que tout s'écroule autour de moi. En comprenant ce qu'il me dit – ce qu'il ne me dit pas –, je sens un gouffre s'ouvrir au fond de moi. Ces mots résonnent dans ma tête : *il n'allait pas venir me chercher, il n'allait pas venir me chercher.*

J'ai le tournis ; tout devient d'une luminosité insupportable, puis s'assombrit. La pièce tangue et je recule jusqu'à ce que mes genoux heurtent le bord du lit et que je me retrouve assise.

Mon corps me fait tellement mal que j'ai envie de vomir.

– Tu n'allais pas venir me chercher, c'est ça ? je demande.

– Je suis désolé, Mary, dit-il – et c'est comme s'il me disait non.

Tout se brise en moi, tout vole en éclats.

– Je ne comprends pas, pourquoi tu me dis ça maintenant ? Pourquoi tu me fais ça ?

Je me prends la tête dans les mains et je me roule en boule.

– Parce que je...

Il s'arrête au milieu de sa phrase et se tait. Un muscle de sa mâchoire tressaute.

– Mary, je t'aimais trop. Et ce jour-là, sur la colline, ça a tout effacé. Ça m'a fait entrevoir une vie meilleure – une vie qui laisse sa place à l'espoir. J'ai voulu croire qu'on pouvait être ensemble. J'ai voulu croire qu'on pouvait rompre nos vœux et que tout se passerait bien quand même, comme par magie.

Le regard perdu dans le lointain, il secoue la tête.

– Je voulais venir te chercher, Mary. Même si je savais que je ne pourrais jamais être le genre de mari que Harry pouvait être pour toi. Même si j'étais devenu infirme, j'allais venir te chercher. J'allais laisser ma passion dominer ma raison. Mais quand j'ai vu Gabrielle, ça a tout changé. J'ai vu ce qui arrivait à ceux qui s'écartaient de la voie des Sœurs. J'ai vu ce qui allait nous arriver – t'arriver à toi. Et je ne l'ai pas supporté.

« C'est toi que je voyais dans ce gilet rouge, en train de tirer sur le grillage. Je ne pouvais pas permettre que ça se produise.

Il laisse sa tête retomber contre sa poitrine.

Ça me fait mal, tout ce qu'on a raté. J'ai une boule dans la gorge.

– On aurait pu réussir, dis-je. On aurait pu s'échapper.

Quand il me regarde, ses yeux sont humides de larmes.

– Non, on n'aurait pas pu, répond-il doucement. On n'aurait jamais pu s'échapper.

Il pose une main sur sa jambe.

– Je suis trop handicapé. Ils nous auraient retrouvés – on n'aurait jamais pu s'en aller.

Il se met à genoux devant moi et me prend les mains.

– Tu ne comprends donc pas, Mary ? Depuis l'arrivée de Gabrielle, j'ai cherché à te protéger, parce que j'avais trop peur de te perdre.

Dans ma tête, c'est le chaos.

– Pourquoi tu ne m'as pas dit tout ça plus tôt ? Pourquoi tu me dis ça maintenant ?

– Parce que ça fait trop longtemps que j'essaie de te protéger. Quand Gabrielle m'a dit que l'océan était dangereux, j'ai voulu t'empêcher de t'en approcher. Je croyais pouvoir le faire. Mais quand je t'ai vue crouler sous les Damnés, hier, j'ai compris que ce n'était plus possible. Je ne peux pas prendre ces décisions à ta place.

« Hier, j'ai compris que l'océan n'avait pas d'importance. Parce que même si on ne le trouve jamais, tu n'as plus besoin de moi, de toute façon. Je pensais pouvoir te protéger, pouvoir m'occuper de toi. Mais tu es suffisamment forte. Ce que tu as fait hier, je n'avais jamais vu ça. Je n'avais jamais vu quelqu'un arriver à survivre comme tu l'as fait. Se battre contre les Damnés et rester en vie !

Il secoue la tête en ouvrant de grands yeux brillants.

– Je n'en revenais pas.

J'ai l'impression qu'il a retiré un bouchon de mon corps et que toute la douleur et toute la colère s'écoulent, laissant un vide derrière elles.

– J'aurai toujours besoin de toi, je murmure. Je t'ai attendu pendant tout ce temps. Et toi, tu n'allais pas venir me chercher. Pourquoi tu m'as laissée attendre ?

Travis soupire, replie les doigts contre le rebord de la fenêtre.

– Je crois que je savais déjà que je ne te suffirais pas, Mary. Ce qui compte, ce n'est plus l'océan. C'est toi, ce que tu veux et ce dont tu as besoin. Peut-être que tu seras heureuse quelques années avec moi…

Il s'interrompt et je vois ses yeux s'embuer de larmes une fois de plus.

– Je ne veux pas être un pis-aller pour toi.

J'ai envie de hurler, de le pousser et de lui faire ravaler ses paroles. Au lieu de ça, je m'éloigne de lui et je gagne la fenêtre. Je me penche dehors, les hanches écrasées contre le rebord. Et je me demande si je pourrais sentir d'ici l'odeur salée de l'océan. Si, en fermant les yeux et en me concentrant assez fort, je pourrais discerner le fracas des vagues qui se brisent sur la côte. Et le goût de l'air, le goût de l'océan.

Depuis l'autre jour sur la colline, depuis qu'il m'a promis qu'il viendrait me chercher, c'était censé être notre rêve à tous les deux. Je ne devais pas être obligée de choisir entre l'un ou l'autre.

– Mary, dit Travis en s'approchant derrière moi.

Il pose une main sur mon épaule, mais je me dégage. Je ne veux pas qu'il ait raison. Je ne veux pas croire ce qu'il dit. Ce n'est pas possible que je sois aussi égoïste et cruelle. Je sens la chaleur qui émane de lui, qui essaie de combler le vide en moi, mais j'enroule les bras autour de moi comme un bouclier.

Je m'éloigne de lui et je gagne la porte. Au moment où je franchis le seuil, il demande :

– Est-ce que tu pourrais renoncer à l'océan pour moi ?

Je m'arrête, hésitante, pose une main sur le montant de la porte. Pendant un temps, j'ai espéré que l'amour supplanterait tous mes autres rêves, comme il l'a fait pour ma mère. Comprenant maintenant que ce n'est pas le cas, je passe la porte et je le laisse là sans lui donner de réponse.

XXX

C'est difficile de se ménager un peu de solitude sur les plateformes, alors je pars sur les ponts en corde pour aller me mettre le plus loin possible de Travis et des autres. Je m'assieds, jambes pendantes. Les croûtes des blessures que m'ont faites les Damnés me démangent en cicatrisant. J'ai envie de pleurer, mais les larmes ne viennent pas. J'ai envie de hurler, mais je ne veux pas faire d'esclandre. Alors je reste tranquille, les yeux fixés sur la Forêt, et je pense à Travis, qui a admis qu'il n'allait jamais venir me chercher.

Qu'il allait me laisser épouser Harry.

Je sors le petit livre où j'ai rangé la photo de New York. À la lumière du jour, les couleurs de l'image paraissent plus ternes que dans le grenier, mais je m'en fiche, je passe une main sur les tours en m'interrogeant à leur sujet. En me demandant combien de personnes il faudrait pour les remplir, et ce qui est arrivé à ces gens. Parmi toutes les histoires perdues.

Je mets la photo de côté et je me concentre sur le livre. Je n'en avais jamais vu d'aussi petit – les seuls livres qu'on avait, dans notre village, c'étaient le Livre sacré et les volumes de généalogie. Je soulève délicatement la couverture en cuir rouge et je fais courir mes doigts sur les caractères élégants de la première page, sans comprendre ce qu'ils signifient : *Sonnets de Shakespeare.* Le papier est épais, de couleur jaune, et les bords s'effritent.

Incapable de résister, je feuillette le livre, admirant les pavés de texte soigneusement disposés. Et en haut de chaque page, il y a une lettre. Mes mains se figent et le vent fait voleter le papier devant moi. Je déglutis et je reviens au début du livre. Là, au-dessus du premier pavé de texte, il y a la lettre *I.* À la page suivante, au-dessus du deuxième pavé de texte, il y a les lettres *II.*

Je tourne les pages en tremblant et, brusquement, tout s'éclaire. Ces lettres représentent des nombres. Repensant à ce que Gabrielle a écrit sur sa fenêtre, je tourne les pages jusqu'au pavé de texte correspondant, que je parcours rapidement. Il parle de jugement, de fléaux, du bien et du mal, de la vérité et du destin.

Je me rappelle les lettres gravées sur le coffre, près de notre village, et je tourne les pages jusqu'à ce que je trouve *XVIII* : le nombre dix-huit. Une ligne de la page me saute aux yeux : *Et tu ne te vanteras point de flâner dans l'ombre de la mort...* Le souffle coupé, je laisse tomber le livre ; j'ai un fatras de lettres, de nombres et de mots qui me tourne dans la tête.

Tout est tellement clair, à présent, que je ne comprends pas comment j'ai fait pour ne pas le voir plus tôt. Les chemins étaient balisés par des nombres. Et ils doivent suivre un schéma logique, un ordre qu'il nous reste à déterminer.

Absorbée par ces pensées, je ne me rends pas compte que quelqu'un d'autre est là avant qu'il parle. Vite, je range la photo dans le livre et je le cache sous ma jupe.

– Mary, est-ce que tu vas mourir, comme les autres ? demande Jacob de sa petite voix d'enfant. Est-ce que tu vas te transformer, puis venir me manger ?

Il tape du pied contre les planches grossières clouées à une grosse branche.

Je ne peux pas m'empêcher de rire en disant :

– Non, mon chou. Je n'ai pas été infectée. Qu'est-ce qui t'a fait croire ça ?

Il fronce les sourcils et je m'aperçois que je n'aurais pas dû rire.

– C'est tante Cass. Oncle Travis lui a raconté ce qui s'est passé, pendant que vous vous échappiez. Elle a dit qu'elle se demandait pourquoi tu n'étais pas morte quand tous ces Damnés étaient sur toi, dans la maison. D'après elle, tu es forcément malade.

Avec son léger chuintement, Cass devient *Cach* et Travis devient *Travich*.

– Mais oncle Travis a dit que tu t'étais défendue et que tu étais drôlement courageuse. C'est vrai, tante Mary ? Tu t'es bagarrée avec les Damnés ?

Il s'interrompt un instant, et sa petite voix devient encore plus fluette.

– Tu peux m'apprendre à me défendre contre eux, moi aussi ? Parce qu'ils me font peur.

Je lui prends la main pour l'attirer sur mes genoux. Il a la lèvre inférieure qui tremblote. Je l'enveloppe entre mes bras et je le serre contre moi.

– Personne d'entre nous ne veut devenir comme eux, je lui assure. Et je te promets qu'on fera tout notre possible pour te protéger.

– Je ne veux pas avoir peur, dit-il. Mais par moments, je ne peux pas m'en empêcher.

– Je sais, mon grand. On a tous peur.

Mais pour une raison que j'ignore, j'ai un peu moins peur quand je le serre contre moi.

– Tu sais, je reprends au bout d'un moment, c'est Argos qui m'a sauvée, en vrai. Il m'a aidée quand je suis tombée.

Il glousse.

– Je l'aime bien, Argos.

– Dans ce cas, je te le donne.

Il me regarde avec ses grands yeux.

– Vraiment ?

L'espoir que j'entends dans sa voix me comble de joie.

– Oui, vraiment. Tu peux l'avoir. Avec Argos à tes côtés, tu auras moins peur.

Jacob se serre contre moi, et ses petits doigts énergiques m'écrasent les épaules, près du cou.

Je sens les vibrations de quelqu'un qui s'approche.

– Jacob, dit Cass, ton oncle Jed te cherche pour que tu l'aides à préparer le dîner. Tu veux bien y aller ?

– Tante Cass, devine quoi ? s'écrie-t-il en sautant de mes genoux. Tante Mary m'a donné Argos pour qu'il me protège contre les Damnés !

Cass sourit et lui ébouriffe les cheveux.

– J'espère que tu lui as dit merci.

Voyant les joues de l'enfant s'empourprer, j'interviens :

– Bien sûr qu'il m'a dit merci.

Je fais un clin d'œil à Jacob, qui repart en sautillant vers l'autre bout de la plateforme et traverse le pont en appelant Argos comme s'il n'y avait pas ce règne de la mort à nos pieds.

– Merci, me dit Cass une fois qu'il est parti.

Je lui réponds d'un signe de tête.

Elle vient près de l'endroit où je suis assise et s'appuie à la rambarde pour scruter l'horizon. On ne s'est pas véritablement parlé depuis l'invasion. Et même depuis qu'elle m'a dit que je devais épouser Harry.

– Tu sais, reprend-elle, ce serait un peu moins dur s'ils n'étaient pas tous les deux si amoureux de toi. S'ils ne parlaient pas tout le temps de toi. Même quand on était petits, il n'y en avait que pour Mary.

– C'est pas vrai, dis-je.

Mais ma réponse n'est pas convaincante, parce que je suis trop abattue pour protester.

– Oh si, c'est vrai !

Elle n'a pas l'air fâchée, elle parle d'un ton léger, songeur.

– Quand on était petits, Travis voulait tout le temps qu'on lui répète tes histoires. Il voulait savoir ce que ta mère t'avait raconté et que tu m'avais raconté à ton tour. Quant à Harry, il voulait savoir ce que tu aimais et ce que tu n'aimais pas. C'était toujours des questions sur toi. Ce que tu voulais, ce que tu savais.

– Je suis désolée, lui dis-je.

Parce que je ne sais pas quoi dire d'autre.

Elle hausse les épaules.

– Je ne te dis pas ça pour provoquer une dispute. Je veux

juste que tu me comprennes. Que tu comprennes pourquoi j'ai changé. Pourquoi on a tous changé. Je veux juste que tu redeviennes ma meilleure amie, je suppose – et ce n'est pas possible si je suis fâchée contre toi et que toi, tu fais comme si je n'existais pas.

– Je n'ai jamais fait comme si tu n'existais pas !

Dans un souffle, elle lâche un petit rire.

– Ce n'est pas un reproche, mais il y a une époque où tu m'aurais fait passer en premier, où j'aurais été plus importante que n'importe qui ou n'importe quoi d'autre pour toi. Quand tu as cessé de me faire passer en premier, ça m'a mise en colère. Parce que je t'avais perdue, alors que j'avais déjà perdu Travis et Harry quand ils sont tous les deux tombés amoureux de toi. Ça datait d'avant l'invasion, d'ailleurs. Et c'est seulement depuis que j'ai recueilli Jacob que je le comprends. Parce que c'est lui qui passe en premier pour moi, maintenant.

Je ne sais toujours pas quoi lui dire. Mais elle n'a pas fini :

– Je suppose que j'essaie de te pardonner. Et ce que je suis en train de te dire, c'est que je ne me soucie plus de Harry, de Travis et de tout ça. Je ne me soucie que de Jacob et de veiller à ce qu'il vive sa vie jusqu'au bout. À ce qu'il grandisse et trouve sa place dans ce monde. Jacob est comme un fils pour moi, maintenant, et tout ce que j'ai jamais voulu, c'est fonder une famille.

Elle hausse les épaules.

– Maintenant que j'ai Jacob, cette histoire avec Harry et Travis me paraît insignifiante. Quel gâchis, tous ces états d'âme qui n'ont servi à rien !

Je me rallonge sur la plateforme et je sens le bois chauffé par le soleil à travers mes vêtements. De gros nuages blancs filent dans le ciel bleu, poursuivant leur route comme si rien n'avait changé dans le monde d'en dessous. Comme si tout ça n'était pas que mort, ruines et douleur.

– Parfois, quand il n'y a pas beaucoup d'espoir dans la vie, on a le sentiment que c'est le moment d'arranger les choses, dit Cass.

– Il y a encore de l'espoir, je réplique. Ils essaient de mettre un plan au point.

J'essaie d'identifier des formes dans les nuages, mais elles se dérobent toutes.

Cass s'esclaffe une fois de plus.

– Tu parles de leur plan d'attendre l'hiver et d'essayer de se glisser discrètement jusqu'à la clôture ? Je n'y crois pas trop. Je pense qu'on va finir ici, sur les plateformes.

La Cass que je connaissais quand on était petites n'était pas aussi pragmatique. Ce monde nous a tous transformés, forcés à prendre des décisions terribles auxquelles on n'était pas préparés.

– Je ne suis pas disposée à renoncer à l'espoir, dis-je finalement. Et je ne renoncerai pas à l'océan non plus.

– Je m'en doutais. Je voulais juste que tu saches que si tout se réduit à un choix entre toi, avec cet océan dont tu rêves, et protéger Jacob, je choisirai Jacob.

– Je sais.

Au bout d'un petit moment, j'ajoute :

– Tu fais une mère formidable, Cass.

Je voudrais encore dire que j'espère qu'elle réussira à sortir d'ici, à trouver un endroit sûr où elle pourra se marier et fonder une grande famille. Mais je ne le fais pas. Je lui propose de chercher des formes dans les nuages avec moi, et on passe l'après-midi côte à côte à regarder le ciel comme si le monde qui nous entoure n'était pas tel qu'il a toujours été.

XXXI

– Au feu !

Je suis réveillée en sursaut. Vite, je me tourne sur le côté et je tends les mains vers Travis – ou Harry, peu importe. Mais je suis seule, et chaque fois que j'inspire, ça me brûle les poumons. Je m'efforce de me rappeler ce qui m'a arrachée à mes rêves.

– Au feu !

Mon frère surgit sur le seuil, avec Jacob jeté en travers de l'épaule, et je m'aperçois qu'il est dans le brouillard. Tout est dans le brouillard. C'est là que je me mets à tousser.

– Mary, il faut que tu viennes tout de suite, dit-il.

Puis il disparaît, et des volutes de fumée se mettent à onduler sur son sillage, comme si elles avaient été dérangées par toute cette agitation nocturne, elles aussi.

En tenant d'une main ma chemise contre ma bouche, je sors du lit et j'avance en faisant glisser mes pieds nus sur le sol pour vérifier qu'il n'y a pas d'obstacles. Quand j'atteins la porte, quelqu'un m'empoigne et me tire à l'air libre, et avant d'avoir eu le temps de comprendre ce qui m'arrive, je me retrouve sur la plateforme, où les autres sont rassemblés.

Je sens la fournaise dans mon dos, les flammes avides qui détruisent notre refuge, bouchée après bouchée. Attaquent les autres maisons perchées dans les arbres, s'avivent en dévorant les réserves et en courant le long des branches.

On est tous sur le bord de la plateforme où j'ai passé l'après-midi à regarder les nuages avec Cass. À présent, elle essaie de consoler Jacob, qui frissonne, sanglote et demande pardon. Jed, Harry et Travis ont tous trois les manches retroussées, le front luisant de sueur et les yeux fixés sur les flammes.

L'air est tellement sec qu'il crépite, noyant les gémissements des Damnés.

On est pris au piège, un piège fatal. Devant nous, il n'y a rien : juste le village étendu, en contrebas, avec de petits groupes de Damnés çà et là. Derrière nous, il y a le feu qui consume lentement les longues plateformes.

De temps en temps, des flammes tombent comme du liquide sur les Damnés, qui deviennent des torches ambulantes et s'enflamment les uns les autres, propageant l'incendie parmi les maisons du village.

– Peut-être que le feu va tous les tuer et qu'ensuite on pourra s'échapper, dit Cass, le menton posé sur une épaule tressautante de Jacob.

Les hommes ne répondent pas. Ils restent tétanisés, comme si c'était trop risqué d'agir. Je vois déjà des cloques apparaître sur le bras droit de Jed.

Autour de nous, tout devient chaleur et lumière. Enfin, Travis dit tout bas, si bien qu'il est presque inaudible :

– L'un d'entre nous va devoir aller jusqu'au chemin pour attacher la corde. Et pour ça, il va devoir passer parmi eux.

Il faut qu'on descende des plateformes et qu'on regagne ce chemin.

Cass serre Jacob contre elle et lui bouche les oreilles. Jed et Harry acquiescent.

– Et ça ne peut pas être toi, dit Harry à Travis. À cause de ta jambe.

Je tourne et retourne sa remarque dans ma tête en y cherchant une accusation, mais je n'en trouve pas.

– Je pourrais y aller, moi, je chuchote.

J'attends leurs objections, je prie pour qu'elles viennent, et au bout de longues secondes, ça vient. C'est simple, direct.

– Non, pas toi. C'est l'un de nous deux qui ira.

Sans se regarder, Jed et Harry réfléchissent pour savoir lequel d'entre eux va se sacrifier pour nous.

– Je peux au moins aller chercher la corde, marmonne Travis – et il part en boitant sur la plateforme, retournant vers le brasier qui se rapproche de plus en plus.

Jed pose le bras sur l'épaule de Harry, Harry passe le bras autour de la taille de Jed, et ils s'éloignent ensemble, en penchant chacun la tête vers celle de l'autre.

Ils ont l'air de prier. Je me demande si c'est ma faute, tout ça, si c'est parce que j'ai arrêté de croire en Dieu il y a déjà de longs mois. Je me demande si ça pourrait nous sauver que je renonce à ma foi en l'océan, que je renonce à Travis, que je renonce à tout ce qui s'interpose entre Dieu et moi.

Si ça pourrait les sauver.

Travis contourne Jed et Harry, qui sont en plein conciliabule, et s'agenouille tant bien que mal au bord de la plateforme la plus proche de la Forêt de Mains et de Dents, et du chemin qui pourrait être notre salut.

Je le rejoins et je l'aide à faire les nœuds.

– Je ne comprends pas comment ça va marcher, lui dis-je en tripotant la corde avec des doigts tremblants.

– On va utiliser le même principe que pour venir jusqu'ici. Mais il faudra qu'il y ait quelqu'un de l'autre côté pour attacher la corde.

Il pose une main sur la mienne. Son contact est chaud, tellement familier.

– Les jours qu'on a passés là-bas, dans la maison. C'est ça, ma vie. C'est ça, ma vérité. C'est ça, mon océan, dit-il.

Je vois dans ses yeux la succession de mots qui roulent dans sa tête, pêle-mêle, et quand il rouvre la bouche, il ajoute seulement :

– Je regrette de ne pas avoir pu te protéger.

Il passe un doigt sur mes lèvres, puis se lève pour apporter la corde à Harry et Jed, pour les aider à préparer leur traversée.

Mes jambes s'effondrent sous moi et je tombe à genoux ; avant que j'aie compris ce qui se passait, une silhouette m'a dépassée en courant d'un pas irrégulier et a sauté du bord de la plateforme, volé au-dessus du groupe de Damnés qui est à nos pieds et atterri avec un bruit sourd, terminant sa chute par une roulade. Dans chaque main, il tient un couteau ; la lumière du feu se reflète sur le métal.

Il reprend ses esprits, se relève et part en clopinant vers la Forêt, vers le portail et le chemin, avec ma corde tressée de couleurs vives qu'il s'est nouée autour de la taille et qui traîne derrière lui.

Au début, les Damnés ne remarquent pas sa présence et le laissent tranquille. Puis ils viennent vers lui. Ils le sentent, ils le veulent. À tout prix.

– Noooon ! je hurle.

Je me traîne au bord de la plateforme et je m'y agrippe comme si je pouvais attraper la corde et le ramener en sécurité en tirant dessus.

Je suis déchirée par les sanglots que je ne laisse pas sortir. À court de prières, je répète sans cesse :

– S'il vous plaît, s'il vous plaît, s'il vous plaît, s'il vous plaît.

Il trébuche, il tombe, il se relève mais ne peut pas continuer à courir au même rythme. Sa jambe est trop faible. Sa démarche est trop bancale. Son corps est trop abîmé.

– S'il vous plaît, s'il vous plaît, s'il vous plaît, s'il vous plaît...

Les Damnés tendent les mains vers lui, leurs doigts le cherchent, leurs pieds trébuchent sur la corde tressée. Il est constamment tiré en arrière, jeté à genoux quand la corde se tend.

– S'il vous plaît, s'il vous plaît, s'il vous plaît, s'il vous plaît...

Je l'entends hurler quand un premier Damné le rejoint. Il les attaque, mais ils sont trop nombreux. Il plante un couteau dans l'un d'eux et, avant de pouvoir le dégager, il se fait pousser en arrière et trébuche. Je vois le sang qui s'étale sur sa chemise. Mon frère me tire sur l'épaule, essayant de m'arracher à ce spectacle, mais je suis persuadée que tant que je ne détacherai pas les yeux de Travis, il tiendra le coup et pourra arriver jusqu'à la clôture indemne, sans infection.

Il trébuche de nouveau et les Damnés s'entassent sur lui.

– S'il vous plaît, s'il vous plaît, s'il vous plaît.

Je mets toute mon âme dans chaque mot, prête à échanger ma vie contre la sienne.

Une flèche passe en sifflant près de ma tête, puis une autre, et une autre, et encore une autre. Elles transpercent chacune un Damné différent. Ils tombent un à un ; enfin, Travis émerge du tas et repart en boitant vers le portail.

Avec son arbalète, Harry, derrière moi, est un tourbillon d'activité. Il est pâle, les joues mouillées, mais il tire avec détermination et il vise juste. Jed me quitte pour le rejoindre et prendre une deuxième arbalète ; à eux deux, ils commencent à décimer la foule de Damnés.

En moi, c'est une explosion de joie ; un moment de foi et de délivrance si pur que j'ai l'impression que mon corps est devenu une fontaine de lumière.

Pendant un moment exquis, lumineux, je suis intimement convaincue que Travis va arriver jusqu'à la clôture indemne. Qu'on va survivre et que je vais voir ce qu'il y a derrière la Forêt. Que je vais voir l'océan. Je ferme énergiquement les yeux dans l'espoir de maîtriser mon émotion.

C'est là que Travis tombe à nouveau. C'est là que ses cris parviennent à mes oreilles et que je m'écroule ; mes bras n'ont plus la force de porter ma carcasse vide.

– S'il vous plaît, je chuchote une dernière fois.

Travis se lève, titube, atteint la clôture et ouvre le portail. Quelques Damnés le suivent de l'autre côté avant qu'il puisse le refermer, mais Harry et Jed les abattent illico, d'une flèche après l'autre.

Travis est enfin seul, en sécurité. Ses vêtements sont

couverts de sang et je vois d'ici qu'il respire convulsivement. Il lève une main pour nous faire signe et je sens la plateforme trembler quand Harry et Jed tombent à genoux derrière moi.

– Non… je murmure.

Je ne peux pas accepter ça.

Il lui faut dix tentatives pour faire passer le bout de sa corde tressée par-dessus la branche la plus robuste d'un gros arbre qui pousse en bordure du chemin.

On sent les flammes s'aviver dans notre dos pendant qu'il commence à tendre la corde au-dessus du vide.

Comme un seul homme, on retient notre souffle. L'air devient brûlant. Argos gémit et Jacob frissonne tandis que la longue corde avance centimètre après centimètre. Enfin, Travis la tend et l'attache.

Elle oscille de part et d'autre. On est sauvés. Travis s'écroule contre l'arbre et, avant que quelqu'un puisse m'arrêter, j'accroche mes jambes à la corde, je croise les chevilles et je m'éloigne de la plateforme en feu, main après main. J'entends Harry crier mon nom, je sens qu'il essaie d'attraper mes pieds, mais je le tape, refusant qu'on me ramène en arrière.

– Ce n'est pas encore sécurisé ! hurle-t-il. Tu devrais laisser l'un de nous passer en premier, au cas où !

Je secoue la tête. Me concentre sur ma main gauche, puis sur ma main droite. Je ne fais pas attention à la peau qui me brûle, derrière mes genoux.

– Tu n'as même pas de corde de sécurité ! s'égosille Harry.

Je m'agrippe plus solidement à la corde et je penche un peu la tête en arrière pour voir Travis. Tout est à l'envers.

Il est appuyé contre l'arbre, et pendant que je le regarde, sa tête s'affaisse lentement vers sa poitrine.

– Non ! je hurle.

– Tu n'as même pas d'arme pour le cas où il muterait ! tonne Harry.

Mais je ne les laisse pas détourner mon attention avec leurs remarques – je me concentre exclusivement sur ma main qui est devant l'autre. Sur mes muscles qui me tiraillent. Sur la corde qui me cisaille la chair. Je me concentre sur Travis et mon besoin de le toucher, de le sentir, de le soigner.

Quand j'arrive de l'autre côté, je lâche les jambes et le sang revient dans mes pieds. Je suis suspendue face à la plateforme ; Jed, Harry, Cass et Jacob sont illuminés par les flammes.

Je regarde vers le bas ; entre mes bras tendus, mon cou fatigue. À ma gauche, il y a la Forêt de Mains et de Dents, où les Damnés commencent à se rassembler, à se traîner vers nous. À ma droite, il y a le chemin, qui s'éloigne dans l'obscurité.

Et juste en dessous de moi, il y a Travis, le corps ensanglanté. Il tend les mains vers moi, et je suis soudain paralysée par la peur. À cause de la façon dont il se tient, dont il s'étire pour m'accueillir, à cause du sang séché qui macule sa peau et de sa façon de m'attendre, en dessous – comme s'il voulait me dévorer.

XXXII

J'ouvre la bouche pour hurler, mais il n'en sort aucun son. Je suis suspendue par les mains, mon corps pèse lourd et j'ai du mal à respirer. Je sens que mes doigts commencent à déraper, que le sang apparu là où la corde me scie la peau rend ma chair glissante. J'essaie de retrouver une meilleure prise, de remonter les jambes, mais mes bras sont trop fatigués. Le seul effort de rester suspendue fait trembler mes muscles et je me reproche la précipitation qui m'a empêchée de laisser Harry m'envelopper d'un harnais.

Les yeux brouillés de larmes, je reporte mon attention sur Travis, en dessous. Ses doigts s'ouvrent et se ferment. Finalement, à bout de forces, il baisse les bras et les laisse pendre mollement sur ses flancs.

Pouf, je me laisse tomber par terre et je me traîne vers lui. Il est appuyé contre le tronc de l'arbre, juste derrière le portail. Il tremble. Sa respiration est entrecoupée, haletante. Mais il est toujours en vie.

– Travis ! je m'écrie en l'attirant contre moi.

Je le berce comme un petit enfant.

– Tu vas t'en sortir, lui dis-je. Tu vas bien.

Mon menton se pose sur ses cheveux, et sa tête vient se blottir contre ma poitrine.

Son sang s'infiltre dans ma chair.

– Pourquoi tu as fait ça, Travis ? Pourquoi ?

Ma voix se brise. Je sens ses lèvres remuer, mais je n'entends rien.

Ses yeux se révulsent.

Je le secoue, presque violemment.

– Tu n'as pas le droit ! je lui hurle au visage. Je ne te laisserai pas faire ça !

Un sourire fait tressauter le coin de ses lèvres, où un filet de sang commence à couler vers son menton.

– On va tout arranger, je continue. Il y a peut-être un autre village. Il y a peut-être un guérisseur. Tu es sûr que tu as été mordu ? Tu es sûr que tu n'as pas juste des égratignures, comme moi ?

Il lâche un petit ricanement qui arrête le temps et nous ramène dans notre monde à nous, avant qu'on arrive dans ce village et avant l'invasion. Avant qu'il se casse la jambe.

Quand on était petits. Avant qu'on sache comment c'est, la vie.

– Ça ne change rien, que ce soit des égratignures ou pas, dit-il d'une voix brouillée. J'ai été mordu pendant qu'on s'échappait de la maison.

Mes jambes mollissent, et tout en moi se ratatine et s'effondre.

– J'étais déjà mort, termine-t-il en ouvrant les yeux.

Tout ce que je suis capable de faire, c'est articuler en silence le mot « pourquoi ». Je ne trouve pas ma voix, n'arrive pas à forcer le son à sortir de mon corps frissonnant.

J'avale ma salive. Je passe une main sur son front. Sa peau est luisante de sueur et de sang. J'approche ma tête pour toucher la sienne. Ma bouche s'attarde au-dessus de ses lèvres et je ne pense plus qu'aux moments qu'on a passés ensemble dans la Cathédrale, quand je lui racontais des histoires sur l'océan.

– Laisse-moi prier pour toi, je chuchote.

J'ai le nez qui coule ; mes yeux sont gonflés de larmes.

– Tu n'as jamais été très douée pour prier, dit-il avec un petit rire. Ce qui te faisait avancer, ce n'était pas ça. C'était les histoires.

Je ferme les yeux et je secoue la tête.

– Non, c'était toi.

Il lâche un nouveau petit rire qui ressemble plus à un souffle qu'on exhale.

– J'aurais bien aimé, dit-il.

Je le serre plus fort sur mes genoux. Je voudrais chasser l'infection de son corps en le comprimant, laver son sang avec mon amour.

– Je suis désolée, je murmure. Je suis tellement, tellement désolée.

J'éclate en sanglots, alors je l'entends à peine me répondre qu'il le sait.

Tout ce que j'arrive à me dire, c'est que j'ai gâché ma dernière journée avec Travis en étant fâchée contre lui. Que j'aurais dû consacrer mon temps à mémoriser son visage. À compter les taches de rousseur de ses épaules.

Quand il me sourit, illuminé par le soleil qui le force à plisser les paupières et fait ressortir ses petites rides au coin des yeux, je prends conscience du fait que je ne le verrai plus jamais. Je ne le verrai plus marcher, avec sa démarche de boiteux.

Je ne sentirai plus sa main sur ma joue.

Tout d'un coup, je n'ai plus qu'une obsession : toutes les choses que je ne sais pas sur lui. Toutes les choses que je n'ai jamais eu le temps de découvrir. Je ne sais pas s'il a les pieds chatouilleux, si ses orteils sont longs. Je ne sais pas quels cauchemars il faisait quand il était petit. Je ne sais pas quelles sont ses étoiles préférées, quelles formes il voit dans les nuages. Je ne sais pas de quoi il a peur, ni quels souvenirs lui sont les plus chers.

Et je n'ai plus le temps, maintenant, je n'aurai jamais assez de temps. Je veux être dans l'instant avec lui, sentir son corps contre le mien et ne penser à rien d'autre, mais ma tête croule sous le chagrin devant tout ce que j'ignore. Tout ce que je vais rater. Tout ce que j'ai gâché.

Et parce qu'on ne passera pas notre vie ensemble. Que je n'ai pas le temps de le graver dans ma mémoire et que je suis déjà en train de l'oublier.

Parce que je ne suis pas prête pour ça, pas prête pour sa mort.

– Parle-moi de l'océan, Mary, souffle-t-il. Redis-moi que c'est le dernier endroit intact au milieu de tout ça.

Je secoue la tête.

– L'océan, c'est rien. C'est comme le reste du monde.

Il prend mon menton entre ses mains ; sa poigne est étonnamment forte.

– Promets-moi d'aller voir l'océan.

Une fois de plus, je secoue la tête.

– Mais tu m'as dit…

– Oublie ce que j'ai dit. Promets-moi de goûter le sel pour moi.

Je voudrais remonter le temps, je voudrais le saisir et l'empêcher de filer. Je voudrais l'attirer à moi et le garder tout près et empêcher ce moment de m'échapper. Mais je ne peux pas. Et la main de Travis se détache de mon visage.

– Non, dis-je en me cramponnant à lui, en essayant de le retenir. Je préfère rester avec toi plutôt qu'aller voir l'océan. C'est toi que je choisis.

– Promets-le-moi, Mary, répète-t-il d'une voix affaiblie.

Il a le souffle rauque.

– Je t'aime, lui dis-je.

Mais il ne répond pas. Parce qu'il est mort.

Ensuite, on m'écarte de lui.

– Non ! je proteste, mais les bras qui m'entraînent sont trop forts.

C'est Harry. Il me lâche de l'autre côté du chemin. Je me relève d'un bond.

– Il faut que tu le laisses partir, dit-il en me forçant à me rasseoir.

– Pousse-toi ! je tonne en plantant les doigts dans la terre pour retourner en rampant auprès de Travis.

Harry m'empoigne par les épaules.

– Tu ne comprends pas ? Travis a été infecté. Il s'apprête à muter !

Jed se tient derrière moi avec une faux. Il attend, prêt pour la mutation de Travis. Prêt à y mettre fin. Je tends la main vers la lame rutilante. Il doit penser que je veux l'arrêter, que je veux le tenir à distance de Travis, parce qu'il me résiste.

– Mary !

Harry essaie de m'éloigner de Jed, mais je le pousse avec une telle violence qu'il trébuche sur le chemin, se cogne contre Cass et s'écroule par terre.

– Donne-la-moi, dis-je à Jed.

– Il faut l'abatt...

– Donne-la-moi !

– Mary, ça ne devrait pas être toi qui...

Je me jette sur la faux en hurlant, et cette fois j'arrive à saisir le manche. C'est moi qui suis amoureuse de lui. C'est moi qui suis responsable de son infection. C'est moi qu'il essayait de sauver, c'est pour moi qu'il s'est sacrifié.

– Mary, laisse-moi...

– Lâche ça.

Ma voix est un grondement.

Ses mains glissent du manche et, d'un seul mouvement, je lui arrache la faux et je l'abats sur Travis.

Je ne souhaite rien tant que fermer les yeux, faire comme si rien de tout ça n'était vrai. Comme si ce n'était qu'un cauchemar. Mais au moment où mon arme retombe sur Travis, je vois ses yeux s'ouvrir.

Ses incroyables yeux verts.

Ils expriment toujours son désir pour moi, mais c'est une forme brutale, que je n'avais jamais vue dans ses yeux.

Je plante la faux dans son cou, en frissonnant quand je la sens trancher sa colonne vertébrale. Son regard se perd dans le vague ; il ne me voit plus. Chaque muscle se relâche en même temps et son corps devenu inerte s'effondre.

Il est parti. Pour toujours.

Du sang coule sur sa poitrine et moi je suis par terre, en train de sangloter.

Jed m'enlève la faux et me prend dans ses bras. Je suis trop faible pour résister. Je voudrais prendre la main de Travis, le sentir une dernière fois, laisser ses doigts s'entremêler aux miens. Mais il est trop loin.

Et déjà j'oublie son odeur, la fumée de l'incendie efface tout.

Jed m'emporte loin de son corps.

– Non !

Je crie. Je hurle. Je le bourre de coups de poing. Je n'arrive même pas à inspirer suffisamment d'air pour pleurer. Mes souvenirs de Travis se mélangent, s'enroulent, se déforment, se désagrègent.

– Tu as fait ce qu'il fallait faire, déclare Jed.

Comme si ça pouvait me réconforter.

– Je l'aimais ! je gémis. Il était tout. Pourquoi je ne voyais pas qu'il était tout ?

Le regret me ronge, s'infiltre dans mes veines comme s'il voulait remplacer mon sang.

– Je sais, dit Jed.

Pendue à la renverse sur son épaule, je sens son corps tressauter et je me rends compte qu'il pleure. Pour moi, pour Beth. Et je me demande s'il y a jamais eu un monde plus cruel que celui-ci, qui nous oblige à tuer les gens qu'on aime le plus.

XXXIII

Les jours passent et on ne fait que marcher, tâchant de mettre de la distance entre nous et l'incendie qui avance vers nous, en dévorant tout. On vit chacun à sa façon la disparition de Travis.

Cass reporte toute son attention sur Jacob et son amour devient féroce. Elle agit comme si c'était son fils. Comme si cet enfant n'avait jamais été celui d'une autre femme et qu'elle était la première. Elle se raccroche à lui. C'est le seul à pouvoir traverser le voile de silence dont elle s'est enveloppée.

Harry est aux petits soins pour elle. Il veille à ce qu'elle mange les maigres rations qu'on a sauvées de l'incendie, et qui s'amenuisent un peu plus à chaque pas. Il porte Jacob quand les bras de Cass fatiguent trop. Quand le poids de ce qui nous arrive devient trop lourd pour elle.

Moi, je marche seule sur le chemin. Vagabonde qui ne remarque rien. J'erre en trébuchant sur les moindres racines, en me déportant vers les clôtures et les Damnés. J'ai les yeux dans le vague. Et je peine à croire que j'ai tout perdu, dans la vie, à part ce voyage. À part l'espoir qu'il y a une fin.

Et que ce chemin nous y mène.

C'est Jed qui me ramène au milieu. Qui me prend la main quand je dérive vers les clôtures et qui me fait avancer en m'entraînant avec douceur. C'est lui qui voit le chagrin sur mon visage. Qui comprend pourquoi mes larmes silencieuses coulent toujours, trois jours après avoir quitté Travis.

On a tous les deux perdu la personne qu'on aimait à cause des Damnés. Tous les deux été forcés à tuer.

Derrière nous, le feu brûle toujours et nous pousse en avant. Un voile de cendres retombe sur tout ; le monde qui nous entoure devient gris, désolé. Dans l'air enfumé, on respire difficilement, ce qui nous ralentit encore plus.

Aucun d'entre nous ne parle de Travis, ou de l'incendie, ou des provisions grappillées en même temps que des armes sur la plateforme avant qu'elle brûle, et qui sont de plus en plus réduites. Aucun d'entre nous ne se demande tout haut si l'incendie a infligé des dégâts au grillage, si le métal a fondu ou faibli. Si des Damnés se déversent lentement sur le chemin, derrière nous, s'infiltrant par les brèches là où les clôtures cèdent à la chaleur.

À chaque portail qu'on franchit et qu'on referme derrière nous, on lâche tous des soupirs de soulagement. Mais ensuite, le feu nous rattrape pendant notre sommeil et on est obligés de repartir précipitamment. On a chaud, besoin de repos, faim et soif.

Un pied devant l'autre. En essayant de ne pas se perdre de vue dans la fumée. En essayant de ne pas sentir que l'air est teinté d'une odeur de chair brûlée, calcinée. On se contente de survivre. D'exister. Personne ne veut être le premier du groupe à baisser les bras.

Parfois, quand mes pieds refusent de bouger et que mes jambes tremblent de fatigue, je passe un doigt dans la sueur de mon cou et j'écris le nom de Travis sur la cendre qui me couvre les bras. Je sais que je ne peux pas m'arrêter, que ce serait le trahir. Il est mort à cause de moi, je ne peux pas déshonorer son sacrifice en refusant d'avancer.

Une nuit où mes rêves sur Travis menacent de me noyer dans les larmes et la rage, prise d'un irrésistible besoin d'air et de solitude, je m'éloigne du groupe. Une lueur orange brille à l'horizon, dans l'obscurité. Je frissonne, sachant que le feu avance obstinément vers nous et que demain, la course-poursuite va continuer.

Soudain, j'entends des reniflements dans le noir. Je regarde autour de moi, et je distingue enfin une petite silhouette roulée en boule qui regarde fixement les flammes, au loin. C'est Jacob. Je vais le voir, je m'assieds à côté de lui et je l'attire sur mes genoux, malgré sa résistance. Argos, qui n'a pas quitté Jacob depuis l'incendie, pose sa truffe froide sur ma main.

– Je ne voulais pas faire ça, me dit-il pour la énième fois.

Depuis notre fuite, il n'a pas cessé de demander pardon pour avoir provoqué cet incendie sur la plateforme. Les lèvres contre ses cheveux, je lui dis « chut ».

– Je suis désolé, répète-t-il dans un sanglot.

Je le serre plus fort. On est tous les deux assaillis de regrets et je ne supporte pas l'idée qu'il puisse garder cette culpabilité toute sa vie.

– Je peux te confier un secret ? je chuchote.

Ses sanglots s'apaisent, se muent en reniflements, et je le sens hocher la tête.

– Ma mère me racontait des histoires sur l'océan, et sur des tours qui touchaient le ciel, plus hautes que des arbres, et sur des hommes qui ont marché sur la Lune.

Il glousse.

– Tu les as inventées, ces histoires, tante Mary.

Mais je vois qu'il a envie de me croire.

Je me penche vers lui et je murmure :

– Non, elles sont vraies, j'ai même une preuve.

Je sors de mon chemisier le petit livre avec la photo de New York pour la lui montrer. Il la tient tout près de ses yeux, en plissant les paupières. Le feu dégage juste assez de lumière pour qu'on puisse distinguer la silhouette des tours. Je l'entends s'étrangler.

– Qu'est-ce que c'est ?

Il trace le contour des lettres avec les doigts.

– C'est une photo d'un endroit qui existait avant le Retour. Qui existe peut-être toujours.

– Comment tu peux savoir s'il est encore là ?

Je hausse les épaules.

– La foi. L'espoir. C'est pour ça que je te donne cette image. Pour que tu aies quelque chose qui t'aide à continuer. Quelque chose en quoi croire à part ce chemin.

J'écarte ses cheveux de son front, comme le faisait ma mère avec moi.

Après un certain temps, je me lève en le tirant sur ses pieds, et je le ramène à l'endroit où les autres dorment. Pour la première fois, je me rendors facilement et mes rêves ne me font pas souffrir.

Le lendemain matin, on reprend notre avancée à pas

lourds sur le chemin. Je remarque que Jacob a la tête un peu plus haute, les épaules un peu plus droites, et je souris.

Mais les journées restent longues et difficiles, interminables. Les maigres réserves que Jed et Harry ont sauvées des plateformes se réduisent à néant. Enfin, au moment où je commence à penser que je ne peux pas aller plus loin, la première goutte de pluie roule sur mon front. Des coups de tonnerre résonnent autour de nous et des éclairs s'illuminent. De grosses gouttes d'eau se mettent à tomber et nous frappent comme des cailloux, nous faisant presque mal.

On continue à marcher lourdement sur le chemin et je suis sûre qu'on pense tous la même chose : est-ce que cette averse va éteindre l'incendie ? Va nous permettre de ralentir l'allure ? Nous accorder un peu de repos, de soulagement, de répit ?

Quand l'averse redouble d'intensité, je lève le nez vers le ciel et je laisse l'eau couler sur mon visage, se mélanger à mes larmes et me laver de ma colère. Me laver des cendres dont mon corps est couvert, et brouiller le nom de Travis écrit sur mon bras jusqu'à le faire disparaître. J'ouvre les bras en croix sous le déluge.

Cass et Harry s'éloignent au trot sur le sentier, avec Jacob blotti entre eux, en quête d'un abri. Une branche, un buisson, n'importe quoi pour atténuer les coups de cette cataracte qui nous flagelle.

Je me laisse tomber, m'écrouler par terre sous les trombes d'eau qui se déversent sur moi. Jed vient s'agenouiller à mes côtés. Il me pose une main sur la joue, me demande ce que je fais.

Avec un grand sourire résolu, je lui dis de me laisser tranquille.

Il me regarde longuement ; il y a de l'eau qui goutte de ses cheveux, de son nez, de son menton.

Puis il me laisse seule, parce qu'il comprend mon chagrin.

Des torrents d'eau s'amassent autour de moi ; je me dissous dans le courant. Je m'imagine dans l'océan, en train d'aspirer de l'air mêlé d'eau. Mes poumons se révoltent comme si je me noyais.

Sous moi, le chemin se ramollit, devient boueux. Je me roule dans l'eau, la boue et les larmes en gesticulant.

Je crie dans le tonnerre. Je hurle sous les éclairs. J'engueule les Damnés, exigeant de savoir pourquoi ils m'ont tout pris.

Mais les Damnés ne font que gémir et taper sur les clôtures.

Je me remets debout, cours d'un côté et de l'autre sur le chemin en levant les poings. Pour les appâter. Mais ils lâchent le grillage. Ils s'éloignent de leur pas traînant pour aller tourmenter Harry, Jacob et Jed avec leur faim.

Enragée, je cours vers le grillage, je plante les doigts à travers les mailles et je le secoue de toutes mes forces. Je tambourine contre le métal.

Mais les Damnés me laissent tranquille. Ils passent devant moi comme si je n'étais pas là. L'eau et la boue masquent mon odeur.

Finalement, Harry brave la pluie une fois de plus et vient jusqu'à l'endroit où je suis affalée. Il m'écarte de la clôture juste au moment où des doigts de Damnés se glissent dans mes cheveux, tel un souvenir fugitif.

Avec des mouvements doux, il essuie mon visage plein de boue. Puis il m'attire contre sa poitrine et, pendant que l'orage se déchaîne autour de nous et que les Damnés martèlent les clôtures, il me chuchote à l'oreille :

– Moi aussi, il me manque.

Pendant un moment, unis par le chagrin, on ne fait plus qu'un. C'est là qu'on entend les cris.

Je me redresse et je vois Jed débouler sur le chemin, en faisant tourbillonner sa faux au-dessus de sa tête. Quand mon regard croise le sien, il s'arrête et nous fait signe d'avancer. Je n'entends pas ce qu'il hurle.

Harry et moi, on se lève, encore chancelants, et on lui emboîte le pas.

On passe devant Cass et Jacob, qui frissonnent sous un buisson. Argos se met à me suivre. Après une seconde d'hésitation, je le repousse vers Jacob. Le petit garçon attrape le chien par la peau du cou et blottit sa tête contre sa gorge velue. Argos me regarde et gémit doucement. Je fais glisser une de ses oreilles entre mes doigts et j'en gratte la pointe ; ses yeux se détendent, formant de petites fentes satisfaites, et il se couche par terre contre Jacob. Machinalement, le gosse pose une main sur le ventre du chien et tambourine avec les doigts, faisant tressauter la patte arrière gauche d'Argos. Cass me jette un coup d'œil, articule un « merci » muet et serre l'enfant dans ses bras. Puis remet ses lèvres contre son oreille comme pour lui raconter une histoire secrète.

Je cours rattraper Harry et Jed, qui attendent sans bouger, en silence. Ici, le chemin est assez large pour qu'on tienne tous les trois alignés côte à côte, avec Jed au milieu.

Il lève sa faux pour désigner le chemin, un peu plus loin

devant nous, puis la laisse retomber comme si ça lui demandait un effort trop important.

Je fais un pas dans cette direction, sans bien savoir ce que je vois, sans bien savoir si mes yeux me trahissent. J'entends la respiration irrégulière de Harry, qui est essoufflé après avoir couru jusqu'ici.

Et je tombe à genoux. Quelque chose me lance, un caillou qui s'est enfoncé dans ma chair, et un petit filet de sang se mêle à la pluie qui dégouline le long de mon mollet.

C'est la fin de la clôture. La fin du chemin. Il n'y a rien au-delà, à part la Forêt. Encore une impasse.

Mes épaules s'affaissent, mes doigts traînent dans la boue.

– Je suis désolé, Mary, me dit Jed.

Parce qu'il sait que c'était mon dernier espoir.

– Je suppose qu'il faut attendre la fin de l'averse, intervient Harry. En espérant qu'elle va éteindre le feu. Puis revenir sur nos pas, retourner à l'endroit où le chemin se divise et prendre un autre embranchement.

Je secoue la tête. Des gouttes d'eau tombent du bout de mes cheveux et de mes oreilles.

– Le chemin, c'était celui-là, dis-je.

Ma voix n'est plus qu'un murmure.

– On en trouvera un autre, dit Harry.

Il essaie de me calmer. De me réconforter. Mais ça ne m'aide pas.

Je croyais si fort que ce chemin, c'était le bon. Qu'il me permettrait de sortir de la Forêt et de rejoindre l'océan.

Je me lève.

– Peut-être…

Ma douleur au genou irradie dans toute la jambe. Avec une grimace, je fais un pas en avant.

– Ne fais pas de bêtise, Mary, lance Harry. C'est juste une impasse de plus. On en a déjà rencontré. Et on en rencontrera d'autres, sans aucun doute. Ce chemin n'avait rien de spécial. Aucun d'entre eux n'est spécial.

Je secoue de nouveau la tête. Ce chemin a quelque chose de différent – cette impasse ne paraît pas semblable aux autres.

Je passe mes doigts le long des extrémités de la clôture jusqu'à ce qu'ils trouvent la plaque de métal.

– C'est un portail, dis-je.

Au même instant, un coup de tonnerre retentit au-dessus de nos têtes.

Je me retourne vers Harry et Jed, dont les silhouettes se désagrègent derrière le rideau de pluie drue.

– C'est un portail ! je hurle.

Je tâte la plaque de métal à la recherche des lettres et je la tourne pour lire ce qu'elle dit : *I*, pour le chiffre un. C'est le premier portail.

Les deux garçons échangent des regards, puis viennent près de moi.

– Mais les clôtures ne continuent pas de l'autre côté du portail, observe Harry. Il donne juste sur la Forêt... Pourquoi y aurait-il un portail, si c'était la fin du chemin ?

Mon cœur me martèle violemment la poitrine. Il bat si fort que j'expire sur le même rythme, par petites bouffées saccadées. Si c'est le premier portail, ce doit être le début et la fin.

– Parce qu'on est censés sortir dans la Forêt, dis-je.

Du fond de mon cœur emballé, je sais que c'est vrai.

Mais Harry s'esclaffe.

– C'est ridicule.

Puis il voit ma tête. Voit que je jauge la Forêt, au-delà de la clôture. Il m'empoigne par les épaules.

– Tu ne le crois pas sérieusement, si ?

Le souffle précipité, je hoche la tête.

Jed s'avance.

– Mary, tu plaisantes !

Il m'éloigne de Harry.

– Qui pourrait s'imaginer que quelqu'un va s'aventurer là-dedans ? dit-il en indiquant d'un geste la grande forêt obscure.

– Je ne sais pas. Mais ça n'a pas d'importance. C'est ça, le portail qui va nous mener à l'océan. À l'endroit où la Forêt finit.

Je montre la plaque métallique.

– Elle porte le numéro un. Les lettres correspondent à des nombres, et ça, c'est le premier portail. Il faut passer par là, c'est sûr.

En m'entendant dire ça, Harry jette les mains en l'air et tourne le dos, en se massant les tempes du bout des doigts comme si ça pouvait l'aider à maîtriser sa colère manifeste.

Au bout d'une minute, il revient vers moi.

– Mary…

Il presse une main sur ma joue que la pluie a rendue glissante, et elle dérape sur mon visage. Puis il me prend la main. Je regarde nos doigts entremêlés et ça me rappelle le jour où tout a commencé, quand on était au bord de la rivière.

Quand on s'est tenu la main sous l'eau et qu'il m'a demandé d'être sienne. Je prends soudain conscience de toute la peine que je lui ai causée depuis. De la trahison, l'incertitude.

– Je suis désolée, lui dis-je.

La pluie me tombe dans la bouche pendant que je parle.

– Je suis désolée pour tout.

Il penche la tête.

– Pourquoi tu serais désolée ?

– Tu aurais fait un bon mari pour moi.

Il commence à saisir que j'ai l'intention de franchir le portail et de le quitter. Il serre ma main plus fort.

– Tu as toujours été très importante pour moi, Mary.

À ce moment-là, je souris – juste un peu. Je me demande à quoi ma vie aurait ressemblé si je n'avais pas tenu la main de Harry sous l'eau, ce jour-là. Si j'avais terminé la lessive à temps, rejoint ma mère sur la colline pendant qu'elle cherchait mon père. Si je l'avais empêchée de s'aventurer trop près des clôtures et de se faire infecter.

Je n'aurais jamais été chez les Sœurs, je ne serais jamais tombée amoureuse de Travis, je n'aurais pas rencontré Gabrielle. Je n'aurais jamais percé à jour leurs secrets et rêvé d'une vie en dehors des clôtures. J'aurais épousé Harry ; nos enfants auraient grandi avec les enfants de Cass et Travis, et ceux de Jed et Beth.

J'aurais pu m'en satisfaire. J'aurais peut-être même été heureuse.

Mais comblée ?

Harry lâche mon bras.

– … Mais on sait tous les deux que tu ne voulais pas être avec moi.

J'ouvre la bouche pour protester, mais il secoue la tête.

– Tu ne l'as jamais voulu, ajoute-t-il.

Je secoue la tête à mon tour pour m'éclaircir les idées.

– Ce monde-là n'existe plus, lui dis-je. On doit trouver notre propre voie, maintenant. Et pour moi, ça implique de franchir le portail.

Je jette un coup d'œil à Jed avant de continuer.

– S'il te plaît, Harry, retourne auprès de Cass. Reste avec Jacob et elle, désormais. Tu sais qu'elle a horreur du tonnerre.

– Mais… et si on est les derniers hommes ? demande-t-il. Et s'il ne reste que nous ? En nous abandonnant, tu ne condamnerais pas que nous, mais aussi toute l'humanité.

– S'il ne reste que nous, alors peut-être qu'on n'était pas censés survivre, je réplique. Peut-être qu'on n'a fait que retarder l'inévitable en restant enfermés dans notre village.

– Cass avait raison : ce qui te fait courir, ce sont juste de stupides histoires qu'on te racontait pour t'endormir, rien de plus. Tu es égoïste, dit-il en jetant sa hache à double tranchant par terre.

Il tourne les talons et s'éloigne sur le chemin, dans l'obscurité humide.

Je ramasse la hache, je la soupèse dans ma main ; le manche est glissant à cause de la pluie et de la boue.

– Il y a un autre moyen, reprend Jed dès que Harry est trop loin pour l'entendre. Il y a d'autres chemins, sans doute d'autres villages. Ce chemin-là ne peut pas être le seul à mener vers l'océan, si du moins il existe.

Je regarde l'eau qui coule sur ses joues et goutte de sa mâchoire.

– Non. C'est celui-là.

Une fois de plus, je vois un éclair d'irritation passer sur le visage de mon frère.

– Mais comment peux-tu le savoir, Mary ? tonne-t-il.

Ses muscles semblent se contracter, tellement il est frustré. Moi aussi. Je lève les mains et je réponds sur le même ton :

– Parce que j'ai déchiffré le code et que ça colle. Parce que ce portail, d'après le code, c'est le premier. Parce qu'*ils* n'auraient pas mis de portail ici pour rien…

– On ne sait même pas qui c'est, ce « *ils* », Mary ! Comment peut-on être sûrs qu'*ils* avaient une raison de mettre un portail ici ? *Ils* ont aménagé ces clôtures et ces chemins partout. Tu ne crois pas que s'il y avait quelque chose d'important qu'*ils* voulaient qu'on trouve, dehors, *ils* auraient simplement ouvert un chemin qui y mène ?

– Jed, tout ce que je sais, c'est que…

– Tu ne sais rien ! Tu nous as demandé de te faire confiance sans raison quand tu affirmais qu'on suivait le bon chemin, et il nous a conduits à ce village…

– Mais c'est vrai que c'était le bon chemin. Et ce n'était pas sans raison. Je savais où on allait, je savais comment lire les indications sur le chemin. Il nous a conduits au village de Gabrielle.

– Il nous a conduits dans un piège mortel, Mary.

– On n'avait pas d'autre solution, Jed !

Je suis haletante, ma poitrine se soulève et j'ai les poings serrés.

– Qu'est-ce que ça peut te faire si je franchis ce portail, de toute façon ? Tu m'as fermé ta porte au nez quand notre mère est morte !

Je vois qu'il est décontenancé. Il recule, les épaules basses. Il regarde vers la Forêt et, pendant un moment, on écoute le fracas de la pluie autour de nous.

– Parce que tu es la seule famille qui me reste, dit-il.

XXXIV

– Mary, on peut encore faire demi-tour, dit Jed – il fait un grand geste et ses doigts projettent des gouttes de pluie. On peut attendre que la pluie éteigne le feu. Revenir en arrière, prendre un autre chemin. L'incendie a dû tuer la majeure partie des Damnés. On a quelques armes, on arriverait à passer.

Je vois que devant cette possibilité, il a les yeux qui brillent.

– On trouverait peut-être un autre village, un village sain. On pourrait recommencer à vivre… C'est ça que je voulais, moi.

Il parle si doucement que pour un peu, je n'entendrais pas ce qu'il dit sous les coups de tonnerre.

– Mary, pourquoi courir après de vieux rêves ? Qu'est-ce qu'il peut te donner de plus que nous, l'océan ?

Je me demande s'il a raison. Si l'océan de mes rêves n'est qu'un rêve d'enfant. Un fantasme. Je me demande comment j'ai pu croire qu'il existait un endroit que le Retour avait laissé intact. Un monde vivant en dehors de la Forêt.

Je m'imagine faire demi-tour, revenir en arrière sur le

chemin et suivre ses méandres sans jamais savoir si on va dans la bonne direction.

– Au moins, attends le matin avant de prendre une décision, ajoute Jed d'une voix douce, en devinant mon hésitation.

Je sens ses mains, autour de mon poignet, qui me tirent dans l'autre sens sur le chemin. Et d'un certain côté, j'ai envie de céder.

J'entends un gémissement ; j'entends ce fameux bruit d'os qui se brisent quand des Damnés enfoncent violemment leurs doigts et leurs mains à travers les mailles du grillage.

– Mais demain, ce sera trop tard, dis-je à Jed en libérant mon poignet d'un coup sec. On sera cernés par les Damnés, demain. Il y en aura partout autour du portail.

Jed fait un grand geste circulaire vers la clôture et d'autres gouttes s'envolent de ses doigts.

– Il y en a déjà partout autour de nous, et tu veux aller là-dedans ?

– Mais il pleut, pour le moment, Jed. Ça va masquer mon odeur. Si j'y vais, c'est maintenant.

Je sens déjà mes bras et mes jambes trembler de terreur, alors je me mets un poing sur la hanche, espérant qu'il ne verra pas que la hache frémit dans ma main libre. Je me demande s'il pense que je n'ai pas le courage d'aller jusqu'au bout. Je me demande si je vais hésiter devant le portail. Me dégonfler, faire demi-tour.

– Mary, ça ne marchera pas. J'ai essayé ça avec Beth, le coup de se déplacer sous la pluie, mais elle a quand même été attaquée.

– Elle a été attaquée par Gabrielle ! je réplique. Et Gabrielle n'est plus là.

Je me rappelle son corps flétri, la dernière fois que je l'ai vue. Je me demande si elle a enfin trouvé la paix. Je me demande si elle est toujours en vie, incapable de bouger, le regard fixé sur le ciel.

Jed fait encore non de la tête, mais moi je reste bien droite et je rejette les épaules en arrière. En résistant au besoin de fermer les yeux, je pose la main sur le verrou qui ferme le portail.

– J'ai promis à Travis de ne pas abandonner l'espoir, dis-je. Je lui ai promis de ne pas me contenter de calme et de sécurité. Pas si ça doit m'obliger à sacrifier mes rêves.

– Qu'est-ce qu'ils valent, tes rêves, si tu es morte ? réplique mon frère d'une voix douce.

En réponse, je tourne le verrou et je me faufile par l'ouverture. J'ai déjà fait plusieurs pas quand j'entends Jed m'appeler, mais je ne m'arrête pas.

Je suis dans la Forêt de Mains et de Dents, ça y est. Je ne suis plus protégée par le grillage. Il n'y a pas de Damnés près du portail ni aux alentours, d'après ce que je peux voir et entendre dans le noir.

Pour la première fois de ma vie, c'est moi qui suis de l'autre côté de la clôture.

Je cours avec les bras qui se balancent, en tenant fermement la hache. Dans l'orage qui se déchaîne, autour de moi, j'entends les arbres qui craquent, les branches secouées par le vent. D'autres bruits encore, je ne sais pas si ce sont les Damnés. Je garde les yeux rivés au sol devant moi et j'essaie de voir, dans la pénombre luisante, s'il y a quelque chose qui pourrait me faire tomber. M'affaiblir. Ou faire de moi une cible.

J'attends d'avoir fait cinquante foulées avant de m'autoriser à respirer, avant de laisser l'espoir chasser la peur de mon ventre. Je me dis que je vais y arriver. Puis les craquements des alentours s'intensifient, et je comprends que même si je suis couverte de crasse et de boue, les Damnés peuvent encore me flairer. Et là, je me souviens de mon genou. Je me souviens de ma chute, de la douleur cuisante, du sang.

Ils me suivent à la trace ; l'odeur de sang s'infiltre dans la nuit gorgée de pluie. J'entends leurs gémissements. Ils font des échos. Dans ma tête, une voix me hurle de faire demi-tour pendant qu'il en est encore temps. De piquer un sprint jusqu'au portail. D'opter pour une vie avec Harry et de retourner dans notre village.

Mais je continue. Ma gorge se dessèche et mes poumons se déchirent dans l'air humide. Les muscles de mes jambes me brûlent et je me sens déjà faiblir. Le manque de nourriture et la longue marche de ces derniers jours pour fuir l'incendie se font sentir.

Je ne fais plus attention, mes bras ballottent autour de moi et le manche de la hache devient glissant dans ma main. Sentant des doigts tordus s'enrouler autour de mon poignet, je m'écarte en hurlant. Partout où je regarde, à présent, je les vois sortir de l'obscurité.

Je suis entourée de Damnés.

Je dois m'empêcher de paniquer. Je me fraie un chemin à coups de hache, les deux mains sur le manche, et je me mets à courir. Des corps tombent autour de moi ; le bruit mouillé du métal qui rencontre la putréfaction se mélange au bruit de la pluie qui martèle le sol, de mes pieds qui dérapent dans la boue.

Mais ça ne suffit pas.

Je trébuche. Des mains se referment sur mes pieds. Je roule sur le dos. Je frappe. Les muscles de mes bras me font atrocement mal, à force. Je cale mes pieds sur le sol détrempé, essayant de reculer. Partout, ils sont partout.

Je suis coincée dans un tas de feuilles, de bras, de jambes et de terre mouillée, aspirée vers le bas par la succion. Je ne peux pas m'échapper. Je suis perdue. La Forêt, la fatalité ont fini par gagner.

Puis j'entends des cris. Non pas de terreur, mais de rage. J'entends une voix qui me presse de courir et soudain, les Damnés ne sont plus là. Une main plonge vers moi, me tire sur mes pieds. Me pousse en avant.

C'est Jed. Il fait tourbillonner sa hache à côté de moi.

Un nouveau bruit se distingue dans la Forêt : de l'eau qui déferle.

– Par ici !

Je tire Jed par la manche et on court en direction du bruit. Tout d'un coup, le sol s'incline abruptement sous nos pieds et on dégringole au bas d'une pente raide. Je laisse tomber ma hache et je me sers de mes deux mains pour arrêter ma chute, en essayant de me rattraper aux mottes de terre. Je plante les orteils, les coudes, les genoux. Des branches piquent la peau délicate de l'intérieur de mes bras, des cailloux éraflent la chair de mes jambes et une ronce s'accroche dans ma joue. Enfin, je m'immobilise.

J'inspire profondément et je manque m'étrangler sous le

déluge. Mon corps me lance de partout, je ne compte plus les endroits où j'ai mal.

Je ne veux plus rien faire d'autre que me reposer ici, évaluer la gravité des blessures que m'a causées cette chute. Mais je m'aperçois que les gémissements et les grondements de l'eau se sont rapprochés, alors je me hisse sur les genoux.

En levant les yeux, je vois la horde de Damnés en haut de la colline. Je les regarde dévaler la pente à notre suite. Ils arrivent en patinant autour de moi, les bras tendus et la bouche ouverte.

Au milieu de tous ces corps, impossible de trouver Jed. Terrifiée, je crie son nom.

Je le repère enfin. Il s'est arrêté en dérapage un peu plus loin et il me regarde. À ce moment-là, un Damné corpulent déboule du haut de la colline glissante et le percute de plein fouet.

Jed s'envole dans les airs et atterrit sur le dos avec un bruit sourd. Je me précipite. Le Damné retrouve son équilibre ; pendant ce temps, mes pieds chassent et se collent dans la gadoue. Je ne trouve pas ma hache, alors j'attrape une branche pour repousser les Damnés qui se traînent autour de moi.

– Jed ! je m'égosille. J'arrive, Jed, tiens bon !

Mes yeux s'emplissent de larmes importunes, qui m'aveuglent. Je les frotte avec le bras, mais ça ne fait qu'empirer le problème, parce que mes cils se retrouvent couverts de boue.

Jed ne bouge pas. Pendant que j'essaie de le rejoindre, le Damné s'approche et se penche au-dessus de lui. Je vocifère dans l'espoir de détourner son attention, de l'empêcher de mordre mon frère.

Il se baisse. Je lance sur lui la lourde branche que j'ai à la main. Elle rebondit sur sa tête, et il lève les yeux vers moi. Pendant une seconde, je crois que j'ai gagné. Je crois que j'en ai fait assez pour l'allécher.

Mais ensuite, avec la férocité d'une bête sauvage, il se jette sur Jed.

À cet instant, je trébuche et je tombe sur un genou – celui que j'ai cogné plus tôt. La douleur me fait voir des étincelles.

Je sens une main tâtonner mon dos. Je me retourne et j'envoie un coup de poing fulgurant à une Damnée. Elle recule, chancelante. Et me laisse le temps de me rendre compte que c'est la faux de Jed qui m'a fait trébucher.

En refermant les doigts sur son manche en bois poli, je retrouve la sensation que j'ai eue au moment où je l'ai prise en main pour tuer Travis. Même poids, même équilibre. D'un grand coup circulaire, j'abats la Damnée, puis je repars vers Jed en titubant et je frappe son agresseur.

C'est une mort salissante. Est-ce qu'il a mordu Jed ? Je n'en ai aucune idée. Il y a du sang partout ; on a des coupures sur les bras, le visage et les jambes à la suite de notre roulé-boulé jusqu'en bas de la colline. Jed n'a toujours pas repris connaissance, mais sa poitrine se soulève et retombe à intervalles réguliers.

Je le tire par le bras, lui secoue l'épaule. Mais deux petits Damnés avancent sur nous. Je me tourne vers eux, les doigts enroulés mollement autour du manche de la faux. Les Damnés n'ont aucune rapacité, aucun talent pour la chasse. Leur seule force est dans leur nombre, qui leur permet d'avoir les humains à l'usure. Quand les deux enfants viennent vers moi de leur pas traînant, je n'ai donc aucun mal à les frapper. Je regarde la faux fendre les crânes et les deux Damnés s'effondrer, ne formant plus qu'un tas de vêtements autour d'un peu de chair ratatinée.

Je retourne auprès de mon frère.

– Allez, Jed. Il faut qu'on bouge !

Il rouvre les yeux, mais n'arrive pas à replier les jambes. Ses mouvements sont lents, mal coordonnés. Je recommence à le tirer par les bras, en m'arc-boutant dans la gadoue, mais je patine trop pour arriver à quelque chose.

D'autres Damnés avancent sur nous. Je quitte Jed pour reprendre le combat. C'est un flot incessant. Quand je lève les yeux vers le haut de la colline, j'en vois toujours plus qui dérapent dans la pente.

Je suis certaine que je vais mourir comme ça. Que j'ai mal choisi. Que ce n'était pas ça, le chemin que j'étais censée prendre. Le portail n'était qu'un portail, rien de plus. Ce n'était pas une réponse.

Les Damnés qui fondent sur nous sont trop nombreux. Je ne vais pas pouvoir me défendre.

XXXV

Une main m'empoigne par la taille, et je m'apprête à donner un coup de faux quand je me rends compte que c'est Jed. La lame s'arrête juste avant de lui ouvrir la gorge. Il est plié en deux, le visage plissé dans une grimace de douleur.

– Par ici !

Je jette un coup d'œil par-dessus mon épaule et je vois la horde de Damnés qui marche sur nous. Il fait trop sombre pour voir combien il y en a, mais je sais qu'ils sont assez nombreux pour nous écraser.

– Il y a un fleuve, pas loin, ajoute Jed. On sera plus en sécurité, là-bas.

Je hoche la tête. Il ouvre la marche en boitant. J'essaie de le soutenir, de l'aider, mais je n'arrête pas de glisser.

Un grondement d'eau me rugit aux oreilles. Bientôt, Jed ralentit et tâtonne avec les pieds comme s'il cherchait quelque chose.

– Il va falloir qu'on avance plus vite, lui dis-je. Ils sont un peu trop près, une fois de plus.

Jed lève une main. Je me tais.

– Ici, dit-il.

Je m'apprête à le dépasser pour voir ce qu'il me montre, quand il me tire en arrière. C'était moins une : j'ai eu le temps de sentir mon pied droit déraper dans le vide.

Il s'agenouille. Je l'imite. On avance comme ça, puis je sens le vide sous mes mains. On est devant un canyon creusé par le fleuve. En amont, je vois une énorme cascade bouillonnante qui jette des débris dans l'obscurité. Le grondement de l'eau est assourdissant. Le niveau a monté à cause de l'orage. En contrebas, des vagues scintillent dans le fleuve écumeux, mousseux, avide.

C'est terrifiant à voir d'ici. Je plante les doigts dans la boue. Jed s'avance tout au bord de la falaise et lève un pied dans le vide, près de la cascade.

Je lui attrape la main.

– Qu'est-ce que tu fais ?

Ma voix se brise tellement je suis angoissée.

– C'est trop haut pour sauter, dit-il. Il y a peut-être des rochers qu'on ne voit pas. Il faut qu'on descende en varappe.

Déjà, je secoue la tête.

– Le sol est trop meuble, on n'y arrivera jamais.

Il me prend la main, me tire sur le côté et replie mes doigts autour de quelque chose de ferme, que la pluie rend glissant.

– Des racines, explique-t-il. On peut s'en servir comme d'une corde. Fais attention aux pierres, la pluie les a peut-être descellées.

J'hésite toujours. Je ne peux pas faire de varappe avec la faux et je ne suis pas disposée à l'abandonner. Mais ensuite, la horde de Damnés déboule et Jed me force à descendre sur la paroi avant que le premier puisse m'atteindre. Je laisse mon arme tomber dans le noir et je remue les pieds, cherchant une prise dans la terre molle.

Les Damnés commencent à dégringoler autour de nous ; ils nous heurtent et s'agrippent à nous en chutant du haut de la falaise.

– Accroche-toi ! crie Jed.

La pluie de Damnés ne s'arrête pas. En passant devant nous, ils tendent les bras, nous obligeant à descendre plus bas. On progresse lentement. Enfin, je trouve un petit surplomb qui me protège des corps qui tombent.

Je n'entends pas le bruit qu'ils font en heurtant l'eau, mais je n'ose pas regarder en bas.

Jed me rejoint sur mon minuscule rebord et on se plaque tous les deux contre la paroi de terre, les doigts enfoncés dans la boue, cramponnés aux racines et aux broussailles.

La pluie nous fouette toujours le dos ; les coups de tonnerre se mêlent au bruit des rapides et résonnent autour de nous. Dans la lumière des éclairs, je vois les Damnés qui s'agitent dans l'eau, loin, si loin en dessous.

Je me rends compte que Jed me parle depuis un moment ; je dois me concentrer pour entendre sa voix.

– ... désolé, Mary.

– Quoi ? je m'époumone.

– J'ai dit : je suis désolé.

Cette fois, je l'entends.

– Pourquoi as-tu franchi le portail ?

– Parce que je suis ton grand frère.

Il sourit, puis rigole franchement.

– Et puis je veux garder l'espoir.

Je ne peux pas retenir un petit sourire, moi aussi. On est

plutôt comiques, tous les deux, coincés sur le flanc de cette falaise, en plein orage, sans rien voir autour de nous à part les Damnés qui tombent du ciel.

Pendant un moment, il n'y a que nous deux, comme avant qu'il y ait Beth, Harry ou encore Travis. Avant que nos parents mutent et qu'on se retourne l'un contre l'autre.

– Merci.

Il s'apprête à me répondre quand un Damné rebondit contre la falaise, le percute et le précipite dans le néant, loin de moi.

– JED ! je hurle.

Je crie son nom à maintes reprises pendant que je descends précipitamment le flanc de la colline en m'accrochant aux racines, aux branches et aux pierres. Parfois, je perds prise et je dérape jusqu'à ce que je puisse arrêter ma chute.

Enfin, j'arrive suffisamment près de l'eau. Elle bouillonne, pleine de branches et de corps. Les crêtes d'écume se chevauchent. C'est le chaos total.

Par moments, une tête apparaît à la surface, mais jamais assez longtemps pour que je voie le visage. Des bras s'agitent, mais il est impossible de dire si ce sont les bras de Jed ou d'un Damné. Des corps continuent de tomber à l'eau, projetant des éclaboussures qui se mélangent avec les vagues.

Je m'aperçois que le courant est atrocement rapide, par endroits, alors je me déplace latéralement sur la falaise pour essayer de progresser vers l'aval. En espérant que Jed ait pu trouver quelque chose à quoi se raccrocher, pour se hisser hors de l'eau.

À mesure que la nuit avance, mes recherches deviennent plus frénétiques, plus désespérées. Je trouve un arbre qui est tombé sur l'eau et je me traîne dessus, centimètre après centimètre, en écrasant l'écorce rugueuse entre mes cuisses. Pendant ce temps, la pluie me martèle toujours le dos. Des rafales de vent balaient le canyon ; je serre l'arbre dans mes bras pour ne pas tomber à l'eau.

Une fois suffisamment avancée au-dessus du fleuve, je parcours la surface des yeux. Une énorme bûche coincée dans une partie resserrée du canyon forme un bouchon et l'eau commence à monter. Des vagues déferlent sur mon perchoir.

Je fais machine arrière, et je suis tellement concentrée que je ne le vois pas venir. Un bras émerge. M'attrape. Me tire dans l'eau. M'entraîne vers le fond.

Je tape des pieds, je me débats et je tourne dans tous les sens. Quelque chose me tire les cheveux. Ma tête refait surface et, pendant une fraction de seconde, je crois que c'est Jed qui m'a sauvée. Que c'est lui qui m'a sortie de l'eau.

Puis je vois sa tête, sa faim, ses dents. J'attaque, en poussant contre l'eau de toutes mes forces. Je lutte contre le courant, qui me tire en arrière. Des éclairs fendent le ciel et je vois clairement les alentours.

Je vois les corps, comme autant de débris dans les tourbillons et la pagaille.

Puis plus rien.

♦

Mon rêve me ramène dans la clairière où Sœur Tabitha m'a traînée par le souterrain qui passe sous la Cathédrale. Il n'y a pas de bruit dans la Forêt. Pas de moustiques qui bourdonnent, pas d'oiseaux qui chantent. Je suis seule. Soudain, tout s'écroule autour de moi. Le son revient, fracassant, et ce sont les cris de ma mère pendant sa mutation. Je vois les Damnés surgir de la Forêt et me foncer dessus ; ils sont tous rapides, portent tous un gilet rouge vif. Ma mère est parmi eux, ainsi que Jed, Cass, Harry et Jacob. Je n'arrête pas de voir et revoir les mêmes visages qui se jettent sur moi, affamés.

D'abord prise de panique, je repense aux clôtures. Les clôtures me protègent. Je cours vers l'entrée du souterrain, mais elle n'est plus là. Le sol est dégagé ; je ne trouve pas un seul bâton à utiliser comme arme. Les Damnés tapent sur les mailles métalliques du grillage, poussent et tirent dessus. Leurs gémissements me montent à la tête.

Ils psalmodient mon nom, « Mary… Mary… Mary », comme une mélopée, comme une prière. Du sang coule de leur bouche. Chacun des Damnés est ma mère, Harry, Jed, Cass ou Jacob.

Ils lèvent les mains, pointent vers moi leurs doigts qui ressemblent à des griffes. Je sens qu'ils m'accusent et c'est comme si je recevais un coup, comme si une violente bourrasque m'empêchait d'avancer. Puis le grillage se désintègre. Il n'y a plus rien entre nous. Ils se traînent vers moi. Ils rampent comme Gabrielle la dernière fois que je l'ai vue. Mon seul espoir, c'est qu'ils épuisent leurs forces avant de m'atteindre. Mais je sens qu'ils me touchent les jambes, me tirent vers le fond. Me submergent, m'étouffent. Je ne peux pas respirer.

Leurs mains me fouillent. C'est comme s'ils essayaient tous en même temps de s'insinuer dans ma chair.

Je ne peux pas les arrêter, il en arrive encore et toujours, de plus en plus, si bien qu'ils finissent par m'engloutir.

XXXVI

C'est le bruit du vent dans les arbres qui me réveille. Je suis sur le dos, et j'ai de l'eau qui me tourbillonne autour des orteils. La terre me paraît différente. Mouillée. Molle. Lisse.

J'essaie d'ouvrir les yeux, mais le soleil m'aveugle, me cisaille le crâne. Et le reste de mon corps aussi est terrassé par la douleur. Un petit gémissement m'échappe.

Pendant un moment, je reste allongée comme ça. À respirer, me rappeler mon rêve et me sentir coupable de la disparition de Jed. J'ai envie de me rouler en boule, de m'arracher les cheveux. Mais j'ai trop mal, alors je laisse l'eau me chatouiller les pieds, le soleil me réchauffer les joues, la douleur lancinante s'atténuer. L'air qui souffle dans les arbres me calme, m'apaise, et je suis prête à resombrer dans le néant, ravie d'oublier la Forêt et Jed et l'espoir et les Damnés et mon rêve.

Un bruit de pelle s'immisce dans mes pensées. Je l'entends se cogner contre une racine, s'enfoncer dans la terre meuble, ressortir.

C'est un bruit que je connais bien ; il me tire un sourire. La saison des récoltes. Le moment de célébrer le soleil et le printemps. Le bruit répété se rapproche et se joint au rythme du vent dans les arbres pour composer une sorte de berceuse.

Une ombre tombe sur mon visage et j'ouvre les yeux à temps pour voir un homme debout devant moi avec une pelle dans les mains. Il la soulève au-dessus de sa tête.

D'instinct, je roule sur ma droite. La pelle me rate et se plante dans le sable, là où se trouvait mon cou.

L'homme se fige, légèrement déséquilibré, avec sa pelle enfoncée dans le sable.

Je saute en position accroupie et, quand il tire d'un coup sec sur le manche, je lève les mains et je m'écrie :

– Attendez, attendez !

Il s'immobilise. Il desserre les doigts et me regarde avec une expression bizarre, intriguée.

– Tu es…

Il s'interrompt.

– Tu n'es pas morte, dit-il enfin.

– Non, mais j'ai bien failli, à cause de vous !

Je m'éloigne de lui sans baisser les mains.

Quelque chose, derrière son épaule, m'attire l'œil : une Damnée aux cheveux filandreux lui tombe sur le dos.

– Attention ! je hurle.

Il fait volte-face et la décapite d'un coup habile. Elle s'effondre lentement.

Il reporte son regard sur moi et se met à parler, mais je n'entends pas ce qu'il dit à travers ma torpeur. J'ai soudain la tête qui tourne en découvrant le monde qui m'entoure. L'étendue d'eau qui s'étire à l'infini à côté de moi.

– L'océan…

Puis la nuit précédente me revient en mémoire.

– Jed ! je hoquette.

Je me lève, chancelante, et je cours sur la plage, examinant les corps échoués. La plupart d'entre eux ont eu la tête tranchée – sans doute l'œuvre de l'homme à la pelle, qui me hèle et s'égosille :

– Qu'est-ce que tu cherches ?

– Mon frère ! je hurle. Il était avec moi, et maintenant…

Il y a des centaines de corps qui jonchent la plage. Je m'apprête à en retourner un pour voir son visage quand l'homme me rejoint et me tire en arrière.

– Holà, fais attention à ce que tu fais ! Certains de ces Mudos sont encore dangereux.

Il me pousse sur le côté et retourne le corps avec sa pelle. Je colle les mains devant mes yeux et je regarde entre mes doigts. Mais ce n'est pas Jed. On répète l'exercice avec les autres. À chaque fois, mon ventre se noue et je prie pour ne pas avoir causé la mort de mon frère. L'homme m'accompagne patiemment auprès de chaque corps ; il les retourne l'un après l'autre pour que je puisse les examiner, puis leur tranche vivement la tête avec autant de désinvolture que s'il plantait sa pelle dans la terre.

On regarde tous les corps de la plage. On ne trouve pas Jed.

– La côte est longue, dit finalement l'homme. Peut-être qu'il a échoué ailleurs. C'est dangereux de quitter cette crique, mais je peux t'emmener, si tu veux. Sinon, il peut encore échouer ici. On ne sait jamais. En général, après une tempête comme celle d'hier soir, on a des trucs qui arrivent ici pendant des jours et des jours.

Je marche jusqu'au bord de l'eau et il me suit.

– Pourquoi vous les appelez des « Mudos » ?

Il semble décontenancé par ma question. Il rougit même un peu.

– Je suppose que ça me plaît mieux, marmonne-t-il. C'est comme ça que les appellent les pirates qui chassent le long de la côte. Ça veut dire « muet ».

Il hausse les épaules.

– Ça paraît approprié.

Les yeux fixés sur la ligne où l'eau rejoint le ciel, je demande :

– Je suis où, là ?

– Cette plage n'a pas vraiment de nom. Pas depuis le Retour, en tout cas.

Je plante les orteils dans le sable fin. Une nouvelle vague se brise à mes pieds, et je m'enfonce un peu. Les coupures que j'ai sur les mollets protestent quand l'eau salée vient lécher la chair blessée.

– Je n'avais jamais vu l'océan, dis-je.

Je me demande ce que Jed aurait pensé en le voyant. Et si Travis serait fier que je sois enfin arrivée. Que j'aie survécu. Je tombe à genoux. L'homme sursaute, inquiet.

Il s'accroupit à côté de moi et on regarde ensemble les rayons de soleil qui scintillent sur l'eau.

– D'habitude, il n'y a pas autant de débris, dit l'homme. Après une tempête, le fleuve charrie pas mal d'arbres morts, alors ça brasse un peu tout et l'eau devient trouble. Mais je n'avais encore jamais vu autant de Mudos.

J'aime bien le son de sa voix. Grave, bien timbrée. Elle

me fait penser à Travis, fusionne avec mes souvenirs de sa voix à lui, de la façon dont les mots sortaient de sa bouche.

– J'habite dans le phare, là-haut, indique-t-il en désignant la haute tour peinte de rayures noires qui se dresse sur la colline, au-dessus la plage. Mon boulot, après les tempêtes, c'est de venir décapiter tous ceux qui échouent ici pour qu'ils ne puissent pas entrer dans la ville.

Je regarde tous les corps de Damnés qui s'entassent sur la plage, autour de moi.

– Quel carnage.

Il hausse les épaules.

– La marée montante va les remporter. Dans six heures environ, on ne pourra plus se douter qu'il y a eu autre chose que du sable et des vagues, ici. La plage sera comme d'habitude. Juste une plage.

– Mais il y en aura d'autres, dis-je. Il y en a toujours d'autres.

Il hausse encore les épaules.

– C'est la vie. Certains jours, quand on se réveille, la plage est déserte et on oublie tout ce qu'il y a autour de nous. Et certains jours, on se réveille et elle est comme ça. C'est la nature des marées.

Il danse d'un pied sur l'autre.

– Ça ne veut pas dire qu'on n'est pas bien, ici.

Je me baisse pour tremper les doigts.

– On ne risque rien, dans l'eau ? C'est sans danger ?

Il hausse les épaules une fois de plus.

– À peu près. La marée descend, maintenant ; elle ne va pas ramener d'autres Mudos de l'océan.

Je m'avance. Les vagues me repoussent et je dois lutter

contre elles pour aller plus loin dans l'eau. Jusqu'à ce que je n'aie plus pied.

L'homme reste sur la plage et regarde, la pointe de sa pelle plantée dans le sable devant lui, les mains croisées sur le manche. Il attend mon retour.

Je bats des pieds pour me mettre sur le dos et je me laisse bercer. Je porte les doigts à mes lèvres et je les lèche pour sentir leur goût de sel.

L'eau me tire et me pousse, me soulève et me retient quand je m'enfonce. Je regarde le ciel, les nuages, le soleil, les oiseaux qui passent au-dessus de ma tête. J'attends que le calme et le bonheur arrivent, mais je ne pense qu'à Travis, Harry, Cass et Jacob. Et au fait que j'ai tout perdu, hormis cet endroit. Je me force à penser à Jed; la honte m'empêche de me rappeler qu'il est venu me rejoindre. Qu'il est mort en me sauvant la vie. Mais dans un coin de ma tête, je me dis aussi qu'il pourrait être fier que j'y sois arrivée, que j'aie survécu. Qu'il savait ce qu'il faisait quand il m'a suivie dans la Forêt.

Je sens le poids de ses espoirs sur mes épaules.

En décollant la tête de l'eau, je m'aperçois que j'ai dérivé le long de la plage. J'avance à contre-courant et je laisse les vagues me pousser vers le sable. Sur la plage, je reviens vers l'homme; mes bras et mes jambes me paraissent lourds et dégingandés hors de l'eau. Il sourit à mon approche et je ne peux pas me retenir de lui rendre son sourire.

Alors qu'on regarde les vagues s'écraser sur le rivage, il demande :

– Ça t'ennuie si je te demande d'où tu viens ?

– De la Forêt, dis-je. La Forêt de Mains et de Dents.

Il m'observe du coin de l'œil.

– Je me suis toujours demandé s'il y avait du monde, dans cette forêt. Je ne l'avais jamais entendu appeler par ce nom. Mais il lui va bien, je suppose.

– Qu'est-ce que vous voulez dire ?

– J'ai grandi ici. À la lisière de cette forêt. Et tout le monde dit toujours qu'il n'y a rien d'autre que des Mudos après le fleuve, de l'autre côté de la clôture. C'est pour ça qu'on a détruit tous les chemins qui menaient de la Forêt à la ville quand mon grand-père était petit. Il y a trop de gamins qui pensaient que le chemin conduisait à un endroit intéressant et qui y sont restés. Le pont qui passe au-dessus de la cascade est toujours là, mais il est terminé par un portail et après, il n'y a rien.

Je pense au portail qu'on a franchi, au fait que la pluie a masqué le bruit de la cascade jusqu'à ce qu'on soit juste devant. La nuit était tellement sombre, c'était impossible de voir plus loin que le bout de son nez. On était tellement concentrés sur les Damnés, sur notre fuite. Ça me fait frémir de penser qu'on était si près. Qu'il y avait un chemin, autrefois, mais qu'on a perdu sa trace dans l'obscurité.

– Les gens n'aiment pas parler de ces choses-là, conclut l'homme.

Il lève une main devant ses yeux pour examiner l'eau et le monde qui nous entoure.

– Peut-être qu'ils ont raison, dis-je.

Je pense à Cass, Harry et Jacob. Il doit y avoir un moyen de les sauver de la Forêt de Mains et de Dents. Je pense à Argos, qui rêvait de jours meilleurs en remuant les pattes et en agitant la queue, le matin, avec son oreille tombante. Je pense à Jed et au sourire qu'il m'a fait, cette nuit. À ses yeux brillants quand il a évoqué la possibilité de vivre, d'avoir un avenir.

Ensuite, je revois Travis m'attirer contre lui et me parler de l'espoir. Dans ma tête, il a une voix douce, qui se dissipe comme un écho en fin de course. Je me demande si ces souvenirs valent la peine que je m'y accroche. C'est un tel fardeau. Je me demande à quoi ils servent.

Déjà l'océan tourbillonne autour des Damnés, sur la plage, et les traîne dans l'eau – les reprend. Je reste regarder. Quand la plage est nettoyée, l'homme me prend par la main et m'emmène au phare.

REMERCIEMENTS

On dit souvent que l'écriture est un métier solitaire. J'ai eu la chance phénoménale de trouver des amis et des gens merveilleux pour me soutenir pendant le travail de rédaction, et je remercie tous ceux qui m'ont encouragée, donné des conseils et écoutée dans mes errements.

Je dois des remerciements tout particuliers à mon agent aussi prévenant qu'hilarant, Jim McCarthy, pour avoir parié sur moi et sorti *La Forêt des Damnés* de la pile de manuscrits arrivés par la poste, ainsi qu'à ma géniale éditrice, Krista Marino, dont l'enthousiasme et le dévouement sont stupéfiants. Mille mercis à la fabuleuse équipe de chez Delacorte Press : ils travaillent tous d'arrache-pied pour veiller à ce que chaque détail soit correct ; à Vikki Sheatsley et Jonathan Barkat pour leur talent visuel, et à Berly Horowitz, Orly Henry et Colleen Fellingham pour tout le temps qu'ils ont passé avec Mary.

Diana Peterfreund et Erica Ridley m'ont fait bénéficier d'un enthousiasme, d'encouragements et de critiques formidables. La famille Davis a compris que j'aie la tête dans les nuages, Jason Davis et J. P. m'ont fait profiter de leurs trésors d'expertise en biologie et en parasitologie pour m'aider à affiner l'univers du livre.

Je suis très fière et très honorée d'avoir été ainsi soutenue par ma famille. Je ne pourrai jamais assez remercier ma mère, Bobby Kidd, qui a toujours été persuadée qu'elle pourrait un jour acheter mon livre dans une librairie ; mon père, Tony Ryan, qui est toujours prêt à bavarder longuement avec moi sur la façon de créer un monde ; et mes sœurs, Jenny Sell et Chris Warnick, qui ont toujours été mes plus grands fans quelle que soit la voie que j'avais choisie. Merci, je vous aime !

Enfin, je remercie John Parke Davis de m'avoir, je ne sais comment, convaincue d'aller voir ce premier film de zombies, tenu la main et prévenue avant les moments qui faisaient peur pour que je puisse tenir le coup jusqu'au bout, et d'avoir passé ensuite d'innombrables heures à débattre sur les moyens de survivre à l'apocalypse des zombies. Et, surtout, de m'avoir dit d'écrire ce que j'aime, quitte à écrire sur les zombies. Sans toi, ce livre n'existerait pas.

À PROPOS DE L'AUTEUR

Carrie Ryan a passé son enfance à Greenville, en Caroline du Sud (États-Unis), où elle est née. Diplômée en droit du Williams College et de l'université Duke, elle vit aujourd'hui à Charlotte, en Caroline du Nord, avec son fiancé écrivain et avocat, deux gros chats et un chiot idiot. Ils ne sont pas du tout préparés pour l'apocalypse des zombies.

Pour en savoir plus, allez voir Carrie sur le site anglophone www.carrieryan.com.

Loi n° 49-956 du 16 juillet 1949
sur les publications
destinées à la jeunesse

Maquette de couverture : Alain Barreau
PAO : Dominique Guillaumin

Achevé d'imprimer sur Roto-Page
par l'Imprimerie Floch à Mayenne
Dépôt légal : janvier 2010
ISBN : 978-2-07-062970-1
Numéro d'édition : 171486
Numéro d'impression : 75713
Imprimé en France